U0920239

红色文化研究文库

沂蒙红嫂故事选

王春梅　方　艳／编著

山东城市出版传媒集团·济南出版社

图书在版编目（CIP）数据

沂蒙红嫂故事选 / 王春梅，方艳编著 . -- 济南 : 济南出版社，2019.3（2021.7 重印）
ISBN 978-7-5488-3629-2

Ⅰ . ①沂… Ⅱ . ①王… ②方… Ⅲ . ①革命故事 - 作品集 - 中国 - 当代 Ⅳ . ① I247.81

中国版本图书馆 CIP 数据核字（2019）第 047681 号

出 版 人 / 崔　刚
责任编辑 / 郑　敏　陈玉风
封面设计 / 焦萍萍

出版发行　济南出版社
地　　址　济南市二环南路 1 号 250002
网　　址　www. jnpub. com
电　　话　0531- 82803191
传　　真　0531- 86131709
经　　销　各地新华书店

印　　刷　阳信龙跃印务有限公司
成品尺寸　170mm×240mm　16 开
印　　张　16.5
字　　数　300 千
版　　次　2019 年 3 月第 1 版
印　　次　2021 年 7 月第 2 次印刷
印　　数　1—2000 册
定　　价　88.00 元

发行电话　0531- 86131730 / 86131731 / 86116641
传　　真　0531- 86922073

前 言

在战争年代，沂蒙山区有一个伟大的母性群体，她们送子参军、送夫支前，缝军衣、做军鞋、抬担架、推小车，舍生忘死救伤员，不遗余力抚养革命后代，谱写了一曲曲血乳交融的军民鱼水情深的乐章。她们就是“沂蒙红嫂”。

“红嫂”发源于沂蒙山革命根据地，这个简洁亲切而崇高的称谓，是沂蒙广大妇女在战争年代拥军支前的尊称和代名词。它塑造了千千万万沂蒙老区妇女支持革命、献身革命、爱党爱军的群体形象。提起“沂蒙红嫂”，大家会不约而同想到在战争年代用乳汁救伤员的明德英；想到掩护革命同志、办地下托儿所、保护秘密文件的“沂蒙母亲”王换于；想到支前模范“沂蒙六姐妹”，想到为推动征兵运动而喊出“谁第一个报名参军，我就嫁给谁”的梁怀玉；想到立在冰冷的河水中用身体和门板搭起人桥、护送部队通过的李桂芳等 32 名沂蒙妇女……她们都是“沂蒙红嫂”的典型代表。据不完全统计，从抗日战争到解放战争，沂蒙红嫂几乎承担了作战部队所有的后勤工作。她们做了 315 万双军鞋、122 万件军衣，碾米碾面 11716 万斤，动员参军参战 20 万人，救护病员 6 万人，掩护革命同志 9.4 万人，瓦解敌方 9.8 万人。

炮火纷飞的革命战争年代，在党的领导和培育下，广大沂蒙妇女进行了艰苦卓绝的斗争，付出了巨大牺牲，做出了不可磨灭的贡献，她们用青春和热血，甚至是生命，谱写了一曲曲英雄的赞歌。她们把吃苦耐劳、勇敢善良、舍己为人的淳朴品质与坚定的理想信念、大无畏的革命意志相结合，使自身的优良品格在革命中得到升华，创造了“爱党爱军、忠诚坚韧、勤劳勇敢、无私奉献”的“红嫂精神”，并使之成为“沂蒙精神”的重要组成部分。曾在沂蒙山工作、战斗过的中共中央政治局原委员、中央军委原副主席、国防部原部长迟浩田上将，对“沂蒙红嫂”感情特别深厚。他说：“没有‘沂蒙红嫂’，就没有我的今天，没有老区人民，就没有革命胜利。‘红嫂’不是一个人的名字，它是时代赋予沂蒙女性闪光的称谓！”

在和平时期，沂蒙人民继承和弘扬沂蒙精神，大力推进国防建设与经济建设，广大沂蒙妇女更是巾帼不让须眉，在促进沂蒙大地经济社会发展中发挥着重要作用。在传承沂蒙精神、弘扬“沂蒙红嫂”精神的过程中，沂蒙大地上涌现出大量的“新红嫂”。她们中间有继承老“沂蒙红嫂”爱党拥军优良传统的拥军模范，有创业成功不忘回报社会的女企业家，有足迹踏遍祖国边关哨所的最美兵妈妈，有新时代带领乡亲们共走致富路的新女性。大量的沂蒙女性在临沂市各行各业，立足岗位建功成才，为经济社会发展做出了突出贡献。

老一辈“红嫂”精神需要传承和弘扬，新时代“新红嫂”的精神也需要归纳和总结。2013 年 11 月，习近平总书记在山东考察期间，参观了沂蒙精神展，他说：“在沂蒙这片红色的土地上诞生了无数可歌可泣的英雄儿女，沂蒙六姐妹、沂蒙母亲、沂蒙红嫂的事迹十分感人。沂蒙精神与延安精神、井冈山精神、西柏坡精神一样，是党和国家的宝贵精神财富，要不断结合新的时代条件发扬光大。”在新时代背景下，我们应该用更广阔的视野去研究和挖掘红嫂精神的多维度内涵和价值体现。因此在编写本书的过程中，我们用了大量的篇幅呈现和平时期新红嫂的故事，以期为沂蒙红嫂精神的时代性阐发提供素材，从而推动沂蒙红嫂精神的时代性转化和创新性发展。

目 录

明德英：乳汁亲情救伤员

沂南县马牧池乡境内有一条长达数十里的蜿蜒小河，叫王家河。闻名全国的用乳汁救伤员的沂蒙红嫂明德英生前就住在王家河边的横河村。

明德英，1911 年出生于沂南县马牧池乡一个贫苦的家庭，两岁时因病致哑，21 岁时嫁给一贫如洗的横河村村民李开田。乡亲们看到他们生活艰辛，便让他们去照看墓林。明德英一家就在墓地边搭起一个窝棚，住了下来。1941 年冬，大批日伪军包围了驻沂南马牧池村的八路军山东纵队司令部。11 月 4 日，一名负伤的八路军小战士冲出敌人的包围，艰难地跑到马牧池村西河岸边，在坟茔、树木间躲避敌人的追赶。小战士经过明德英的窝棚时，偶遇站在窝棚外的明德英。明德英赶紧将他拉进自家窝棚，让负伤的小战士躺在床上，又将仅有的一床破烂不堪的被子盖在他的身上。很快，两个日本兵追赶到窝棚门前。日本兵在盘问中发现她是哑巴，就比画着战士的身高、衣着，意思是问她有没有见过一个小八路军战士。明德英毫不犹豫地朝西山指了指，两个日本兵就急忙朝西山方向追去。日本兵走后，明德英立刻回到窝棚，来到床前掀开被子，发现小战士因伤口流血过多，已经昏迷过去。正在哺乳期的明德英来不及烧水做饭，她毫不犹豫地解开衣襟，将奶水挤进了小战士的嘴里，伤员终于苏醒了过来。随后，为了伤员的安全，她和丈夫一起把小战士转移到一座刚刚垒好的空坟里。5 天后，小战士的伤口感染化脓，明德英心急如焚，她每天用盐水为小战士擦洗伤口，又把家中仅有的两只鸡宰杀，熬成鸡汤，一口一口地喂给小战士。半个多月后，在明德英和丈夫的精心护理下，小战士伤愈归队。而明德英为了保护小战士，自己的小儿子却被日本鬼子摔坏了脑子，成为智障者，生活不能自理。

1943 年初，八路军山东纵队年仅 13 岁的看护员庄新民在反“扫荡”中与部队走散，不慎掉队，身体多处被山石划伤，与许多逃难的群众一起被日军抓住。由于他年龄小，身穿老百姓的服装，没有暴露身份。明德英的丈夫李开田也在被抓的群众中，为了掩护庄新民，李开田就与他以父子相称。到泰安后，他们一起被日军释放。李开田背着身体虚弱、伤口化脓的庄新民，翻山越岭，跨沟过河，长途跋涉几百里，回到了沂南老家。李开田和明德英夫妇冒着日伪军时常搜查的危险，在自己的窝棚、附近的墓地、石沟草丛里，不时转移着伤病虚弱的小战士庄新民，并精心护理和照料他。明德英还时常用自己的奶水喂养他，终于把他从死亡线上救了回来。经过一段时间的悉心护理，庄新民的伤口逐渐愈合，身体也恢复健康。康复后的小战士依依不舍地含泪告别救命恩人，踏上了归队的征途，重新投入到抗日斗争的伟大事业中。

中华人民共和国成立后，在上海工作的庄新民一直在寻找当年对他有救命之恩的两位恩人。1955 年，在沂南县邮局的帮助下，庄新民经过多次周折终于找到了明德英夫妇。这时他才知道，他的沂蒙老爹叫李开田，大娘叫明德英。1956 年春节后，庄新民将沂蒙老爹请到上海住了半个月，重叙救命之恩。自这次团聚后，庄新民一直与明德英家保持着密切联系，逢年过节就寄些食品或衣服等孝敬老人，老人也常给他寄沂蒙土特产品。

“文革”期间，庄新民受到迫害，造反派想凭庄新民离开部队一段时间的历史，将他定为叛徒。明德英夫妇知道后仗义执言，做了实事求是的证明。明德英夫妇的证明使庄新民幸免于难，得以继续为党工作。庄新民感慨万分地说：“明德英第二次救了我的命。”1985 年春，在上海工作的庄新民又一次踏上沂蒙大地，见到了阔别40多年的救命恩人明德英，年过半百的庄新民像孩子一样抱着她失声痛哭……此情此景，让在场的群众都忍不住流下热泪。

与为掩护、抢救部队指战员和地方军政人员而牺牲的众多沂蒙乡亲相比，明德英用自己的乳汁救伤员算不上什么英勇的壮举。但是，在当时受“男女授受不亲”封建思想影响的山村，她这种机智果敢而又高尚的行为却是感天动地的。庄新民的长子庄举华提起明德英奶奶，总有讲不完的故事、说不完的心里话。他说：“2003年初，上海市委老领导、百岁老人夏征农与我谈起明德英的事迹后，写下‘沂蒙深情代代相传’的题词。在我心里，我父亲的‘明妈妈’已经真正成了我和弟弟的‘明奶奶’，我为有这么一位沂蒙好奶奶感到自豪。”1995年4月21日，明德英在横河村病逝。2002年，庄新民以明德英长子的身份给两位老人立了碑，庄新民的两个儿子每年清明都会前来扫墓。

明德英救护伤员的事迹广泛流传，被誉为“沂蒙红嫂”。中华人民共和国成立后，明德英又先后送儿子、女儿、侄子、孙子四位亲人参军，以实际行动诠释爱党爱军的光荣传统。中共中央政治局原委员、中央军委原副主席、国防部原部长迟浩田上将曾在探望明德英时，亲笔题词：“蒙山高，沂水长，好红嫂，永难忘。”她救护八路军战士的情节，后被写入小说《红嫂》，编入京剧《红云岗》等。沂蒙红嫂用乳汁救伤员的故事随之传遍全国，家喻户晓。明德英也被公认为是“沂蒙红嫂”的原型，赢得了人们的敬重和爱戴。

主要资料来源：徐东升，等．基于沂蒙精神育人的社会主义核心价值观教育研究［M］．济南：山东人民出版社，2015；杨桂柱．100位为新中国成立作出突出贡献的英雄模范人物［M］．长春：吉林文史出版社，2011；杨桂柱．红嫂第一人——明德英［M］．香港：中国文化艺术出版社，2010；苑朋欣．沂蒙精神溯源研究［M］．济南：山东人民出版社，2017.

王换于：大爱无疆慈母心

抗日战争初期，在艰苦恶劣的对敌斗争中，沂南县东辛庄广大人民群众踊跃参军支前，为抗日做出了突出贡献，被誉为沂蒙根据地的抗日“堡垒村”。这里是中共山东分局、八路军第一纵队、八路军山东纵队、山东省战工推行委员会、抗大一分校、大众日报社、姊妹剧团首长机关所在地，罗荣桓、徐向前、朱瑞、郭洪涛、黎玉等老一辈无产阶级革命家都曾长期在这里战斗工作生活过。东辛庄里有家抗日“堡垒户”，这家女主人就是著名的沂蒙母亲——王换于，她也是电视剧《沂蒙》中女主人公“于宝珍”的人物原型。

1888 年，王换于出生于沂南县岸堤镇圈里村一户贫穷的王姓人家，直到出嫁她也没有自己的名字。19 岁嫁到马牧池乡东辛庄于家，她就被称为于王氏。抗战爆发后，于王氏因性格直爽、办事干练，思想比较先进，被当地党组织培养成了抗日积极分子。据说于王氏嫁到婆家时，于家用了两斗谷子。1938 年，于王氏入党时有个干部说，从王家嫁到于家，是用两斗谷子换的，就叫王换于吧。也是从那时起，这个普普通通的山东农村妇女的名字，和中国革命紧密地联系在一起。

1939 年 6 月，徐向前率八路军第一纵队领导机关到达王换于家。在当地党组织的协助下，王换于办起了战时部队机关托儿所，机关有 27 个孩子，外地又陆续送来一些，共有 41 个孩子。从此，王换于家的老屋就成了战时托儿所的中心。这些孩子最大的七八岁，最小的生下来才 3 天，其中有罗荣桓的女儿罗琳和儿子罗东进，徐向前的女儿小何(乳名)，胡奇才的儿子胡鲁克、胡鲁生，陈沂、马楠夫妇的女儿陈小聪等。平时王换于将这些孩子放在周围 7 个抗日“堡垒户”家中分散抚养，每当日寇对根据地进行大的“扫荡”时，王换于便把孩子们接到她家集中掩护。1943 年后，王换于又抚养过 45 个革命后代。

创办战时托儿所，最大的问题是保证孩子们的安全。那时敌人经常来“扫荡”，王换于家抚养的孩子多，又是领导人的子女，目标大。为保证安全，王换于和儿媳秘密在南山和北岭挖了两个较大的山洞，遇到敌人来“扫荡”，她们就带着孩子藏在里面。每次进洞，都要带上吃的喝的和哄孩子的玩具等。洞里面点上灯，王换于在外面站岗，两个儿媳张淑贞和陈洪良在里面哄着孩子。遇到孩子们有个头疼脑热，这娘仨就得抽出人手来翻山越岭去外面请医生。战时托儿所里的每一个孩子，王换于和儿媳们都是用生命来呵护的。

王换于和儿媳们把精力都放在了这些孩子身上，自己家的孩子却疏于照顾。一次王换于到西辛庄查看寄养的孩子时，看到一位烈士的孩子没有奶吃，瘦得不像样，她就将孩子抱回家，交给正在哺乳期的二儿媳。此时二儿媳正抚养着自己家的和另外几个抗日将士的孩子，奶水显然不够吃。王换于含着眼

泪叮嘱："烈士的孩子饿死了，就断根了，咱的孩子饿死了，你还能生育，让革命烈士的孩子吃奶，咱们的孩子就吃粗的吧！"为了养好革命后代，二儿媳张淑贞把刚生的女儿放到一边喂点儿糊糊汤，把奶水给那些年龄小、体质差的孩子喝。张淑贞也心疼孩子，一面掉眼泪一面说："妮儿啊，受熬煎了，不是娘不疼你，可这烈士的孩子离开了娘，更苦。等革命胜利了，娘给你做好吃的，给你煮鸡蛋吃。"从1939年秋到1942年年底的3年时间里，战时托儿所的40多名革命子女和烈士后代均健康成长，而王换于自己的4个亲孙子、孙女，三年中却因营养不良，先后夭折。

被王换于家抚养的罗荣桓元帅的儿子罗东进中将后来回忆说："沂蒙山区的人吃煎饼，煎饼又粗又硬，小孩子没办法吃。当时自己年纪小，是当地老乡咀嚼之后再喂我吃。父母告诉我，是山东的大爷、大娘一口一口嚼了把我喂大的。什么时候都不能忘本，不能忘了人民，尤其不能忘了山东沂蒙山区的人民。"回忆到这儿，罗东进的眼眶湿了。他说，那个年代、那种情况，在他们这一代人身上是体会很深的。

1940年夏天，全山东的工、农、青、妇、文各界代表，冲破敌人一层又一层的封锁，在沂南青驼召开了全省各界代表联合会。大会选举成立了山东省战时工作推行委员会，还成立了全省的各群众团体组织。会后出版了一本《山东省联合大会会刊》，全书20多万字，是一份抗战时期关于山东政权建设少有的珍贵资料。书中收集了所有在会上做报告的领导人的讲话稿，登载了山东省的行政机关和群众团体所有领导成员名单。1941年冬大"扫荡"前夕，山东省参议会副参议长马保三把这本书交给王换于，郑重地对她说："现在把这本书交给您保藏，这要比掩护一个战士重要得多。咱们全山东所有抗日领导机构和干部名单都在上面，要是落到敌人手里，将会对我们造成极大损失。您要千方百计把这本书保存好，等战争胜利了，我们再来取。"王换于深感责任重大，从此她把那本书当成了心肝宝贝，用一块印花棉布包好并收藏起来，等待着胜利的消息。抗日战争胜利后，她时刻盼望马保三来取。可是国民党反动派又发动了内战，为给这本书找个安全的地方，她不得不将它频繁转移，有时还带在自己身上，历尽艰辛，最终将书保存了下来。1978年，她把这本书交给了沂南县有关部门，这本书被征调到山东省档案馆，填补了省档案馆关于山东省第一次各界代表联合会资料的一项空白。

在抗日战争艰苦的岁月中，王换于冒着生命危险，掩护并救治了一大批八路军伤员。每当她家附近有战斗结束，王换于便和儿媳张淑贞去收治掉队的干部战士，为他们救治，给他们化装，送他们归队。1941年11月的一天下午，一名八路军重伤员被送到王换于的家里。伤员的伤势严重，浑身血肉模糊，前胸、后背和四肢的皮肉都像被烙熟了一样，一块一块地往下掉。王换于急忙给他擦洗伤口，并叫老伴慢慢地撬开他的牙齿，让女儿用汤匙将红糖水送进他的嘴里。经过3天3夜的救治，伤员终于脱离了危险。这名伤员叫白铁华，是大众日报社的同志。1941年11月“留田突围”后，在依汶北大山坚持游击活动的白铁华、王雁南等同志，回到依汶村察看大众日报社掩藏的印刷材料和其他物资，不料夜里突遭敌人包围，白铁华被捕。敌人对他严刑拷打审问，白铁华始终拒不回答。最后，敌人把白铁华的衣服全脱光，用点燃的香在他身上一点一点地烧，并用烧红了的铁锨烙他的身体，但敌人没有从他嘴中得到任何信息。后来，敌人误认为白铁华死了，就把他扔到野外，结果他又苏醒了过来。白铁华抱着一线生存的希望，强忍着疼痛爬到了北大山下被王换于一家收治。

为了早日治好白铁华的烫伤，王换于到处打听民间验方。刚开始用蜂蜜往他身上涂，但仍不见好转。后来，听说獾油拌头发灰能治烙伤，她就爬上南山找到一家猎户，托他打了一只獾，又把自己的头发剪下来烧成灰，和好后给白铁华搽敷。后来她又听说“老鼠油”是治烧伤的特效药，就想法子搜集来。也不知哪种方法管用了，白铁华的伤口结了痂，不再流脓淌血了。除了这些土法子，王换于还从山里采了消炎的蛤蟆草、车轍子等消炎的草药，煮水给白铁华喝，给他洗伤口。为了安全，王换于把白铁华转移到山洞里，并让老伴在洞外站岗。在王换于的精心护理下，40多天后，白铁华终于恢复了健康，重返了抗战前线。

1940年8月1日，在王换于狭小的石屋里，抗日女战士陈若克和时任中共山东分局书记的朱瑞喜结良缘，王换于一手操办了他们的婚礼。陈若克很早就参加了革命，来到沂蒙后，经常给王换于讲解革命的道理，引导王换于踏上了革命道路，两人建立了深厚的感情。后来在大青山突围战中，怀有八个月身孕的陈若克被敌人抓获并产下一名女婴，在狱中，陈若克视死如归，母女二人被敌人残忍杀害。冒着被敌人抓获的危险，王换于派两个儿子趁夜色去沂河岸边为陈若克母女收尸，陈若克母女的遗体被秘密运到了东辛庄。看着陈若克因被严刑拷打变得面目全非的遗体，王换于悲痛欲绝。当天晚上，她在昏暗的油灯下，为陈若克母女缝好寿衣，洗净她们的身体，整理好她们的遗容，好让她们走得安详些。王换于悄悄将她们母女安葬在自家菜地里，每年都去悼念，直至自己去世。

抗战胜利后，山东保育小学 600 多名学生安置在东辛庄，王换于全家又挑起了为小学服务的担子。

1947 年，蔡畅在第一次世界妇女代表大会上，代表中国妇女做了王换于事迹的专题报告。王换于的名字从此名扬中外。1989 年 1 月 31 日，101 岁高龄的王换于去世了，走完了她伟大传奇的一生。1997 年 3 月，沂南县妇联、沂南县民政局、马牧池乡人民政府在鲁中烈士陵园为“沂蒙母亲”王换于、“沂蒙红嫂”明德英立碑纪念。2003 年春，当地党委政府在有关部门的支持下，在王换于大娘的百年老屋旧址上，建起了 2700 多平方米的“沂蒙母亲王换于纪念馆”，并为她塑造了铜像，馆名由中央军委原副主席迟浩田上将题写。

“谁言寸草心，报得三春晖。”中华人民共和国成立后的几十年间，遍布祖国各地的王换于的“儿女”们，纷纷到东辛庄看望这位老妈妈。每一位当年在这里生活过的“孩子”，来到她的面前都是长跪不起，一行行的热泪洒在当年曾经养育过他们的故土上。2001 年，罗荣桓元帅之子罗东进代表母亲林月琴专程前往东辛庄，悼念这位革命母亲。2003 年春，时任黑龙江师范大学历史系教授的艾鲁林女士，也按照父亲艾楚南生前的嘱托，不远千里来沂南为王换于扫墓。还有当年姊妹剧团的姐妹们，也都不间断地结伴前来看望王换于的家人。原工程兵副司令员胡奇才之子胡鲁克曾经说：“我们出生在山东沂蒙，没有以王换于为代表的‘沂蒙母亲’的养育呵护，就没有我们的今天！”

像王换于这样的“沂蒙母亲”，救助伤员、抗战支前、无私奉献，为中华人民共和国的成立奠定了稳固的基石，让人们为之动容。2011 年 12 月 3 日，时任中共中央政治局委员、中组部部长的李源潮在山东沂蒙革命老区调研时，来到年近百岁的张淑贞家里，代表中共中央，感谢她和她的婆婆王换于等人为中国的革命胜利做出的杰出贡献。

2013 年 11 月 25 日，中共中央总书记习近平在山东临沂调研时，也会见了王换于的孙女于爱梅等模范人物，并深情地说，他一来到这里就想起了革命战争年代可歌可泣的峥嵘岁月，在沂蒙这片红色土地上，诞生了无数可歌可泣的英雄儿女，沂蒙六姐妹、沂蒙母亲、沂蒙红嫂的事迹十分感人。沂蒙精神与延安精神、井冈山精神、西柏坡精神一样，是党和国家的宝贵精神财富，要不断结合新的时代继续发扬光大！

主要资料来源：徐东升，汲广运．沂蒙精神研究［M］．济南：山东人民出版社，2017；杨桂柱．沂蒙母亲王换于［M］．香港：中国诗书画出版社，2012；苑朋欣．沂蒙精神溯源研究［M］．济南：山东人民出版社，2017.

李桂芳：女子勇扛火线桥

“女子火线桥”是在孟良崮战役期间由32名妇女搭建起来的“人桥”，组织者为时任沂南县马牧池乡村妇救会会长李桂芳。

李桂芳，1925年出生于沂南县岸堤镇南沿路村的一个贫苦农民家庭，当过“童养媳”，在地主家干过长工。幼年艰苦的生活和地主的压迫剥削促使李桂芳从小就想摆脱这一切。1939年，李桂芳不顾地主的反对，参加了“抗委会”组织的夜校，“抗委会”成为李桂芳革命道理的启蒙宣传者。“抗委会”首先推翻了宿命论，使李桂芳明白了人生来就是平等的，没有贵贱贫富之分。在这里，她知道了共产党是天底下专门为穷人说话的组织。这样，年少的李桂芳较早地接受了革命知识，并立志跟共产党干一辈子革命。

那时候的中国处于日本帝国主义的铁蹄之下，1939年秋天，“抗委会”在李桂芳村里成立了妇女会，年仅14岁的李桂芳担当了会长的职务。随后，李桂芳被派到了离家五六公里的夏庄村山东省被服厂工作。在这期间，她跑遍了夏庄附近一带几十个村庄。她走家串户，发动妇女缝军衣、做军鞋、推米、磨面、烙煎饼，然后收集这些物资运往部队。如果有部队到来，李桂芳就组织妇女同志，白天为战士安排食宿，夜里就把战士们脱下来的衣服拆洗缝补。因为衣服不可能在短短的一夜晾干，她们就用火小心烤干，最后将衣服叠得整整齐齐放回原处。第二天，看到整齐干净的衣服，战士们都激动得不知道说啥好。

有一次，上级领导命令李桂芳连夜转移掩藏在胡家沟的军用物资到夏家庄以北的泉子崖山沟里。由于老根据地的男性青壮年劳力几乎全部去支前了，村里剩下的只有妇女、孩子和老人。李桂芳她们毅然接下了任务，但开始执行任务时，大家却傻了眼，原来家中所有的工具都支前去了，连口袋和小推车也找不到，于是仅有的几床床单成了她们装粮食的工具。可是床单不适合做工具，装多了，扛不动，装少了，费劳力。她们急中生智，脱下裤了扎上裤脚，装满粮食，然后再扎上裤腰，放在肩膀和脖子上扛着。从胡家沟到泉子崖都是狭窄崎岖的小山路，李桂芳和妇女同志肩扛着粮食深夜急行，许多妇女同志因此摔伤，但咬牙硬撑着继续行进。在这种艰苦的条件下，李桂芳和同志们发挥聪明才智，出色地完成了组织交给的任务。

1941 年，上级党组织安排李桂芳到山东军区第二野战医院担任看护员。这时候，李桂芳穿上了八路军军装，正式成为一名八路军战士。后来，李桂芳因为表现突出被选为培养对象选调到山东青年学校学习。因为鬼子“扫荡”，学校关闭，她被分配到山东军区药材所工作。当时，医院有一个临时太平间设在拔麻村西南方一条小河沟北边的看瓜屋子里。有一次，领导要找一个胆大的人去看太平间。当时，领导找到了李桂芳。李桂芳毫不犹豫，一口答应。为了不被鬼子发现，夜里她都不点灯。一个人在远离人群的尸体堆里，怎能不害怕？李桂芳害怕的时候就想：这些都是烈士，是为了保卫国家，打击日本鬼子，为了咱老百姓不再受剥削压迫才牺牲的。我应该保护好他们的遗体，想到这些，李桂芳就感到浑身是胆，什么都不怕了。一位李姓班长在一次战斗中身负重伤，李桂芳把他偷偷背到一个吴姓老乡的地窖里，李桂芳化装成要饭的给战士送饭。后来李班长因为伤势过重牺牲了，李桂芳要把烈士遗体抬出地窖时被老乡发现了，老乡埋怨李桂芳把尸体放到了他的地窖里。李桂芳就对老乡说：“人家是八路军，为了打鬼子才牺牲的。我年纪小都知道要保护遗体的完整，您是大人更应该明白这些道理。”老乡听了之后，内心愧疚，连忙帮李桂芳把烈士遗体掩埋了。

由于日本鬼子更加疯狂地“扫荡”，牺牲的同志越来越多。在一次“扫荡”中，地下交通员戴玉舟被鬼子抓住绑在家门口树上。戴玉舟宁死不屈，被鬼子用刺刀刺死。戴玉舟年仅14岁的儿子看到父亲被杀后，大骂鬼子，也被鬼子残忍杀害了。李桂芳后来赶到，含泪掩埋了父子俩的遗体。一个女共产党员为了掩护群众免遭鬼子毒手，挺身而出，被敌人割去头颅，遗体挂在村里树上示众，也是李桂芳把烈士的遗体找齐埋葬。李桂芳掩埋了那么多的烈士遗体，深刻认识到日本鬼子的豺狼本性，更加坚定了跟日本鬼子斗争到底的决心。李桂芳的突出表现使其成为村里妇女活动的领头人，她们送郎参军、救护伤员，缝军衣、做军鞋，抚养革命后代，她们在艰苦卓绝的年代里有一个共同的心愿，那就是让吃着她们摊的煎饼、怀揣土制步枪的八路军将士，能够勇往直前，打败装备精良的日本法西斯侵略者和国民党反动派。

1947年5月中旬，我华东野战军已经完成对国民党整编七十四师的包围，孟良崮战役即将打响。这时候，当地老百姓的青壮劳力已经全部加入到支援前线队伍的工作中，后方只有妇女留守。时任沂南县马牧池乡村妇救会会长的李桂芳按照上级指示，带领各村妇救会员就地待命，随时准备配合部队行动。

孟良崮战役打响后，为火速包围孟良崮，打敌人个措手不及，陈毅、粟裕急电各纵队飞兵集结，主攻的五个纵队，除了六纵从鲁南深山赶来，堵死敌人后路，另四个纵队十几万人，都要过汶河。其中，一纵和八纵分别从东西穿插包围与隔断七十四师和两翼的联系，四纵打打退退，不让敌人跑得太快。九纵要从正中直接打上，计划把七十四师消灭在孟良崮以北、艾山以西的平原地带。

横卧在孟良崮北麓的汶河水成为一大障碍，九纵贴着艾山以东过汶河，别处挽挽裤腿就可以过，独崔家庄到万粮庄的一条要道，河道窄，水却深到人的腰部，脱衣服过要耽误时间。时间一旦拖延，就有可能影响整个战局。此时汶河水深1米多，河宽20多米，让部队涉水过河，势必贻误战机。联络员王纪明跑步前来通知李桂芳，有部队急行军经过，需要在5小时之内在崔家庄与万粮庄之间的汶河上架起一座桥。

当时村里绝大多数男子都上了前线，既无专业技术人员，又无架桥材料，20多米宽的河面，齐腰深的河水，着实让李桂芳发了愁。于是她就发动妇女们讨论，最后大家决定拆自家的门板当桥面，人当桥墩，人在水中扛着门板就搭成了一座“人桥”。说干就干，村里32名妇女根据各人的身高进行了搭配，4人扛起1扇门板，依次排列，组成了一座“人桥”。她们先在岸上排练了一遍，又下到齐腰深的水中练习了一遍。

5月12日晚9时左右，一支部队朝河边急进，后面的大部队也一路小跑继续过来。李桂芳见状大喊一声：“架桥！”并率先跳入河中，30多名妇女迅速行动，4人扛一扇门板，站在河中当桥墩。刹那间，一座“人桥”奇迹般地出现了。32位沂蒙女性，个个下身泡在冰冷的泥水中，双脚踏在河底的沙石上，目光坚毅。战士们原以为要过木桥，没想到是要过由妇女同志搭的“人桥”，他们不忍心上桥，一时间部队在岸边停滞下来。看到解放军战士们犹豫的神情，李桂芳急了，她大声喊道：“同志们，时间就是保障，时间就是胜利，快过桥！”官兵们大为感动，他们明白站在水里的妇女同志是在为整个部队抢占胜利的先机，战士们在李桂芳等人的大声鼓舞下快跑上桥，但每个人都脚步放轻，想尽量减轻女同胞们肩上的负担。

由于负重，妇女们深深下陷，底层的泥沙冰凉刺骨，引起双腿抽筋，疼痛酸麻，可谁也没喊叫一声，像32座坚固的桥墩，牢牢钉在那里……李桂芳她们在冰凉的河水中站了一个多小时，肩上承受着巨大的压力。当最后一名战士从妇女们肩上通过后，妇女们都瘫倒在河岸边的沙丘上，但是谁也没有叫苦。最后通过“人桥”的战士们看着累倒在沙滩上的妇女同志，都流下了眼泪。而更令战士们没想到的是，这些妇女中有的已经怀有身孕，还有生理期的妇女，因为这次搭“人桥”落下终身疾病，不能生育……

九纵的战士过河之后，立刻投入了作战。在这场战役中，九纵作战面最大，从东面独自打下雕窝，到与四纵、一纵、六纵打下600高地大崮顶、610高地孟良崮，最后又与六纵一部分配合八纵打下620高地芦山大顶，歼灭了七十四师最后残军和师指挥部。

当年一名战士掏出火柴盒记下了李桂芳和另一位组织者刘曰梅的名字，这样我们才知道参加架桥的主要组织者，但更多妇女的名字我们却无从知晓！第二天早上，孟良崮上响起了轰轰的炮声，战斗打响后，这时人们发现，从万粮庄到孟良崮的那条山路的石崖、峭壁上，写了许许多多李桂芳和刘曰梅的名字。32位沂蒙女性用柔弱身躯做出的豪情壮举，是沂蒙精神最生动的体现，她们身上体现出的坚强意志，远比孟良崮的岩石更加坚硬。沂蒙女性、老区精神让人流泪，更让人无限景仰。中华民族的不屈精神，在这蒙山沂水间，源远流传！

中华人民共和国成立后，李桂芳先后任沂南县副县长、沂水县委统战部部长、莒南县人大常委会副主任、临沂地区民政局副局长等职。1992年3月，李桂芳被省妇联、省民政厅和省军区政治部评为“山东红嫂”，同时被授予“三八红旗手”的荣誉称号。1992年7月28日，李桂芳与临沂老英雄模范人物一起，受到了时任国家主席、中共中央原总书记江泽民同志的亲切接见，江泽民亲切地称她为“大姐”。虽然上了年纪，但李桂芳依然保持一颗红心，经常去学校去给孩子们做革命教育报告。就像她所说的一番话：“过去我们战天斗地，浴血奋战，打跑了鬼子，打败了国民党，现在生活发生了翻天覆地的变化，我们更要时时刻刻记住那段历史。艰苦奋斗、实事求是的作风不能丢，这样才能永远走在时代的前列！”2015年9月3日，李桂芳作为支前模范光荣地赴京参加了抗战胜利70周年纪念活动。胜利日阅兵式上，在经过天安门的方队当中，有130多位支前模范，李桂芳老人就在他们中间接受了党和国家领导人的检阅。问起这次来北京的心情，老人就是一句朴素的话：“习主席惦记着咱支前模范！”

主要资料来源：徐东升，汲广运．沂蒙精神研究［M］．济南：山东人民出版社，2017；中共临沂市委宣传部，临沂市社会科学界联合会．图说沂蒙红色文化［G］.2013；孙海英，陈永莲．沂蒙精神与临沂革命老区跨越式发展研究［M］．济南：山东人民出版社，2017.

沂蒙六姐妹：爱党奉献拥军情

1947年5月，华东野战军在孟良崮地区与国民党整编七十四师激战数日，最后全歼了这支国民党王牌军队。在离孟良崮不到30公里的小山村烟庄村，涌现出6位年轻的支前女英雄。1947年6月10日，鲁中军区机关报以《妇女支前拥军样样好》为题，报道了她们积极支援孟良崮战役的模范事迹，称她们为“沂蒙六姐妹”。她们是——张玉梅、伊廷珍、杨桂英、伊淑英、姬贞兰、公方莲。这六人是革命战争年代在沂蒙人民群众中产生的妇女英

雄群体。

烟庄村离孟良崮不远，1947年5月初，孟良崮战役打响后，每天都有赶赴前线的华野部队从烟庄村经过。当时只有150多户人家的烟庄村，成年男子都随解放军上了前线，连六七十岁的老汉也拄着拐棍给部队带路去了，留守在村里的只有妇女和孩子。当时村里留下主持工作的指导员有腿疾，行走不便，给群众下通知等工作根本无法及时完成。部队进村后，需要安排食宿、筹备军粮、护理伤员，大量的工作需要有人承担。六姐妹看在眼里，急在心里，毅然挑起了拥军支前的重担。她们几个经过合计，分工合作，张玉梅当村长，伊廷珍当副村长，其他人分别担任文书、财粮员等职务，共同挑起了领导全村支前的重担。

“沂蒙六姐妹”这一称谓，当年是陈毅元帅亲自命名的。有一天，六姐妹接到通知去蒙阴的野战军指挥部。陈毅很亲切地询问她们这些日子摊了多少煎饼，做了多少鞋子，有什么困难，问完情况，就笑着说，给你们起个名字吧，叫大嫂呢，你们还有没结婚的呢，叫大姐吧，还有结了婚的，干脆就叫“沂蒙六姐妹”吧。

六姐妹上任不久，区上的通信员就送来了一份紧急通知。姐妹们将通知打开一看，原来是区上要求她们村给解放军的骑兵战马凑草料5000斤，并要火速送往指定地点。全村百十户人家，平时不用半个时辰就可集合，可眼下都潜伏在山沟里，村里冷落寂静，凑草料就得翻山越岭。那时，虽然六姐妹正当年轻力壮，但毕竟都是缠过脚的，爬山越岭实在不便。尤其是伊淑英，身怀有孕，行动起来更是困难，过山岭的时候，她觉得两腿像灌了铅似的，怎么也抬不起来了，就坐下来，想歇息一会儿。张玉梅了解她的难处，让她返回村里干些别的工作。伊淑英刚往回走了几步，听到远处战马嘶鸣，放眼一看，大路上正走过来一队骑兵。她立刻又折回头，继续往山上爬，姐妹们问她为什么又回来了，她说：“兵马未动，粮草先行。队伍正在开进，我怎么能往回走呢！”于是六姐妹一起行动，一道道山梁，爬上爬下；一户户村民，深情动员。短暂的几天，一担担谷草、一袋袋料豆运到了指定地点。

当她们完成了任务，拖着疲惫的双腿，刚走回村公所，又接到紧急通知，要她们在两天之内将5000斤粮食加工成煎饼再运往前线。看罢通知，六姐妹都凝神静思：全村除去军属和老弱病残，能烙煎饼的不过70人。两天内每人要烙70多斤粮食的煎饼，其中要经过运输、分配、碾磨、烙成等七八道工序，能完成吗？可是，她们又转念一想：前方战士正在冲锋陷阵、流血牺牲，是为谁？决不能让亲人饿着肚皮打仗！于是大家决定分头到四处山沟里发动。经过六姐妹的动员，妇女们都从山沟里赶回家来。入夜时分，烟庄村人气陡增。碾滚磨转，各家各户的屋里又亮起了灯火，六姐妹除了完成自己应摊的一部分外，还主动把十几户军属的任务也包了下来。

张玉梅分派任务、组织运粮，一天没有顾上吃饭，晕倒在鏊子边，大家把她抬到床上。她醒过来后，喝了几口水，吃了几口饭，又开始烙煎饼。公方莲由于连夜劳累，烙着煎饼的时候就瞌睡起来，手烙伤了还坚持把煎饼烙完。"沂蒙六姐妹"的精神感动了众乡亲，大家齐心协力，硬是想方设法把5000斤粮食的煎饼按时运到前线，送到了战士们的手中。

5月15日，东方刚刚露出一抹朝霞，村里就开进一队解放军，接着，担架队、伤员也纷纷到来。前线下来的担架队将伤员送到烟庄村，六姐妹立即发动全村妇女从山里搬回锅碗瓢盆为伤员烧水、做饭，包扎、护理，精心照料。正当她们为伤员包扎伤口、给战士们发慰劳品时，区上又连续下发了3份紧急通知：要在五天内完成赶制三批军鞋的任务。烟庄村妇女们毫无怨言，又默默地拿起了针线。眼明心细的姬贞兰，做得一手好针线活。她忙活了一整天，帮着姐妹们打鞋壳、弄鞋帮、纺线捻绳。夜深了，她又坐在昏暗的油灯下纳鞋底。一只鞋底至少要纳120行，一行要扎30多针，每针要经过锥眼、穿针、走线、拉紧等多道工序。针针线线都寄托着姐妹们的无限深情，把沂蒙山人的心都纳进了这厚厚的鞋底里了！为了解放军有鞋穿，她们带领妇女们在两天内做了78双军鞋，保质保量地完成了任务。

在战役打得最激烈的时候，六姐妹又接到往前线运送弹药的任务。她们商量了一下，认为这是较危险的任务，必须由自己承担。她们没有挨户动员，而是以她们六人为主，又联络了几个骨干，组成运输队，上了前线。

150 斤重的弹药箱，她们两人抬一个，翻越十多公里的崎岖山路，一直送到前沿炮兵阵地。炮兵战士们看着这群妇女运输队，一趟又一趟地给他们运弹药，无不感动万分，这无疑更加鼓舞前线将士勇猛作战的斗志。六姐妹说:“听着俺们运的弹药，在敌人的头上轰隆隆地响，心里比什么都自在。”

完成了运弹药的任务，回到村里，映入她们眼帘的是一片忙乱景象。驻烟庄村一带的部队要转移，敌人很快将占据这一带。向北转移的群众扶老携幼，络绎不绝。部队首长找到她们，命令尽快转移，并委托她们找八套便衣。六姐妹迅速借来衣服、帽子等，又帮助战士进行化装。等她们忙完，还没有走出村子，敌人就占领了南山，一颗炮弹打来，把杨桂英家 4 岁孩子的耳朵都震聋了。

据不完全统计，在孟良崮战役期间，她们带领全村为部队烙煎饼 15 万斤，筹集军马草料 3 万斤，洗军衣 8000 多件，做军鞋 500 多双，捐赠鸡蛋 450 多个，运柴火 1700 多斤，缝补了不计其数的裤、褂。稍微有点空儿，她们就赶紧在村子或前线搞宣传，鼓舞士气。1947 年 6 月 10 日，当时的《鲁中大众》发表了题为《妇女支前拥军样样好》的文章，报道了她们的模范事迹，称赞她们崇高的革命献身精神。正是沂蒙女性在后方没日没夜地操劳和支援前线，华东野战军才顺利在孟良崮一举歼灭了号称“五大主力之首”的国民党精锐部队整编第七十四师，扭转了整个华东战局。

中华人民共和国成立后，“沂蒙六姐妹”依然心系国家大事，十分关注国防建设。六姐妹把对子弟兵的深情厚谊，化作新时期爱党爱军的实际行动，积极投入到新时期双拥共建活动中去。每逢“八一”等节日，在县人武部、驻蒙阴武警中队，总能看到六姐妹和官兵共度节日的动人情景，姐妹们把精心缝制的鞋垫送到战士们手中，眼中充满了关怀的目光。蒙阴县人武部在每年新兵入伍时，都会邀请“沂蒙六姐妹”为新兵讲述革命传统故事，教育新兵苦练本领，为沂蒙争光。

1996 年 9 月，杨桂英的外孙郑伟高中毕业回到村子后，从小就听着外婆讲革命故事长大的他，在杨桂英带领下第一个在镇上报名参军，而后，顺利地通过了体检、政审。新兵出发那天，杨桂英亲自将外孙送上了汽车。

1998年冬季征兵时节，蒙阴县人武部院内出现了一幕感人的场面——伊廷珍风尘仆仆地领着两个孙子从烟庄村赶来报名应征。伊廷珍家可谓是“军人之家”，三代人相继参军报国。昔日，她坚决支持丈夫去当兵，后来又把儿子送往部队，如今又把两个孙子交给了军队。

六姐妹把拥军情带进了新时代，她们进京看“孙女”的故事在首都北京传为美谈。2001年4月5日上午10时，解放军第二炮兵通信总站全体官兵敲锣打鼓，用最隆重的仪式欢迎来自远方的贵客——“沂蒙六姐妹”。没等她们走下车子，三连女战士彭悦早已激动地奔向前去，搀扶着仰慕已久的革命老奶奶。早在1998年中秋节，从沂蒙山区入伍的彭悦利用探亲的机会专程拜访了“沂蒙六姐妹”。当时白发苍苍的老奶奶见到穿军装的彭悦时，比见到自己的亲孙女还要高兴。回到部队后，彭悦牢记着“沂蒙六姐妹”的教导，扎实工作，奋发进取，荣立了三等功。“沂蒙六姐妹”闻讯后，决定进京看看兵“孙女”。祖孙两代在一起，说不完的话，叙不尽的情。六姐妹还先后去北京天安门国旗护卫队、赴上海看南京路上好八连，带着沂蒙老区的深情厚谊矢志不渝地拥军，在社会主义新时期继续为党、为国家做出新的贡献。

“沂蒙六姐妹”还情系灾区，奉献爱心。1998年8月，长江流域特大洪灾牵动着“沂蒙六姐妹”的心，她们在生活并不宽裕的情况下，每人向灾区捐款500元，并绣制了几十双鞋垫，连同一封慰问信寄往抗洪第一线。2008年“5·12”四川省汶川县发生特大地震后，“沂蒙六姐妹”自行开展了“交纳特殊党费，捐献一颗爱心”的活动，每人捐款600元。当她们从电视上看见子弟兵在一线不怕流血牺牲，冒着生命危险参与抗震救灾的情景时，心疼得直掉眼泪，就发动儿媳、孙女和全村妇女经过十几个昼夜加工，赶制了500双“千层底”寄给抗震救灾一线的子弟兵。

“沂蒙六姐妹”60多年拥军报国的先进事迹，激励着全县人民。在她们的带动和影响下，蒙阴县拥军优属活动广泛深入地开展，继1996年荣获“全国拥军优属模范县”之后，又连续6年被山东省人民政府、山东省军区评为“全省双拥模范县”。中共中央政治局原委员、中央军委原副主席、国防部原部长迟浩田上将高度评价“沂蒙六姐妹”在革命战争年代和社会主义建设中做出的突出贡献，为她们题词“沂蒙六姐妹，拥军情永不忘”。

如今，六姐妹的事迹已镌刻进了莱芜革命纪念塔和孟良崮战役纪念馆的花岗岩碑文里。“沂蒙六姐妹纪念馆”也在她们的家乡建成，建筑面积5000多平方米，馆名由迟浩田题写。2007年，在建军80周年之际，她们又被评为“全国十大爱国拥军新闻人物”和“十佳兵妈妈”等荣誉称号。以她们为原型的电影《沂蒙六姐妹》播出后，“沂蒙六姐妹”的事迹在全省、全国引起了强烈反响。

“沂蒙六姐妹”作为一个蕴含大爱、大义的闪亮红色文化品牌，让我们了解了沂蒙人民爱党拥军的优良传统。我们要铭记革命历史，培养爱国主义情感，增强民族凝聚力，以“沂蒙六姐妹”为榜样，为全面建成小康社会和实现中华民族的伟大复兴努力奋斗！

主要资料来源：徐东升，汲广运．沂蒙精神研究［M］．济南：山东人民出版社，2017；临沂地区妇联．沂蒙红嫂［M］．济南：黄河出版社，1990；苑朋欣．沂蒙精神溯源研究［M］．济南：山东人民出版社，2017.

王步荣：四儿一女上战场

“朝阳官庄彭大娘，拥军工作做得强。母送子来，妻送郎，彭大娘四儿一女上战场。”这是在1945年的《大众日报》上刊登的一支脍炙人口的歌曲。

歌词中的彭大娘，就是沂水县朝阳官庄村被授予“鲁中模范军属”的王步荣。王步荣是沂水县沂水镇小滑石沟村人。因丈夫姓彭，人们都叫她彭大娘。彭大娘34岁时，丈夫不幸病故。五个孩子靠她一人抚养，生活十分艰难，万般无奈，只好把大儿子、二儿子送到地主家扛长活。地主家非人的生活给二儿子幼小的心灵种下了反抗的种子，他较早地接触了革命。

1937年，王步荣积极支持二儿子到沂水抗日游击十九中队当兵。二儿子的革命使这个历经磨难的妇女懂得了穷人只有起来革命才能翻身解放的道理。于是她积极参加革命活动，并担任了村贫民互救会组长。她整日里四处奔波，各项工作干得都很出色。1938年，她光荣地加入了中国共产党。从此，王步荣的家就成了我党的秘密联络点。当时省、县、区的干部康冠三、张金星、王文绍、王文清、黄达真、李红、来玉芳、姚其贵等同志都经常吃住在她家。

王步荣大娘倾注全部热情为他们烧水做饭、站岗放哨、传递情报……有一次，黄达真同志在执行任务中被敌人抓住，胸前的肉都被敌人用蜡烛烧坏了。党组织设法把他营救出来后，就安排在王步荣家休养。王步荣大娘看着遍体鳞伤的同志，心痛得直流眼泪，她赶紧撕出棉被套烧成灰给黄达真敷伤，然后冒着生命危险上山采草药，配置土方给他治疗。每天熬药洗伤口，并把家中的母鸡杀了煮好给他滋补身体。经过王步荣的精心护理，黄达真同志恢复了健康，重新回到了战斗岗位。

1939 年，王步荣的二儿子在攻打敌人据点时，英勇牺牲。二儿子牺牲后，王步荣没有被悲痛所压倒，她擦干眼泪，又将三儿子送到区中队，参加了沂水县二区中队。她斩钉截铁地说："俺家老二牺牲了，给部队带来了损失。再把老三交给你们，让他多杀鬼子，给老二和牺牲的同志报仇！" 1942 年，在抗战最艰苦的时期，她又送刚满 14 岁的四儿子到山东纵队当兵。接着，党组织号召一部分女同志到后方学习，为部队培养医护人员。王步荣又说服女儿和本村两名姑娘积极响应号召。

1945 年大参军运动中，对党忠心耿耿的王步荣又想起了留在身边的大儿子，在一个阴雨连绵的夜晚，王步荣躺在床上翻来覆去，怎么也睡不着。她知道这次动员参军的任务很重，如果自己带头把留在身边的大儿子送去参军，工作就好做了。可自己已先后把四个儿女送到军队，只有这一个儿子留在身边。儿子 34 岁才娶上媳妇，孩子还不到 1 岁就让他参军，工作能做得通吗？儿媳能理解吗？她又想到了自己的一生……辗转反侧，一夜未眠。天亮时，雨还在淅淅沥沥地下着，王步荣实在躺不住了，就早早起了床。她收拾好了锅灶，先烧了一大锅开水，预备着同志们来喝，然后做好了一家人的早饭，并把平日里从不舍得吃的鸡蛋荷包了两个。这时天已大亮，儿子、儿媳也都相继起床，王步荣摆好饭菜，把一家人叫来坐下，然后亲自把盛有两个荷包蛋的饭碗递到了儿子手里。儿子看到鸡蛋愣住了，可他马上明白了什么，停顿了一会儿，他瓮声瓮气地说："娘，你是让我去参军吧？我不想去，我要留在您身边。"忠厚老实的大儿子历来对母亲是唯命是从的，可这次……王步荣张了张嘴，要说的话又咽了下去，她知道大儿子是个孝顺孩子。她拍了拍大儿子的肩膀说："孩子，娘理解你的心情，你不是不愿去，而是觉得家里需要你。可现今部队更需要你，只要你报了名，咱村的工作就好做了……"她又开导了儿子半天，并做通了儿媳的工作。在动参大会上，大儿子第一个报名参军，这一行动影响了全村，出现了母送子、妻送郎、兄妹相送、爷仨争参军的热烈场面。这个仅300余人的小村，就有40多名青壮年参军。为此，中共沂北县委授予朝阳官庄"荣冠全区"锦旗一面；中共二区区委奖给该村"保国争光"光荣匾一块。王步荣送四儿一女上前线的事迹被登到了《大众日报》《鲁中大众》等报刊上，歌颂王步荣的秧歌小调也到处传唱。

在荣誉面前，王步荣没有止步，她又带领本村的秧歌队，到邻村进行宣传。每到一村，姑娘们一边扭一边唱：

"母送子，妻送郎，
识字班送兄上战场。
保国家，保家乡，
穷人饭碗有保障。
……"

秧歌一停，彭大娘就现身说法。通过宣传，这些村的适龄青年主动报名参军。当时井峪村参军的青年就有28名，牛栏村有42名……这些村的动参工作热火朝天地开展起来后，带动了整个区的工作，全区一次参军360人，当时被沂北县誉为"参军模范区"。

1945年，王步荣获"鲁中区模范军属"光荣称号。中华人民共和国成立后，党和政府给予王步荣极大关怀。她却从不向组织伸手，保持了一个共产党员艰苦朴素的优良作风，勤恳工作，为家乡建设和教育新一代做出了贡献，赢得了人民的爱戴。

主要资料来源：临沂地区妇联．沂蒙红嫂［M］．济南：黄河出版社，1990；徐东升．基于沂蒙精神育人的社会主义核心价值观教育研究［M］．济南：山东人民出版社，2015；孙海英，陈永莲．沂蒙精神与临沂革命老区跨越式发展研究［M］．济南：山东人民出版社，2017.

李凤兰：痴心一片意志坚

李凤兰是千千万万“沂蒙红嫂”中的一员，在她身上演绎了一位沂蒙女性一生凄楚却又无怨无悔的感人事迹。

李凤兰 11 岁那年跟随父母从章丘回到故乡——蒙阴县城关镇李家堡德村。李凤兰饱尝了兵荒马乱之灾，颠沛流离之苦，小小年纪就领悟到共产党是穷人的大救星，八路军是人民的子弟兵。

1945 年 4 月，在欢庆抗日战争胜利的日子，父母给十七岁的李凤兰定了亲，并约定来年十月完婚。未婚夫叫王玉德，小东关村人，父亲已去世，母亲体弱多病，这是李凤兰知道的将来婆家的全部信息。1946 年，蒋介石挑起内战，大肆进攻我解放区。同年 8 月，王玉德带头报名参了军，李凤兰收到信后，带着自己给未婚夫做的新布鞋急急忙忙往婆家赶。她想让未婚夫穿着自己做的鞋迈上战场，想让未婚夫知道自己对他的惦记与牵挂。当她到了婆家，王玉德已匆匆随部队奔赴前线了。心里的愿望没有实现，一股酸楚涌上心头，但李凤兰相信总有一天会看见自己的夫婿，让他穿上自己亲手做的新鞋子。

眼看婚期越来越近，可是一直没有王玉德的音讯。李凤兰的爹妈劝女儿推迟婚期，但为了照顾年老多病的婆母，好让王玉德安心杀敌立功，李凤兰说服了爹妈，在原定婚期嫁到婆家。1946 年 10 月 19 日，王家举行了一场没有新郎的婚礼。按当地的风俗，李凤兰头戴红巾，和嫂子怀抱的一只大公鸡拜了堂。作为新嫁娘，该是多么羞涩和激动？但是凤兰的脸上只有伤感和缺憾。夜空中的星星迷茫隐晦，思念的夜晚一个又一个，李凤兰心里多么期盼丈夫的早日归来。

此时，战事迫近。部队不断地进驻蒙阴小东关村，李凤兰婆家也住进了不少战士。李凤兰安排战士住宿，劈柴烧水做饭，组织妇女做军鞋、做军衣，积极拥军支前。一次，很长时间没回娘家的李凤兰回去看爹妈。就在回去第三天，婆家就派来了人，火急火燎地告知王玉德回来了，赶快回去见个面！王玉德随部队急行军路过县城，抽空得以回家探亲。李凤兰自订婚到结婚，算来两年多了，却还不知道丈夫啥模样，她多么想和丈夫见上一面，说上句悄悄话呀！李凤兰使出了全身的力气，从山里的羊肠小道往家跑，她想着自己临走的时候，被子是否叠得整齐？屋里的嫁妆上这两天是否落下灰尘？她有好多话想对丈夫说，她想对丈夫诉说自己的委屈和孤单；她想问男人吃饭没有？是喜欢吃辣还是吃咸？他是长住，还是有了归期？山间沟沟坎坎崎岖不平，李凤兰一路上摔倒了多次，腿伤了，手破了，肩上背的小包袱也划了个窟窿。

然而当她跑完 4 公里路，怀着喜悦的心情推开家门时，哪里还有丈夫的身影？只有婆母在那里落泪。服从是军人的天职，当集结号吹响的时候，王玉德就匆匆归队出发了。婆母颤抖着嘴唇说：“可苦了俺这儿媳妇了！”“慌乱年景，这算得了啥？”李凤兰嘴上这么说，泪珠却流了下来。她抹了把泪，带上那双给丈夫做了两年多的鞋子，一口气追了几公里。然而，王玉德和部队早走远了，只有溅起的尘土在空中弥漫着。李凤兰见到丈夫的愿望再次落了空，她呆呆地站在路口，痴痴遥望远方，伤心的泪水浸湿了路面，李凤兰心里不停地怪自己，要是不是小脚就好了。但李凤兰是坚强的，一回到家，她便把悲伤压在心底，把思念化作力量，一如既往地孝敬婆母，忙活支前……莱芜战役打响了，战斗险恶，军情火急。李凤兰五个日夜没有合眼，一边组织妇女支前，一边把自家的370斤粮食加工成面食，送往前线……

树叶绿了又黄，黄了又绿，转眼几个年头过去了。为了战斗的胜利，李凤兰烙了多少煎饼油饼，做了多少军衣军鞋，她自己也记不清了。李凤兰也已由一位普通的农家女变成了妇女干部、县人大代表，她不停地工作着，朝夕等待着，日夜期盼着，期盼着王玉德归来，期盼着那个激动时刻。盼啊盼，盼着解放战争胜利了，可是凤兰没有盼来王玉德的音讯。找啊找，找遍一批批携带荣军证荣归故里的退伍战士，找遍一批批佩戴军功章回乡探亲的部队干部，可李凤兰始终没有找到丈夫的身影。

李凤兰和婆母天天想，夜夜盼，盼着喜鹊登枝报喜。王玉德是婆母的连心肉，是婆母唯一的精神寄托，婆母天天站在大路口望啊，望啊，双眼望穿了，望瞎了，也没有见到儿子的面容。那些个夜晚，李凤兰孑然一身，面对孤灯，呆呆地望，痴痴地想，一坐就是半夜，泪水像断了线的珠子，一串串地落。但是，王玉德没有回来，也没有音讯。有时，她也担心：王玉德是不是牺牲了？更多的时候，她自我安慰：丈夫没有死，丈夫会回来的……李凤兰的心灰了又亮，冷了又热，她没有放弃最后的一线希冀。

终于有一天，那是1958年7月21日，李凤兰得到了丈夫的消息，但不是丈夫的亲笔书信，更不是丈夫荣归故乡，而是民政干部带来了一张鲜红的烈士证书。王玉德，早在莱芜战役中就英勇牺牲了。可怜李凤兰，整整期盼了14个春秋，期盼着看丈夫是啥模样，而今这期盼永远无法实现了。多少日日夜夜，多少绵绵相思，多少殷殷期待，多少冥冥痴情，一下子像断了线的风筝，飘向远方……李凤兰的心碎了，她无法关住感情的闸门，终于扑倒在床上，痛苦地抽泣。泪水湿透了枕头，湿透了被褥。县长、民政干部、乡亲们都来了，目睹斯景斯情，谁不泪水盈眶？人们不忍心劝阻，也不能劝阻，是啊，为了共和国的诞生，李凤兰承受的太多了，付出的太多了！让她哭吧，痛痛快快地哭吧，把泪水都哭出来，她也许会好些。

县里给王玉德举行了隆重的葬礼。送葬的时候，撕心裂肺的痛苦使李凤兰的身子重重地倒在了装着丈夫军大衣的棺材旁……李凤兰倒在床上，三天三夜，不吃不喝。夜晚，做伴的睡着了，李凤兰也睡着了。她似梦非梦，昏昏沉沉，思考了自己的前半生，也想过自己的后半生。李凤兰才30岁，她还年轻，她可以改嫁，她应该改嫁，她有权利改嫁，去重建一个幸福的家庭。然而，她没有走，因为看着白发人送黑发人的婆母，她不忍心离去，不能和丈夫相濡以沫，那就同婆母相依为命！

她对规劝的姐妹说："玉德同千千万万的烈士一起，用自己的生命换来了革命的胜利，换来了新中国的成立，他们死得值得。但是他们都有一个家，他们为祖国捐躯了，他们的家不应该消失。我要为玉德守好这个家，这个家也离不开我。"李凤兰决定留在夫家，她强忍痛苦，对婆母笑言宽慰，百般孝顺。婆母去世前颤抖着握着李凤兰的手，她心里感激李凤兰的孝顺与大义，眼泪含在眼里却什么话也说不出来……李凤兰在乡亲们的帮助下，安葬了婆母。

几年后，李凤兰抱养了一个女儿，又过了几年，她抱养了一个儿子。她说，儿女双全，玉德也该知足了。在给一双儿女取名字时，她不忘丈夫留给她信里的话："胜利了，俺和你再拜堂，战死了，那是光荣的事。"于是李凤兰给女儿取的名字叫"胜利"，给儿子取的名字叫"光荣"！

血泪的洗礼，使李凤兰变得更加坚韧，她积极参与东关村里的各项工作，派工出勤、销售征购、卫生防疫、处理纠纷、动员参军，到处留下了她不倦的身影。她热情大方，处事公道，德高望重，深受乡亲们的爱戴。

李凤兰没有做出惊天动地的业绩，但却坚守了一种崇高的革命理念，保持了一位沂蒙女性的美好品德，展示了一位"沂蒙红嫂"的高尚情操。党和政府没有忘记她，先后给予她"模范烈属""山东三八红旗手"称号，连续当选为县人大代表，被省妇联、济南军区命名为"山东红嫂"。1995年，山东省原副省长张瑞凤同志来蒙阴视察时，亲自登门拜访了这位"山东红嫂"。李凤兰凄美的爱情故事，正是普天下穷苦人民和共产党以及人民军队心心相连、情情相系的真情表现。军民间水乳交融、生死与共才有革命战争的胜利，才有中华人民共和国的诞生，才有我们美好幸福的今天！

蒙山依旧，汶水依旧。但无情的岁月，使李凤兰由女儿变成妻子，由妻子变成母亲，又由母亲变成年近古稀的老人。在她身上，我们看到的是一位沂蒙女性的贤德忠贞与情义无价。2008 年 4 月的一天，永远的新娘李凤兰老人安详地离开人世，终年 81 岁。

主要资料来源：中共临沂市委 . 沂蒙红嫂颂［M］. 北京：中央文献出版社，2002；徐东升 . 基于沂蒙精神育人的社会主义核心价值观教育研究［M］. 济南：山东人民出版社，2015；汲广运，王厚香 . 沂蒙精神的地域文化渊源研究［M］. 济南：山东人民出版社，2017.

梁怀玉：动参拥军献真情

莒南县洙边村梁怀玉与报名参军青年结婚的事迹，至今还在沂蒙地区广为流传。洙边村是个偏僻的穷山村，洙边村的梁家育有一子一女，拥有三间破草房，几亩山岭薄地。一家人靠打短工勉强可以糊口度日，是一个典型的沂蒙山贫苦农民家庭。自从这里来了共产党、八路军，梁怀玉因动员青年参军、拥军支前远近出了名。

当时，八路军发动群众开展抗日活动，“举办平民学校，以识字扫盲的方式传播先进思想”。[1]在洙边村组织了青年妇女识字班、少年儿童庄户学校，以及秧歌队和农村剧团等。梁怀玉是十里八乡有名气的俊俏姑娘，她生得容颜娇丽，妩媚动人，是洙边四乡有名的“花魁娘子”。梁怀玉16岁那年演反映夫妻生产的小戏《买驴》，在全乡大会演中，做戏好，身段美，轰动了全乡。人们都说洙边村出了个“金凤凰”。梁怀玉听在耳里，喜在心间。她想，我一个穷孩子，这份光荣还不是共产党给的？因此，她积极参加抗日工作。1944年，19岁的梁怀玉当了识字班班长、村团支部委员。

1944年春天，洙边乡的动员参军工作开始了。村党支部召开会议，要求青年民兵积极报名，识字班和妇救会配合上门动员。由于连年动员参军，村里符合条件的青年基本都已经参军上前线了，而且不断有牺牲的烈士通

1　孙海英.沂蒙早期党组织对实践马克思主义群众观的探索及启示[J].学海，2017(6)，14.

知传回村中，这给动员参军工作造成了一定的困难。作为识字班班长，梁怀玉认为要起到模范带头作用，但看到自己年迈的父亲，年幼的弟弟，又没有其他亲人可以动员，她十分着急。经过反复考虑，她最后决定：为了抗日，贡献自己的爱情和婚姻。

在参军动员大会上，党支部书记动员讲话之后，梁怀玉第一个上台发言，她说："青年们要响应党的号召，只有消灭了敌人，解放全中国，咱穷苦人才能过上好日子。当兵就不要顾虑家，咱们民主政府组织了帮工队，帮着军属种地，俺识字班今后一定照顾好军属。当兵上前线，也不要担心找不到对象，俺们识字班找对象就要找个当兵的，谁当兵谁光荣，谁第一个报名参军俺就嫁给谁！"在她的鼓动和带领下，识字班的 3 名女青年也在会上表了态。于是，许多青年争相报名。第一个报名参军的是村东头的刘玉明，在他的带动下，全村 11 个青年都报了名，工作进展得很顺利。

会后，刘玉明找到村长刘元村，老实巴交的刘玉明，憋了很久，说："村长，俺是第一个报名的吧，村长做主，给俺提提这门亲吧。"党支部为了使报名的人思想不动摇，便派副村长刘少举找梁怀玉谈婚事。

说出去的话，泼出去的水。可是，真要她嫁给刘玉明，思想斗争还是很激烈的。当时，已是远近闻名的"明星"梁怀玉，长相在村里也几乎是最好的。刘玉明个子矮小，家里四口人，父亲双目失明，母亲患气管炎、痨病，常年不能起床，还有一个 15 岁的小妹，家里穷得叮当响，实在不相配。梁怀玉的父亲说啥也不愿让她嫁到刘家。

梁怀玉想起了她演的《王宝山参军》，戏里的她深明大义，生活中的自己就糊涂了吗？做人就要表里如一，党是咱的救命恩人，

为了党的工作，个人怎么都行。她下定决心要跟刘玉明结婚，又做通了父亲的工作，很快把婚事定了下来。村里人知道后，议论纷纷，都说那样的闺女跟着刘玉明，真是太可惜了。说归说，乡亲们还是很佩服她的，一个闺女，说到做到，真是好样的。正月十五日，梁怀玉亲手给刘玉明戴上大红花，和识字班的青年们一起扭着秧歌，唱着送郎参军的小调，一直把12名新战士送到驻地。全区的欢送大会在张家莲子坡召开，新兵在这里集结，全区的秧歌队在这里会合，人们传颂着这个自愿嫁给新兵的梁怀玉，她又一次成了轰动全区的英雄人物。为了刘玉明能在部队安心打仗，她和刘玉明在区中队集训期间完了婚。婚后12天，刘玉明在部队首长的带领下同全区近百名青年胸戴大红花，走上了抗日救国的最前线。

从此，刘家的担子落到了梁怀玉的肩上。公公吃饭，需要她递到手里；婆婆治病，需要她去抓药煎汤。她进了门就给公公卷煎饼，一卷就是几十年，直到公公去世。婆婆的病情本来正在恶化，自从她进了门，病渐渐有了好转，身体一天天硬朗起来。婆婆活到84岁，全是她照料得好的缘故。地里的春耕秋收，场上的收晒打藏，家里的推碾缝补，全都是梁怀玉去承担。后来，国民党反动派到处抓共产党干部和军属，一家人因此不能在家里住，于是她领着公公，扶着婆婆和小姑子一起东躲西藏，流离失所。敌人闯进她家，抓不到人，就在她家的屋墙上写道："梁怀玉，你丈夫在哪里？"以此威吓她。敌人并没有吓倒梁怀玉，她除了干好家务活，还坚持参加革命活动。她一直担任识字班班长，村里的支前工作，如推米磨面、烙煎饼、做军鞋、送慰劳品，她样样都跑在前面。

1947年，国民党反动派重点进攻山东时，形势异常紧张。她带领20多个识字班队员秘密挖窖子，藏军粮，受到领导的表扬，她的事迹还上了当时的《滨海日报》。一天夜里，她们村接到上级命令，要她们紧急出动人力到王庄去抢运粮食。王庄离敌人据点板泉很近，路上还要穿越敌占区，很危险，梁怀玉毫不犹豫地带领100多个识字班队员和民兵队一起运粮食。敌人的炮楼上点着火把，敌人哨兵的身影在光焰中晃动。她们小心谨慎，从敌人的鼻子底下急行上百里路，在天明前把粮食运了回来，交给了部队。

有一次，解放军的流动医院进驻洙边村，家家住满了伤病员。住在梁怀玉家的是一个腿部受伤的排长，梁怀玉把家里唯一的土炕让给这位排长和他的通信员住。公公睡锅屋，她和婆婆、小姑子挤在过道里。这位排长非常感激，几次要求让出炕。梁怀玉说："同志，俺家也是军属，我是党员，咱们不是外人，你就不要客气了。你为咱们穷人受了伤，住炕还不应该吗？"

她和家人在艰难的生活和险恶的环境中煎熬着，终于盼来了革命的胜利。1949 年 1 月，徐州解放了，刘玉明第一次从部队驻地徐州往家里写了一封信。梁怀玉接信后步行几十公里走到牛山火车站，坐车来到徐州。可是，部队却又出发上前线了，她空跑了一趟，没有见到丈夫。第二年，她又只身去找，还没有找到。1950 年春，她第三次到徐州寻夫，终于找到刘玉明，当时刘玉明已是坦克部队的一名连长。夫妻俩在徐州照了一张合影，这张姗姗来迟的合影记录着他们的憧憬和喜乐。

1955 年，刘玉明转业到临朐县公安部门工作，直到 1980 年离休回乡，他和梁怀玉才真正生活在一起。梁怀玉爱党爱军，几十年如一日。1992 年 3 月，她被山东省妇联、省民政厅、省军区政治部评为"山东红嫂"，并授予省"三八红旗手"荣誉称号。

主要资料来源：中共临沂市委．沂蒙红嫂颂［M］．北京：中央文献出版社，2002；徐东升，汲广运．沂蒙精神研究［M］．济南：山东人民出版社，2017.

吴淑华：模范织布为军需

吴淑华，山东省临沭县夏庄镇东北村人，著名的支前模范和纺织模范。她丈夫姓陈，别人称她为陈大娘，陈大娘1941年加入中国共产党，并担任了村妇救会会长。

1942年，抗日战争进入艰苦岁月，山东根据地的军民吃饭穿衣都十分困难。但是“经过新思想启蒙和马克思主义教育引导的群众，特别是经过暴动战火洗礼的先进群众，毅然选择了跟定共产党，在革命处于低潮时，默默支持着风雨飘摇中的沂蒙革命。”[1]其中陈大娘响应党的号召，利用她娴熟的纺织技术，积极地投入到反“蚕食”斗争中。她带领全家人不分白天黑夜、严寒酷暑，纺线织布。她不光自己干、全家干，还挨家挨户发动村里群众纺线织布。在她的发动下，全村百分之八十的农户都行动起来。她将部队运来的棉花分发到各家各户，又将各家各户织出的布收起来，验收成布后交给部队。陈大娘又动员全村妇女组织起来成立了纺织合作社，她担任了合作社理事会委员，女工们集中起来日出而作，日落而归。紧张的劳动就像战斗，很快就做好了部队军衣所需用布。遇到敌人“扫荡”时，陈大娘负责掩护物资，带领女工们机警地避开敌人的搜查。陈大娘全身心地扑在抗日救国、生产支前的工作上，以自己的模范行动，把东北村的妇女全都带动起来，为抗日支前而劳动生产。

1　孙海英.沂蒙早期党组织对实践马克思主义群众观的探索及启示[J].学海，2017(6).

妇女生产事业发展，不仅直接支援了战争，改善了群众生活，而且提高了妇女的经济地位。不久，山东军区教导二旅在朱樊村办起纺织厂。陈大娘自告奋勇，率领大儿子陈兆祥，带着自己的一台铁制织布机和一台木制织布机，来到朱樊厂参加织布工作，并把自己的织布技术传授给同志们。

1941 年到 1943 年，沂蒙地区各类妇女工厂相继建立。临沂各县妇救会，积极响应省妇救总会的号召，举办纺织、饲养多项训练班，组织成立各类生产小组，充分发挥了妇女在各条生产战线上的独特作用。在那硝烟弥漫、战火纷飞的岁月，许多男子参军、支前，奔赴前线，所有后方战时勤务，特别是生产劳动，就毫无疑问地都落在了妇女身上。当时沂蒙山区的妇女，成了生产战线上的先锋。许多家庭妇女，操起了镰刀、锄头，扶起了犁耙，摇起了辘轳，紧张地参加了农业生产运动。还有不少的村庄，成立了纺纱小组、织布小组、缝纫小组、养蚕小组、制鞋小组等等。不少从不出门的大姐、大嫂，也响应号召，登山植树。这些妇女劳动大军，走上生产建设第一线，解决了战争中劳动力严重不足的问题，也使得男劳力无后顾之忧，全力以赴地投入到参军参战支前工作中去。在军需奇缺、民用不足的情况下，广大妇女直接支援了战争，密切了军民关系，保障了战争的胜利。同时，由于妇女参加生产劳动，也打破了几千年来的封建禁锢，不仅充分显示了妇女是浩瀚而伟大的人力资源，也充分证明了，妇女只有参加劳动生产，投入经济活动，才能改善生活水平，提高社会政治地位，维护妇女的人格尊严，进而获得自身的解放。

1944 年，反“蚕食”斗争取得很大胜利，滨海区的抗战已转入局部反攻。为扩大抗日队伍，临沭县掀起了第一次参军高潮，陈大娘响应党的号召，带头送子参军。县委和部队党委为表彰和宣传陈大娘的模范行动，在当时的县委驻地店头村召开隆重的欢迎大会，让陈兆祥披红戴花，骑上高头大马，陈大娘坐上花轿，全村群众涌上街头，敲锣打鼓，龙灯旱船，载歌载舞，将陈兆祥送到部队驻地。陈大娘在欢迎大会上登台讲话，动员广大青壮年踊跃参军，为国杀敌，为民立功，由此在群众心中产生了重大积极的影响。很快，全县参军运动出现了新局面，到处出现母送子、妻送郎参军的动人事迹。为表彰陈大娘的模范事迹，滨海行署于 1943 年、1944 年分别授予陈大娘“生产模范”和“支前模范”的光荣称号。

主要资料来源：靳星五．沂蒙巾帼英模传记[M]．济南：山东人民出版社，1997；孙海英，陈永莲．沂蒙精神与临沂革命老区跨越式发展研究[M]．济南：山东人民出版社，2017.

裴兰贞：动参拥军好模范

1890年，裴兰贞出生在一个贫苦农民的家庭里。父亲早年去世，全家靠讨饭为生。因生活所迫，12岁的裴兰贞就给老泉崖村的裴廷云当了童养媳。艰苦的环境，磨炼了裴兰贞刚毅、淳朴、爱憎分明的性格。

充分依靠群众、发动群众，是开展武装斗争的基础条件和保障。[1]1939年，共产党地下工作人员来到老泉崖村，秘密地与裴兰贞等几个长工、讨饭的穷人接上了头，经常给他们讲述“穷人翻身闹革命，抗战救国”的革命道理。已经50岁的裴兰贞感觉到这些道理句句说到了老百姓的心坎上，她想：“共产党、毛主席太了解咱穷人了。穷人要想过好日子，就得跟着共产党八路军闹革命，赶走日本鬼子，打倒反动派！”1940年冬，裴兰贞、王春明等8人在村里秘密组织了“职工会”。他们经常传送情报，向穷人宣传革命道理，开展抗日工作。

1941年，费南县二区区中队100多人驻防在老泉崖村。为了防止敌人偷袭，裴兰贞等人积极发动群众配合区中队，在村周围修筑了坚固的围墙。5月27日拂晓，日本鬼子、汉奸队和土匪刘黑七残部共千余人，突然包围了老泉崖村。敌人先用炮轰，后用机枪扫射，接着就像疯狗一样向村里扑来，妄图歼灭区中队。为了掩护群众转移，区中队英勇反击，接连打退敌人的几次进攻，村四周到处是敌人的尸体。区中队的战士们不怕牺牲、顽强战

1 孙海英.沂蒙早期党组织对实践马克思主义群众观的探索及启示[J].学海，2017(6).

斗的精神，给了裴兰贞很大鼓舞。她和职工会的几个同志组织起群众中的积极分子，密切配合区中队作战，一边组织群众转移，一边给战士们运子弹、挑水送饭、抢救伤员。裴兰贞冒着硝烟，把饭送到战士们面前。有一位战士感动地说：“您这么大年纪还来送饭，我们一定要多打死几个鬼子，报答您老人家。”有的战士受伤倒下了，她就赶快背回家，将伤口包扎好，喂水喂饭，然后把伤员藏起来。

战斗到中午，敌人仍没能攻进村，就向村内投放了毒瓦斯，熏得战士们喘不过气来，睁不开眼睛。裴兰贞听说水和酒能够解除毒气，就和其他职工会员从家里拿来酒送给战士们。敌人狗急跳墙，把抓来的鸡浇上汽油，点着火扔进村里，将老泉崖村烧成一片火海。这时，大部分群众已安全转移，区中队完成了掩护群众转移的任务之后，分 3 路成功突围。

老泉崖村战斗之后，裴兰贞光荣地加入了中国共产党。不久，她又被选为老泉崖村的妇救会长。裴兰贞入党之后，担任地下情报联络员，具体负责午门、流峪、唐村等 14 个村庄的联络工作。当时，敌人每间隔 2.5 公里设置一个炮楼，5 公里一条封锁线，岗哨暗探密布，盘查甚严，联络工作十分危险。裴兰贞有时打扮成要饭的，有时打扮成走亲戚的，有时打扮成卖针线的，在十几个村庄之间频繁活动。由于她平时胆大心细，摸清了敌人的活动规律，哪个村庄有炮楼，哪个炮楼住多少人，什么时间换岗，裴兰贞都查探得一清二楚，每次都能完成任务。

1942 年的一天夜里，裴兰贞刚刚睡着，忽然听到咚咚的敲门声，来人是邻区一位联络员。他说：“这是鲁南军区的信，送给驻在午门的县大队，天明前一定送到。”裴兰贞一看，信是三角形的，信封上插着 3 根火柴和 1 根鸡毛。她知道，这是一封十万火急的鸡毛信，一刻也不能耽误。

从老泉崖村到午门要走七八公里山路，需经过大岭上敌人的一个炮楼。她把信缝在裹脚布里，挎上一个破篮子，放上点儿碎煎饼，拿上一根小木棍，就出发了。天色昏暗，看不清路，她高一脚低一脚地来到大岭炮楼，刚想过去，就从炮楼上下来了两个汉奸，端着枪盘问起她来。裴兰贞机警地装扮成要饭的，敌人看她衣衫褴褛，又上了年纪，就放她走了。就这样，裴兰贞通过了关卡，终于在拂晓前把这封“鸡毛信”送到了午门，交给了县大队。县大队按照军区的指示，安全地撤出了敌人的包围圈。

1943年，八路军主力部队进行扩编，地方各级政府积极动员青壮年参军，掀起了轰轰烈烈的参军大动员。4月间，费南县二区在南唐村召开“动参”誓师大会，裴兰贞第一个走上主席台，慷慨激昂地说：“为了打垮日本鬼子，解放全中国，俺送儿去参军！凡是有良心的中国人，都要拧起劲来，早一天把日本鬼子赶出中国去……”

回到家里，裴兰贞把给大儿子裴传珍报名参军的事，对丈夫说了。丈夫埋怨道：“光你白天黑夜在外边疯癫，已经够俺担惊受怕了，再叫儿子去当兵，万一有个好歹，咱可怎么活呀！”裴兰贞耐心地劝说丈夫：“不把鬼子赶出中国，穷人就别想过上好日子，都不去当兵，谁去打鬼子呢？”

参军那天，大儿子骑着高头大马，裴兰贞骑着一头毛驴，母子俩都戴着大红花。裴兰贞和乡亲们一道，敲锣打鼓，把儿子送到区上。大儿子到了部队，英勇作战。1945年冬，在与国民党反动派的一次战斗中光荣牺牲了。全家人得知这个噩耗后，悲痛万分。

失去亲生骨肉的疼痛剜着她的心，但裴兰贞忍住悲伤，一边劝丈夫，一边坚强地对全家人说：“都别哭了，打仗没有不死人的，孩子是为解放全中国死的，为咱老百姓死的，死得值得。咱穷人就得有志气，只要咱们还有一口气，就跟国民党反动派血战到底！”为了纪念牺牲的烈士，区里在老泉崖村给裴传珍召开了追悼大会。裴兰贞在追悼会上说：“大儿子牺牲了，俺心里很难过。但是，敌人想用杀害革命者的手段来吓倒俺，这办不到！俺大儿子牺牲了，还有二儿子、三儿子，俺叫他们都上前线杀敌人，为他哥报仇！”

美帝国主义发动了侵朝战争。裴兰贞又毅然把二儿子送到部队，参加了抗美援朝战争。裴兰贞两次送儿参军的事迹，在当地传为佳话，县政府授予她“拥军模范”的光荣称号。

中华人民共和国成立后，裴兰贞仍保持着当年那股劲，积极参加社会主义建设，多次被评为县里的劳动模范。1954年，她光荣地出席了山东省人民代表大会。1956年，她又当选为中共平邑县第一届委员会委员。1976

年 5 月 13 日，86 岁的裴兰贞与世长辞。她虽然离开了我们，但她那高尚的情操，为革命献身的精神，永远鼓舞着我们前进。

主要资料来源：张一涵 . 琅琊名士多：红嫂卷［M］. 北京：新华出版社，2015 年；孙海英，陈永莲 . 沂蒙精神与临沂革命老区跨越式发展研究［M］. 济南：山东人民出版社，2017.

董力生：担架英雄树劳模

董力生，赣榆县城头镇董青墩村人。孟良崮战役期间，她被中共华东局授予“担架英雄”称号。中华人民共和国成立后，她被评为“山东省劳动模范”“全国劳动模范”“全国三八红旗手”等多项荣誉称号。1959—1985年，董力生先后任历城县八一拖拉机总站副站长、历城县妇联副主任、济南轻骑摩托车总厂工会副主席，在工作岗位上吃苦耐劳、尽职尽责。

1942年，董力生担任村妇救会会长，虽然年纪轻轻，但特别能干能吃苦，她组织村里妇女开荒种地，干活干到手里打泡也不喊累。收获粮食时节，她组织姐妹们碾米磨面，把粮食送往部队以支援抗日；农闲时间，她组织乡亲运盐，她自己一次挑近百斤的担子，和男人们一样赶路，轰动滨海区。1943年底，董力生被评为“滨海区劳动模范”，受到山东军区政治部主任肖华的表扬。同年加入中国共产党。1945年春，敌人进攻解放区，董力生在庄上第一个报名支援前线，区长看她是女的，未予批准。倔强的她就跟着队伍出发，同男民工一样推小车、抬担架，在执行任务中沉着勇敢、不怕艰苦，于是大家就选她当班长。

1947年春，为支援解放军粉碎国民党向鲁南发动的重点进攻，董力生在村里第一个报名参加支前担架队，是赣榆县担架团4000多名民工中唯一的女性。在孟良崮战役中，她带领担架队绕行几百公里，深入前沿阵地，救回伤员。在孟良崮战役最紧张的时候，董力生连续奋战18个昼夜完成了支前任务。为此，她获得中共华东局授予的“担架英雄”称号，并荣立特等功。“淮海战役期间，大规模兵团作战所需的庞大物资主要由冀鲁豫支前民工从后方运往前线。”[1]在淮海战役中，董力生用独轮车给部队运给养、炮弹，没白没夜奔波在战场上。作为珍贵的历史文物，她支前用的独轮车被中国军事博物馆收藏。

在辽沈、淮海、平津三大战役中，中国共产党在人民群众中进行了大量的动员和组织工作，充分调动各方面的力量来支援这场空前规模的大决战。当时，人民解放军的交通运输条件十分落后，除东北已控制部分铁路外，其他地区主要还是依靠人力和相当落后的工具，用肩挑、车推、驴驮、船运等方法将军需物资运到前线，将伤病员运往后方医治。据统计，三大战役中，动员民工累计达880余万人次，人民群众出动支前的大小车辆141万辆，担架36万余副，牲畜260余万头。“据统计，淮海战役期间，从苏鲁豫皖冀5省共调用支前民工543万，运送弹药1460多万斤、粮食9.6亿斤。其中山东民工达218万多，占民工总数的40%。接近战区的鲁中南地区调用民工达170多万，成为淮海战役中出力最大的民工队。”[2]广大人民群众的支援，有力保证了战略决战的胜利，充分显示了人民战争的巨大威力。

革命胜利后，董力生1949年出席全国第一次妇女代表大会，受到了毛泽东主席的接见。1950年出席全国工农兵劳动模范代表大会，被授予“全国劳动模范”称号。1950年9月26日，参加全国劳模会的董力生见到新中国第一位女拖拉机手梁军，董力生非常羡慕梁军，并主动向她求教。会后，她参观了北京机耕学校，看到了许多妇女兴高采烈地在学校学开拖拉机，董力生心里想：我也要做个拖拉机手，参加祖国建设。

董力生回来后，就向组织上提出了想当拖拉机手的愿望，山东省民主妇女联合会便把她介绍到国营广北农场去学习开拖拉机。她到广北农场学习，遇到的最大困难是自己文化水平低，在学习使用拖拉机时，笔记抄不下来，

1 张红云．“后方的后方”：淮海战役期间山东解放区的民站［J］．党史研究与教学，2018（1）．

2 张红云．“后方的后方”：淮海战役期间山东解放区的民站［J］．党史研究与教学，2018（1）．

甚至讲解都听不懂。学到机器原理时，困难更多，大大小小的零件一大堆，每个零件的名称要好几遍才能勉强记住，这让她非常苦恼。省妇联的王寅同志鼓励她说："不要怕困难，不要灰心，只要有坚定的意志和决心，什么困难都能克服……"

才开始学习驾驶时，董力生坐到大机器的轮盘后面，心情很紧张，显得手忙脚乱，不一会儿就累得满头大汗。拖拉机开动起来走得不直，转弯也转不过来。她并没有被这些困难吓倒，而是更加努力去钻研和锻炼。她一次次地实习研究，又经过夏收秋种的实习锻炼，她的驾驶技术不断提高，终于能开着拖拉机自如地飞驰在祖国广袤的土地上。为了多开荒，董力生和广北农场的其他拖拉机手每个人一天几乎要开荒 130 亩，一个白班干 12 个小时，甚至连续耕作 20 多个小时也是很正常的事情。突击开荒连轴转时，夜里也要开拖拉机犁地。夜班小憩，她就睡在荒地的苇棚或简易木屋里。董力生她们跟着机器轰鸣的节拍，驰骋在沃野上，用青春编织出为祖国社会主义建设甘于奉献的人生五彩光环。

作为农业劳动模范，华东首位女拖拉机手，董力生随中国赴苏参观团于 1952 年 4 月到苏联访问，斯大林还赠给她一身黄呢军服。《大众日报》1952 年 6 月 21 日、22 日、23 日连续三天刊登了 16 幅连环画，连环画的主角就是董力生。受到毛泽东、斯大林、金日成等领袖的接见，这是董力生最大的人生荣耀，使她成为广北农场闪耀的历史"名片"。

主要资料来源：逄春阶．大众网，2009 年 9 月 5 日；苑朋欣．沂蒙精神溯源研究［M］．济南：山东人民出版社，2017.

李自兰：支前拥军是模范

提起妇救会会长李自兰，在费县一带，可谓家喻户晓、妇孺皆知。淮海战役期间，流传着这样一段顺口溜："沾化庄，不简单，支前拥军是模范。妇救会来儿童团，美名响遍蒙山前。模范村里夸模范，先进事迹说不完。说英雄，道模范，模范村的村长叫李自兰……"

李自兰1903年出生于费县南部山区沾化庄一个贫苦农民家里。从小跟父母逃荒要饭，受尽了苦难。1943年，她的家乡解放后，在党的教育下她积极参加革命工作，1944年她光荣地加入了中国共产党，并担任了村妇救会会长，不久又当了村长。抗战时期，她发动全村的妇女积极分子，组织起纺织合作社，仅半年时间，就织土布4000多丈。1945年春，她领导的纺织合作社手工做军鞋1000余双，运往抗日根据地支援前线。

为支援八路军大反攻，李自兰还组织群众积极参加战场救护。在沾化庄附近，我鲁南军区三团与日寇激战。李自兰主动把青壮年送上火线抬担架，然后组织妇女为伤员擦伤口、洗血衣、烧水做饭。一次，转移后方的伤员路过沾化庄，有个别伤员因流血过多，生命垂危，这可急坏了李自兰。

她迅速吩咐妇救会会员发动群众为伤员做饭，并挨家挨户凑了300个鸡蛋，烧成蛋汤，一勺一勺喂给重伤员。直到把最后一名伤员送到鲁南军区医院，李自兰才松了一口气，这时她已经一天没吃饭了。此时，李自兰感到脚疼得不敢沾地，脱下鞋一看，裹了30多年的小脚磨破了，几层裹脚布都被鲜血浸透了。

抗日战争胜利后，根据地人民为保卫胜利果实，反对国民党军队对我解放区的进犯，提出“自己的大门自己看，自己的队伍自己干”的口号，掀起了参军参战的高潮。李自兰以身作则，积极带头，送自己年仅16岁的独生儿子参了军。李自兰的行动是无声的动员，全村青壮年踊跃参军，出现了许多母送子、妻送郎上战场的动人场面。第二年，李自兰等又动员了两批共37名青壮年参军。至此，全村符合条件的青壮年全都报名参了军。为此，沾化庄被授予“拥军模范村”称号，李自兰被授予“拥军模范”称号。

淮海战役打响后，李自兰积极响应上级号召，动员群众支援前线。当时全村16岁以上的男劳力，全部参加了担架队、运输队，上了前线。村里的生产、支前等工作全部由妇女们承担。李自兰与两名妇救会会员一起挑起了发动全村的重担。在两个多月的淮海战役中，她们共接受了十多次大的支前任务：纺线、织布、做鞋、磨面粉、碾米、烙煎饼。她们熬红了眼睛，喊哑了嗓子，除完成自己承担的一份任务外，还要挨家挨户地动员、督促、检查、收缴。在支前最繁忙的时刻，李自兰曾9天9夜没睡上一个囫囵觉，饿了，啃口干煎饼；困了，打个盹又接着干。就这样，她每次都出色地完成了支前任务。

1948年11月20日，纷纷扬扬的大雪下了一整夜。早晨，李自兰刚吃过饭，区里送来了紧急通知，分给沾化庄8000斤谷子，要碾米烙成煎饼，第二天送往流井。李自兰接到通知后，立即组织人员去马庄运谷子。沾化庄到马庄足有3公里山路，又大雪封山，全村连躺在床上的病人和婴儿算上，也只有362人，要用一天一夜的时间，把8000斤谷子从马庄运来，然后碾成米，烙成煎饼，再送到20公里外的流井，谈何容易啊！李自兰找来村干部布置任务，分头组织群众，靠全村老弱妇孺，经4小时奋战，把8000斤谷子全部运回村里。这天直到黄昏，雪还是不停地下，北风一个劲地刮。若是平时，外边连鸡、鸭、狗、鹅都见不到，但此时风雪弥漫中的沾化庄，却是一片热气腾腾的繁忙景象。泡米、磨糊、烙煎饼。她们克服了难以想象的困难，终于把煎饼烙好并按时送到指定地点，圆满完成了任务。

三天后的一个中午，区政府又紧急通知李自兰，“按 150 个整劳力，每人推 40 斤麦的面，共 6000 斤小麦，明早把面粉送到薛南庄”。她二话没说，立即组织人员把小麦运回，分送各家。她自己分了 3 个人的任务，共 120 斤。第二天一早，她先把自己磨出的面送来，再把各家面粉逐一过秤，检查验收，全都达到标准后，立即送到 20 公里外的薛南庄，保质保量地完成了任务。

淮海战役从开始到结束，沾化庄的油灯经常从天黑亮到天明。除突击完成磨面、碾米、烙煎饼等紧急任务外，妇女们还为前方战士做军鞋、缝制慰问品。油灯下，家家忙着搓麻绳、纳鞋底，户户飞针走线做鞋袜，她们共做军鞋 1000 双，每名妇女还做了 60 个精美的烟荷包，上面绣着“打倒老蒋”“保卫和平”“解放全中国”等字样。另外，每人还做了茶缸套 70 个，钢笔套 120 个，而李自兰做的总比别人多出一倍。

淮海战役结束，沾化庄被淮海战役支前指挥部授予“淮海战役后方支前模范村”，并两次获得上级奖励的“拥军红旗”。1960 年，淮海战役纪念馆建成后，她们当年淘米用的笊篱，烙煎饼用的尺板子等，作为革命文物和她们的模范事迹一起在纪念馆显要位置展出。

据不完全统计，仅淮海战役中就“有 340 万名沂蒙妇女参加了后方支前工作。滨海区数十万妇女在一个月内加工粮食 1000 万公斤。平邑县的 4000 盘石碾昼夜不停，全县参加碾军粮的人数达 20 多万人。临沭县 10 万妇女碾军粮 181 万斤，做军鞋 2.35 万双。莒南县妇女加工粮食 450 万公斤，沂源县妇女仅在一个冬天就做军鞋 12 万双……浩瀚的数字、超常的付出、巨大的奉献，描绘了当时沂蒙根据地人民踊跃支前的壮观场面，体现了沂蒙人民在中国革命中的重要地位和做出的重大贡献”。

抗美援朝期间，全国各地掀起慰问“最可爱的人”的热潮。李自兰从县上开会回来后，连夜细针密线，精心制作一套茶缸垫和钢笔套，让大家比着样品模仿着做。几天下来，就做了300多个，小小的礼物送去老区人民的一片心意。李自兰听说赴朝的沂蒙指战员想吃家乡的芸豆干，当时季节已过，补种已经来不及了，她千方百计筹集，和全村人一起，把自己吃的省下来收好、煮好、晒干，给亲人们寄去400多斤。李自兰以及她创造的“双拥模范村”事迹将永远载入沂蒙山区妇女运动的光辉史册。

主要资料来源：临沂地区妇联．沂蒙红嫂［M］．济南：黄河出版社，1990；徐东升．基于沂蒙精神育人的社会主义核心价值观教育研究［M］．济南：山东人民出版社，2015；孙海英，陈永莲．沂蒙精神与临沂革命老区跨越式发展研究［M］．济南：山东人民出版社，2017.

曾超：排除万难忙支前

曾超，山东省沂水县高桥镇沭水村人。1907 年 6 月，出生在佃农家庭。16 岁时，曾超父亲病故，生活困难，曾超出嫁到下古村与贫农青年结了婚。曾超身材高挑，眉宇透露着英气。1937 年，“七七”事变爆发，曾超开始从事抗日救国活动。共产党、八路军来到下古村时，曾超第一个站出来参加抗日工作，当选为下古村妇救会会长。1939 年秋加入中国共产党，在党组织的领导下，曾超带头开展妇女放脚不缠足活动，带领妇女推米磨面、做军鞋、缝军衣支援前线。

日本强盗侵占沂水城后，在离下古村不远的沭水村设立了日伪据点，时常到附近村庄“扫荡”。曾超经常利用人熟地熟的有利条件，保护营救八路军、游击队和负伤病员。1942 年的一天，曾超干完农活，听到几声枪响，她出门一看发现游击队员宋光成提着颗手榴弹，被日本鬼子追赶着，情况十分危急。她当机立断，立刻拦住宋光成，把他藏在自家门前石碾盘底下，又用苫子盖好。当鬼子出现在街口时，曾超故意让鬼子发现自己，一闪身拐进了一条小巷。一队鬼子兵朝她连开几枪，紧追上来。曾超像捉迷藏一样，左拐右拐地甩掉了敌人，回到自己的家里。鬼子的大队人马进了村，他们翻了个底朝天，只注意农舍房院，草垛柴堆，就是没看街口上的大碾，而宋光成恰巧就藏在敌人的眼皮子底下。鬼子挨家挨户搜查了一遍，搅得全村鸡犬不宁，却连八路军的影子也没见……宋光成最终安然脱险。曾超只身救护八路军游击队战士的事迹受到乡亲们的称赞，人们佩服她的机智勇敢，说她比男人还大胆哩。

1945 年，她们村的男干部都到前线去了，沂北县委书记武杰来到下古村主持选举新村长，乡亲们一致推举曾超当上了村长兼抗联主任。在艰苦的抗战时期，村长是全村人的主心骨，既要把乡亲们团结成团，又要按时完成民主政府下达的征粮征物、支前抗战、减租减息、互助生产等各项任务。上级号召捐粮捐物，支援前线，曾超带头把自家仅有的 2 斤棉花捐出来，额外又多交了 30 斤公粮。在曾超的号召下，全村两天之内自愿捐棉 300 斤，捐款 3000 元。上级下达了做军鞋的任务，曾超带头，全村的妇女们 10 天之内就做完 100 多双军鞋。

一天傍晚，上级来了紧急任务。地下党组织藏在文村的 7000 多斤白面被国民党三纵队的人发现了。这文村离下古村有二三十里路。当务之急，必须要抢在敌人前面，连夜将粮食转移走。时值春荒之际，这粮食比金子还贵重。村里的青壮年男子都上了前线，没有人能干这力气活。接到这个消息后，曾超顾不上吃晚饭，就一家一户地去动员。当晚，她组织了 20 多名妇女，十几个 60 多岁的老人。就这样，老人们牵毛驴，妇女们带口袋，跌跌撞撞走了几十公里山路，终于赶在敌人到达之前把粮食转移到安全地点。

这年春节前夕，曾超又接到了紧急任务，要下古村过年期间抽调 4 副担架、20 名青壮年上前线去抢运伤员。到了年关，按照老辈的风俗，谁也不能出远门，都要在家过团圆年。这个节骨眼上，调谁就等于跟谁家有仇。她连夜召开党员、干部会，号召党员、干部带头，并组织了几个动员小组分头向群众做思想工作。她走东家、串西家，先打通家长、老人的思想。她见了老少爷们就说："说起来，过年了，让年轻孩子出担架不入老理。可是，将心比心，八路军哪个不是咱穷人家的孩子。他们谁又能回家过年呢？为咱穷人打仗负伤，咱不能等过了年再去抬他们吧？"沂蒙山的人最讲个良心，老人们想通了，20 多个青年人按时去了前线。

当村长，最大的困难，莫过于动员参军。曾超勇敢地挑起重担，不但做好本村的各项工作，而且还帮助邻村打开局面。1945 年秋，为了迎接抗日战争的全面胜利，沂北县根据地开始了大规模的动员参军运动。工作开展不久就遇到了阻力。下古村的邻村马场峪有位杨大娘，死活不让孙子参军。群众见杨大娘这么坚持，也都持观望态度。这样一来，不仅马场峪的工作无法开展，全区征兵工作都受到了影响。曾超主动要求去做杨大娘的工作。那天正下着大雨，她冒雨赶至杨大娘家。曾超为杨大娘讲共产党抗日的革命主张、讲党全心全意为人民服务的工作宗旨，讲老百姓支援革命的作用和道理，讲军民鱼水情谊的感人事迹。她推心置腹，用真情打动了老人。老人转变了思想，很快便同意送孙子上部队，让孙子参军打鬼子。杨大娘的思想通了，全村的动参困难迎刃而解。马场峪一次就有 8 个青年报名参了军。送新兵的那天，杨大娘领着自己的孙子，走在最前边，老人感到了光荣，轰动全区。以后的动参工作再也没有遇到大的阻力。

1947 年 3 月 8 日，《大众日报》刊载了曾超积极支前的突出事迹。文章写道:“许多妇女代替上前线的男干部，领导全面工作，表现了惊人的能力，沂水县下古村抗联主任曾超就是表现最突出的一位。”同时，《鲁中大众》以“向妇女抗联主任曾超学习”为题，发表了通讯，给予曾超高度评价。文中写道：“曾超同志，是沂水县下古村抗联主任、村长、妇救会会长、村学校校长、合作社委员，还担任着区、县二级妇救会委员。曾超担任的职务虽然这么多，但是，因为她能想尽办法，克服困难，不折不扣地完成任务，曾三次被选为一等模范工作者，成了全村最有威信的妇女。”

中华人民共和国成立后，曾超积极领导全村群众走社会主义道路，取得了优异成绩。曾两次出席省先进工作者代表大会，多次被选为县人大代表、被评为县先进工作者、模范和“三八红旗手”。

主要资料来源：张一涵．琅琊名士多：红嫂卷［M］．北京：新华出版社，2015.

孙玉兰：百岁入党老红嫂

在沂蒙大地临沂郯城县，有位以百岁高龄入党的红嫂，她叫孙玉兰。孙玉兰老人一生一直以党员的标准对自己时时严要求，处处做表率。终于在老人百岁高龄时，光荣地加入了中国共产党。

孙玉兰出生于 1903 年，因为家里穷，9 岁时她就到地主家里做雇工，后来嫁进王家，人称王大娘。20 世纪 40 年代初，鲁南大部分地区被日伪军占领，孙玉兰老家重坊镇就设有日伪军的据点。1944 年初，八路军沂河支队连长赵文芝乔装潜进重坊镇，从孙玉兰口中了解到敌据点的情况。之后不久，沂河支队就一举拔除了重坊镇的日伪据点。当年，孙玉兰被推选为重坊镇抗日民主政府的妇救会会长。

1946 年冬，鲁南战役爆发，她带领数百名妇女抢修沂河“火线桥”，确保我军部队和炮车安全通过，被表彰为“铺路的先锋，架桥的英雄”。1947 年春，县区机关北撤，她的大女儿被还乡团抓住，打得死去活来，但敌人以此逼迫她就范的阴谋还是落了空。国民党军队对沂蒙山区大举进攻时，她为救护一名解放军伤员，靠乞讨要来干粮去喂伤员，而自己则饿得下河捞水草生吃充饥，直到战士伤愈归队。大生产时，孙玉兰组织妇女姐妹团，成立秧歌队、戏班子，为同志们鼓劲，而她自己照样是白天开荒种田，晚上纺线织布。孙玉兰带领妇女拥军支前，动员了数以百计的青年参军参战。她带领全村妇女为部队烙煎饼、筹集粮草、洗军衣、做军鞋，全身心地扑在了支前工作上。在孙玉兰的带领下，当地妇女解放运动轰轰烈烈地开展起来，许多外地的妇女组织都向她学习请教。

早在抗日战争胜利后，孙玉兰就向党组织递交了入党申请。当时，组织上为了保护她，能使她便于工作，于是在组织程序上暂不让她入党，“只要彻底解放了，不需要再做复杂的敌我斗争的时候自然就入党了”，孙玉兰一直是这样认为的。

中华人民共和国成立后，孙玉兰身兼五职，担任镇妇联主任、高级民校的校长、镇妇产院院长、幼儿园园长，还是村协调主任，干了二十多年，没日没夜地为群众操劳，无暇去顾及其他，入党的事就这样放下了。

20 世纪 60 年代初，当时沂河发大水，三年自然灾害，粮食歉收。因为孙玉兰威望高，公社里的大豆、玉米等粮食就存放在她们家。孙玉兰夫妇饿得浑身浮肿，走路都没劲，可他们宁可自己挨饿也没动公家的一点儿粮食。孙玉兰虽然没有多少文化，但知道埋头工作，不计较名利。孙玉兰虽不是党员，但在她身上却表现出了一名优秀共产党员应具备的党性和政治觉悟。在重坊镇，哪一户贫困她就想法去救济；哪里出现纠纷，她就出现在哪里，大家伙都愿意听她的。

孙玉兰当镇妇产院院长的时候，当时的农村妇女生孩子都在村里用土办法接生，产妇和新生儿死亡率很高。有一次，有一位产妇难产，眼看着产妇和胎儿性命难保。孙玉兰听说后，立即组织人连夜冒着严寒，步行几十公里路，用担架把产妇抬到马头医院。因为马头医院治不了，他们又顶着风雪连夜将产妇抬到县城医院。医生说，如果你们再晚来几十分钟，产妇和孩子都保不住了。孩子生下来后，由于产妇情况危急，又是剖腹产，所有人都去照顾产妇，没人顾得上照看孩子，当孙玉兰抱起孩子时，孩子冻得像冰块一样，奄奄一息。她就把孩子揣在怀里焐，整整焐了大半夜，孩子才有反应。那一年孙玉兰已 60 多岁了。事情传出去后，孙玉兰又得了一个外号“揣孩子的老奶奶”。

1990年，孙玉兰被临沂市授予“沂蒙红嫂”的荣誉称号。2002年，百岁老人孙玉兰在子孙为她办的生日宴上表示，她最大的心愿是入党。2002年2月23日，孙玉兰在儿子代写的入党申请书末尾郑重地按上了自己的手印，再次申请加入党组织。2002年4月6日，孙玉兰以百岁高龄光荣地加入了中国共产党。2002年6月，中国教育电视台专程来郯城采访4天，制作了电视专题片《梦圆》，在全国报道了孙玉兰的先进事迹。同年《人民日报》《解放军报》《中国妇女报》《中国纪检监察报》《大众日报》《新华日报》《临沂日报》《支部生活》《东方青年》等几十家报纸杂志和各大网站都分别报道了孙玉兰的先进事迹。2005年12月30日，孙玉兰在家中逝世，享年102岁。

2006年1月，中共郯城县委、县政府为其举行了隆重的追悼大会，一副挽联概括了老人革命的一生、奉献的一生：“投身革命，奉献终生，初衷不改，誉载青史；百岁入党，奋斗不息，遗志永在，激励后人。”

主要资料来源：琅琊新闻网 . 2014-04-09；徐东升，汲广运 . 沂蒙精神研究［M］. 济南：山东人民出版社，2017.

方兰亭：革命母亲女英雄

方兰亭，1898年生，原籍苍山县月庄村人，中华人民共和国成立后定居费城民主街，曾任温河县妇女救国联合会会长，因丈夫姓周，别人称她为周大娘，是抗战时期活跃在鲁南根据地的抗日女英雄。方兰亭在战争年代荣立过一等功、二等功和三等功。

出生于贫农家庭的方兰亭成年后，嫁给邻村东盘石沟一位忠厚老实的青年农民周振苍。夫妻俩虽然起早摸黑，辛勤劳作，却仍然贫困交加。周振苍于1925年决定独身一人闯关东。1931年，日军侵占东北，周振苍不甘沦为亡国奴，他又重返山东老家。周振苍行至河北省时，同车有几个自称到山东走亲戚的山西人，看他出身贫苦，于是向他讲了红军打土豪、分田地的新鲜事。周振苍回到家，把这些见闻讲给妻子，从未出过远门的方兰亭从此知道：天下还有替穷人说话的人。

后来的一天，在火车上遇到的其中一个山西人竟然来到周振苍家里，原来此人名叫郭云舫，自1927年秋中共临郯县委成立后，他就担任县委军事部长。周振苍与郭云舫叙谈许久，十分投机。从此，方兰亭夫妇开始为郭云舫等人传递文件，成为我地下党秘密交通员。

1933年的一天，周振苍接到苍山暴动通知，让他收集枪支，联络熟人赶快上山。他带上干粮，把女儿托付给家里人，领着妻子方兰亭，匆匆向暴动发生地南山方向赶去。走到半路，见有些人神色慌张往回跑。机警的方兰亭劝丈夫打听一下再走，不多时，一个熟人跑着对他们说：“暴动失败了，现在国民党到处抓人，赶快藏起来！”说完就撤离了。为了躲避抓捕，他们只得又回到家中，由于他们身份没有暴露，所以躲过了敌人的搜捕。

很快，夫妇二人得知苍山暴动的主要负责人郭云舫被捕的消息。郭云舫被捕后不惧威逼利诱，酷刑之后依然大义凛然、威武不屈，被敌人杀害在向城南门外。方兰亭夫妇闻此噩耗，心中万分悲愤，但郭云舫勇于献身、义无反顾的精神时刻激励着他们，使他们不断在革命的道路上英勇前行。在这种白色恐怖中，她家仍是共产党秘密交通站，方兰亭常常帮助丈夫完成交通站的工作任务。

抗战爆发后，方兰亭积极投身抗日救国活动，身份渐明，威望在农民群众中日益提高。1938年春，日军进逼临沂，临郯费峄四县边联成立办事处，方兰亭参加了民运部工作，成为当时促进会的主要负责人，不久就加入了中国共产党。

1939年秋，四县边联县委有一个重要情报需要送给大炉村的八路军一一五师首长罗荣桓。党组织把文件交给县委交通员周振苍，为躲过敌人的岗哨盘查，周振苍把情报塞进烟枪杆里，直奔大炉村，顺利地完成了任务。刚回到家，一队日本鬼子闯进来，把周振苍拉到村前，吊在枣树上拷打，叫他供出地下党情报内容。周振苍怒目圆睁，至死不讲。鬼子打累了，又叫汉奸用皮带轮番抽打。当时周振苍穿的一件白粗布褂子被血水染成红色。看他始终不讲，残忍的日本鬼子就把他的头颅割下来，悬挂在村围墙东门炮楼上，恐吓抗日群众。方兰亭得知丈夫死讯悲愤交加，肝肠寸断。但她没有被敌人吓倒，而是怒火满腔，埋葬了丈夫的尸体，带着幼小的孩子，离别村庄，毅然走向职业革命者的道路。她接替丈夫的未竟事业，继续为我党秘密传送情报。每次送情报时，她把党的情报藏在发髻里，机警地躲过敌人的搜查，一次又一次完成上级交给的任务。由于工作出色，方兰亭一直担任县边联动委会会长、县妇救会会长等职务。

这年初冬，四县边联县委决定整编当地一支绿林武装力量，经过数次研究，认为还是先派方兰亭去最好。这支武装的头领石邦杰原来是本地贫苦流浪孤儿，有一次在小岭大集上要饭饿晕过去，被富有同情心的方兰亭赶集遇见，她立马买了一碗粥喂他。石邦杰喝粥后，泪涌如泉，扑倒在地，拜方兰亭为干娘，并立誓日后一定回报于她。日军入侵临沂前后，石邦杰拉起一杆人马。他曾被日兵追捕，只身逃入方兰亭家，又被方兰亭掩护，救了他的性命。石邦杰对方兰亭非常敬重。而此时石邦杰带领武装，占据东埝头村，县委决定对他先礼后兵。

方兰亭经过一天准备，骑着小毛驴单身一人直奔东埝头村。石邦杰自抗战拉起队伍，也逐步看清了八路军是真抗战的队伍，但思想上还很犹豫，何去何从还没拿定主意。当哨兵报告方兰亭来了时，他立刻整帽拂衣，跑到门前迎接。“滴水之恩，当以涌泉相报”的道理他懂得，但他听说干娘入了共产党又有些犹豫。方兰亭动之以情，晓之以理，向他指出只有加入革命队伍才是正义之道。石邦杰终于下定决心，对着围观的人说：“这是我的亲娘，一直也没孝敬，今后一定听娘的话！”经过方兰亭劝说，石邦杰率部 300 余人正式加入共产党领导的抗日队伍，后任八路军五团某队队长，在一次对日作战中光荣牺牲。

1939 年 12 月底，四县边联县在费县新庄乡官流庄召开群众抗战动员大会，遭到国民党费县县长李长胜的武装镇压。李长胜下令保安团对正在开会的抗日群众开枪射击，当场打死群众 6 人，打伤 20 多人，自卫团 300 支枪被抢，制造了震动全国的“官流庄惨案”。各抗日团体纷纷通电全国，要求惩办杀人凶手李长胜，并组织了请愿游行队伍。方兰亭此时已 50 多岁，却不顾天寒地冻，代表边联机关到各村慰问死难者家属。她组织受害者家属，到国民党一一二师师部找师长霍守义喊冤告状。在浩浩荡荡的请愿队伍面前，她身穿孝衣，怀抱受害孤儿，不顾年迈脚小，冒着寒风，徒步十几公里，带领受害者的父母、妻儿，老老少少围住了霍守义的司令部，愤怒痛斥国民党顽固派镇压人民的罪行。国民党士兵企图驱散群众，方兰亭当即痛斥，国民党士兵被她劈头训骂一顿，个个收回枪，有的还流下眼泪。霍守义开始还逃避不见群众，后来见事情闹大，只得答应抚恤死难者，并撤掉李长胜的县长职务。

1940 年，日本对根据地实行“三光”政策，汉奸到处抢劫，人民生活极端困难。沂蒙地区八路军不忍加重人民负担，各部队只得吃糠咽菜，因此干部战士个个面黄肌瘦。身为妇救会会长、民运科长的方兰亭心急如焚。自丈夫牺牲后，她拉扯着三个女儿生活，最小的女儿叫小兰，已 5 岁。家里当时住着一一五师后方司令部一个班，战士们喊她周大娘，亲热得如同一家人。当她看到战士们每次打仗回来，没有粮食，只能吃糠咽菜时，心里非常难受。她总觉得不能叫战士们饿着肚子去打仗，可是到哪里去弄粮食呢？她想到了自己的亲骨肉。

她私下打听了一个人家，偷偷地把小兰卖给这家当童养媳，换回十斤谷子。夜里她把谷子磨碎，掺点儿糠菜烙成煎饼。第二天早晨，饥饿的战士捧着香喷喷的煎饼，边吃边问："大娘，你从哪里弄来的粮食？"方兰亭强挤出笑容，说："多嘴多舌，大娘去借的，下来谷子还他就是。"战士们高兴地跳了起来。

战士们发现活泼可爱的小兰不见了。平时打仗回来，总是这个抱抱，那个抱抱的，叫她小妹妹。可这几天怎么不见了？战士们正焦急纳闷时，部队首长来了。首长得知此事，派人调查后向战士们说明了实情。战士们个个抱头大哭，跪在方兰亭面前，齐声喊"娘"，然后把身上的零用钱凑起来，托人把小兰赎回来。方兰亭阻拦不住，被战士们的真情感动得掉下眼泪。首长当即召开部队大会，高度赞扬了方兰亭的爱军精神，他激动地说："自古都说爱兵如子，周大娘可算是爱兵胜如子。"从此，"爱兵胜如子"的事，在部队流传开来。战士们感到她比亲娘还亲，都称她是"革命的母亲"。

1947 年春，国民党重点进攻山东，费县农救会长以上干部奉命北撤渤海区。方兰亭领着三个女儿，负责组织家属队的撤离。她跑前跑后，一会儿看有没有人掉队，一会儿又照顾病人，整个队伍向北走着。一天走到蒙阴瓦店，队伍中的小孩子饿得哇哇大哭，方兰亭果断地下令杀了自己的马给全队吃，然后就靠一双小脚赶路。国民党的进攻，逼使鲁南家属队要迅速渡过黄河。时值六七月，河水猛涨，黄河沿岸船只全部集中军用。7 月 5 日，敌情危急，各渡口挤满了队伍，地方干部、撤退群众都很着急。全队老少、妇幼 200 多人，眼巴巴地瞅着方兰亭。

上午，渡来一条小船，声称奉命接方会长全家过河。方兰亭生气地说："回去给你领导说，这里都是我带的鲁南家属，不把他们先渡过去，我不上船。我不能光顾自己，要死我和他们死在一起！"来人无奈，只得回去复命。次日早晨，方兰亭听说附近有一渡口，有部队过河。她不顾雨后路滑，带着女儿们，提着鞋就去打听消息。该部队是鲁南负责运送物资的，负责人是王墨山。王墨山和方兰亭同为鲁南干部，非常熟悉。他一见方兰亭领着孩子来了，就命令一个战士向河北摆旗，摇过一只船来摆方兰亭一家过河。这时，家属队的人先后挤过来，拉着方兰亭，不住地哭喊，生怕自己被丢下。方兰亭激动地说："乡亲们放心！等你们都过去了，我们娘儿个再过。上船！"她转过脸，严肃地对王墨山说："这些人都是我从鲁南带来的家属，不把他们先送过去，我不上船！"王墨山听了非常感动，当即动员部队说："人民子弟兵是保护人民的，我们宁可做出牺牲，也要保证群众过河！"说完，立即派出阻击部队和警卫人员，帮助200多名群众安全渡过黄河。

1948年，方兰亭调到费县实业科工作，在参军支前工作中，积极动员青壮年参加解放军，荣立一等功。在淮海战役支前工作中，又荣立三等功。中华人民共和国成立后，她仍像战争年代那样积极参加社会主义革命和建设。1958年退休后，继续从事社会公益事业，1964年病故，安葬在费县烈士陵园。

主要资料来源：中共临沂市委《沂蒙颂歌》编委会. 沂蒙将军颂——沂蒙红嫂颂［M］. 北京：军事谊文出版社，2005.

侍振玉：战斗英雄女民兵

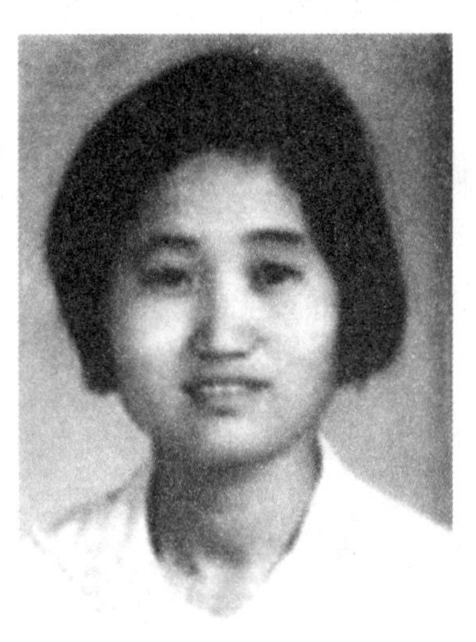

侍振玉，多次受到毛泽东、刘少奇、朱德和周恩来等党和国家领导人亲切接见的全国“女民兵战斗英雄”。电影《南征北战》中成功掩护军队强渡流沙河的女民兵连长的原型就是侍振玉。

1929年，侍振玉出生在山东临沭县大曹庄村。侍振玉祖辈逃荒要饭，9个兄弟姐妹中先后有3个哥哥和1个姐姐夭折。地里种一葫芦收一瓢的年景，爹妈狠狠心把大姐送给人家当了童养媳，只有2个月的侍振玉成了人家的“带女”。“带女”，就是人家不生孩子，要了她去，“带”个孩子来。后来，这户人家生了孩子，侍振玉又回到了她的穷家。不久，侍振玉又给人家当“压女”，即人家生了孩子光死，要了她去“压”着，孩子就不会死了。就这样，长到6岁，侍振玉先后5次被送到别人家。

1940年，村子里组织起了抗日武装，侍振玉参加了儿童团。也许是苦难的日子磨炼了侍振玉倔强的性格，爬山上树，下河游泳，侍振玉样样都行，和小伙伴打架，她也是好样的。就这样，被大人们喊作“假小子”的侍振玉成了儿童团长，带领孩子们站岗、放哨、查路……

1944年夏，离大曹庄数里外的鬼子据点经常来“扫荡”。一些打算在鬼子走后回去抢粮食救火的老人们藏在土沟里，被鬼子发现，全部被杀死，整条沟血水不断。街北头一农妇跪地求饶，被鬼子用刺刀挑死，她的小儿子哭喊不止，又被日本兵扔到火坑里活活烧死……人世间最为野蛮和残酷的画面展现在侍振玉面前，她心里充满了对鬼子的切齿仇恨。

一次鬼子来“扫荡”时，母亲牵着牛，领着三姐、哥哥和弟弟躲避到别的地方。胆大的侍振玉留了下来，她和四爷爷在村巷土炮楼里对付日本鬼子。看到日本兵浩浩荡荡地走近了，四爷爷把火药装在土炮里，侍振玉点火，轰的一声，远处的鬼子慌忙趴下一片。趁着鬼子慌乱，侍振玉和四爷爷把土炮抬到地瓜窖里藏好，然后，再跑到另一个窖里躲起来。连续几炮给了鬼子不小的冲击。

怀着对敌人的刻骨仇恨，17岁那年，侍振玉加入中国共产党。此间，侍振玉担任区民兵自卫队队长、区联防队队长、区武装部干事。她带领民兵组织工作组征收公粮，辗转敌后广泛发动人民群众打游击、埋地雷，打得敌人魂飞胆破。还乡团恨透了她，恶狠狠地说：“光见男人打仗，没见女人打仗的，这个黄毛丫头好大的胆，敢打我们国军，这回逮着她非点天灯不行！”还乡团头目吴亦忠天天带人到她家搜查，并悬赏三百大洋捉拿她。

1947年，国民党重点进攻沂蒙山区，鲁南地区沦为敌后，侍振玉带领民兵和群众在沂河两岸与敌人展开了游击战。当年一个秋日，大雾弥漫，500多个敌人突然包围了区机关驻地。由于民兵大都在田里劳动，一时难以聚集。侍振玉立即将8个女民兵分为两组，一组监视敌人的动静，诱敌进入雷区；一组在敌人必经之路快速布雷，并插上了几块写着“打倒蒋介石，消灭蒋匪军”的牌子。就在侍振玉她们通知独立营火速增援之际，敌人蜂拥而至。敌人看到标语牌，气得暴跳如雷，要拔牌子。这时，一个小头目喝住：“慢点儿，民兵诡计多端，小心有地雷！”有个敌人找来一根长杆子，趴在地上，战战兢兢地向上挑牌子。卧倒的敌人捂着耳朵，撅着屁股，缩头缩脑地观察情况。然而，当牌子挑起后，没啥动静，小头目气坏了，骂骂咧咧地说：“原来是插着吓唬人的，快，统统给我拔掉！”谁知就在几个匪徒争着拔牌子的时候，几声巨响，敌人被炸飞。埋伏在附近的民兵扣动了扳机，敌人扔下几具死尸，屁滚尿流地逃回了据点。

1948 年秋，苟延残喘的 3000 多敌人对沂东解放区发起猛攻。区副团长刘成汉看到敌人火力很强，命令后勤人员先行撤退。当侍振玉下完通知回来时，发现断后掩护的沂东区委书记张洪云被流弹打中，鲜血直流。枪声越来越密集，张洪云让卫生员和另一位同志先撤，他对侍振玉说："小侍，你不要管我了，快撤吧！"侍振玉说："不行，要死咱们死在一块，俺不能撇下你不管。"此时，敌人已冲进曹庄北门，子弹尖叫着从侍振玉头顶、耳边飞过。事不宜迟，侍振玉把手枪往脖子上一挂，架起张洪云就走，凭借熟悉地形，好不容易撤出了曹庄。

敌人对侍振玉又恨又怕，他们使用"反间计"散布流言，说侍振玉的父亲成了还乡团骨干。当部队打回曹庄后，侍振玉腰插手榴弹，气冲冲地跑回家找父亲算账。父亲因为女儿当了共产党担心家人遭连累，本身就有一肚子气，便没理侍振玉，到锅屋角落蹲了下来。侍振玉气极了，大声说："我当八路，你当还乡团，我跟你势不两立，今天非得拼个你死我活！"说完，拔出一个手榴弹拉开弦就扔了出去。可是，手榴弹并没爆炸。原来，拉弦磨断了。正在推磨的三姐见状，吓得扑通一声瘫坐在地上，哥哥把侍振玉紧紧地抱住。三姐哭着说："妹妹，不能听别人瞎传，吴亦忠这些坏种抓不着你，又找不着你哥，就拿咱爹出气，吊打拷问，打得鼻嘴里窜血……"正在这时，街上集合的哨子响了，队伍又要出发了。娘颠着小脚跑到邻居家借了 2 块银圆，塞到了侍振玉手里，母女洒泪而别。

在炮火连天的岁月里，侍振玉出生入死，共参加大小战斗 96 次，足迹遍布蒙山沂水。1949 年，侍振玉作为华东民兵代表的唯一女性，出席了中国新民主主义青年团第一次全国代表大会，被授予全国"女民兵战斗英雄"称号。毛泽东接见了侍振玉，握着她的手亲切地说："你们华东好苦，淮海战役打得好苦，你们民兵立了大功！" 参加团代会的 500 多人，会场里人山人海。身为战斗英雄的侍振玉做完了报告，本该再坐回主席台后排。可是，这个初出茅庐的姑娘太紧张了，她没通过主席台的进出口，而是从主席台前中间直接跳了下去。当时，她想的是：我要到会场的座位上。侍振玉的举动把毛主席和其他代表逗笑了。几位团代表急忙搀扶起侍振玉，一位领导和她开玩笑说："你是我们的大英雄，磕坏了你，那可不得了。"20出头的侍振玉一股子豪气，在这一跳中显露无遗。1949年7月，世界青年代表大会在匈牙利举行，侍振玉被光荣地推选为3个代表之一，临去匈牙利前，毛主席和朱德总司令又特意接见了她们。

中华人民共和国成立后，侍振玉服从组织安排，在上海、长春、天津、河南、临沂等地工作过。无论在哪个岗位上，她都兢兢业业，勤勤恳恳。出身民兵的侍振玉对国防事业情有独钟，她想方设法为军烈属和孤寡老人解决生活难题，征求领导意见，尽最大努力安置退伍军人。1991年夏，洪水肆虐，罕见的洪涝灾害牵动着民众的心。侍振玉取出自己的全部积蓄1000元和自家刚做的两床新被褥捐给了灾区。由于当月的生活费没有留下，侍振玉只好向别人借了30元。儿女获悉后，都很支持，他们说："行好接济人，这是好事！"

1992年3月，侍振玉被山东省妇联、省民政厅、省军区政治部评为"山东红嫂"称号，同时被授予省"三八红旗手"荣誉称号。1995年8月，她作为特邀英模代表在济南参加了山东省纪念抗日战争胜利50周年庆祝大会。侍振玉，这位传奇的女战斗英雄，她的名字又一次传遍了蒙山沂水，传遍了神州大地！

主要资料来源：朱兆彬，刘兆东.沂蒙旌旗[M].济南：黄河出版社,1996；徐东升.基于沂蒙精神育人的社会主义核心价值观教育研究[M].济南：山东人民出版社，2015；孙海英，陈永莲.沂蒙精神与临沂革命老区跨越式发展研究[M].济南：山东人民出版社，2017.

祖秀莲：精心救治八路军

“蒙山高，沂水长，我为亲人熬鸡汤，续一把蒙山柴，炉火更旺，添一瓢沂河水，情深意长，愿亲人早日养好伤，为人民求解放，重返前方……”一首《我为亲人熬鸡汤》，历久不衰，广为传唱。沂蒙红嫂祖秀莲就是这首歌曲创作背景的原型之一。

祖秀莲，原名祖玉兰，沂蒙山区著名“红嫂”之一。1891 年出生于沂南县马牧池乡杏墩子村，后与沂水县院东头乡桃棵子村张志新结婚。祖秀莲虽是一位农家妇女，但对为民族、为人民而流血战斗的共产党、八路军有着朴素而崇高的感情。1939 年初，年近 50 的祖秀莲参加了本村妇女救国联合会，磨军粮、做军鞋，积极投入抗日活动。

抗日战争初期，桃棵子村一带是八路军建立的一块根据地。1941 年冬，日伪军出动 5 万余人对沂蒙山区开展“铁壁合围”式的大“扫荡”。八路军山东纵队司令部侦察参谋郭伍士执行侦察任务时，在桃棵子村南挡阳山下被鬼子 5 颗子弹打中，倒下后他又挨了几刺刀，其中一颗子弹从两腮穿过，牙被打碎好几颗，肚子被刺穿，肠子露在外面。……郭伍士失去了知觉。

不知过了多长时间，郭伍士才从昏迷中慢慢醒来，只觉得天旋地转，身子像躺在千万把刀尖上，口里和心窝里，就像有块烧红的铁，只想猛喝一顿水。

郭伍士慢慢睁开了眼睛，见太阳偏西了。西山上，不时传来激烈的枪声。他拼上最大的力气坐了起来，就在这时，猛听见身边有脚步声，他以为敌人又来了，就伸手抓石头，想和敌人拼命。还没等到郭伍士扭过身子，那人已经来到他身边，郭伍士吃力一看，是一位老汉蹲在他的身边。郭伍士身上有 7 处伤口，最严重的是脖子和肚子上的。左胳膊、腿上那几处伤，都是敌人用刺刀刺的，没刺断骨头，可是肚子那里的伤口很大，花红的肠子往外翻着。他知道肠子断了生命就危险了，于是把肠子塞进腹内，大爷用褂子帮他把伤口扎住。大爷扶郭伍士站了起来，把放羊鞭塞到他的手里，说："敌人说不定啥时候来，你快离开这里！我村离这里远，你先到桃棵子村去。"大爷向北一指："那不，往北走几百步就是村头。我赶着羊太招眼，我往南把敌人引开，来掩护你。"

郭伍士点了点头，艰难地拄着放羊鞭，移动着沉重的脚步。每走一步，都得用上全身的力气，眼前一阵阵发黑。好不容易到了桃棵子村村头，心却凉了半截：村里空荡荡的，一个人影也不见。一连走过几家人家的大门口，全都锁着门。桃棵子村在一条几里长的山峪里，住得非常分散，从这几家到那几家往往要上沟爬崖。他忍着疼痛和干渴，倚在一块石头上休息了一会，又往前面的一户人家走去。

没想到，这家的门开着。郭伍士不知哪来的力气，几步冲进了院子。屋门也没上锁，屋里面还冒出点儿烟。就在这时，从屋里走出一位 50 岁上下的大娘。她高高的个儿，穿着一件土布浅蓝褂子，她就是祖秀莲。她看见了郭伍士，猛地站住了，手里的碗当啷一声掉在地上。

祖秀莲很快明白过来了，她从郭伍士的衣服上断定这是一位八路军伤员，口里说着："你，你，我的老天爷……"几步跑了过去，用尽力气把郭伍士扶进了屋。见郭伍士指指锅台上的泥壶，又指指嘴，知道他要喝水，便烧了开水，放上盐，给他喝。但郭伍士怎么也喝不进去。原来，几颗断牙让血块包着，塞满了郭伍士的嘴，她轻轻地把手伸进郭伍士嘴里，慢慢地把沾满血块的牙抠了出来，又一连抠出了几个粘在喉咙上的血块子，再倒上水，郭伍士这才喝上了救命之水。

晚上，鬼子又进了桃棵子村。让祖秀莲最发愁的是，把伤员藏在什么地方。正当她和丈夫着急的时候，她本家的三个侄子来了：一个是中华人民共和国成立后当了村支书、给她起了祖秀莲这个名字的张衡军，一个是人民公社时期当大队长的张衡宾，还有一位是张衡玉。他们本来是想趁鬼子没回村过来把祖秀莲的丈夫背出去的（祖秀莲的丈夫得了痃疾，一直瘫痪在床）。于是，祖秀莲让他们先背郭伍士，把郭伍士藏到村后崖下一间柴草屋子里，她千叮咛万嘱咐，一定不能把伤员丢在柴草屋子不管，务必在外看好了。第二天鬼子回据点了，三个青年才又将郭伍士抬回到祖秀莲的家里。祖秀莲这才发现伤员身上有 7 处伤口，嘴上、脖子后还流着血，肚子伤口处还能看到肠子。因为没有药物，她烧了热水，放上盐，一点一点给伤员清洗、包扎。伤口包好后，吃什么呢？这里山岭薄地，本来家家粮食就不多。老百姓把大部分粮食和干菜都拿出来支援了八路军，再加上敌人这次大“扫荡”，烧杀抢掠，弄得家家连糠菜都吃不上。祖秀莲家好几口人，天天吃的是糠团子和地瓜秧，就是得病的祖秀莲丈夫嘴边也没沾点儿米面。但为了治好郭伍士，祖秀莲把平时养的鸡杀了给郭伍士补充营养，用一只鸡熬汤，整整熬了十八天。她把舍不得吃的、藏在地窖里的半袋小麦面拿出来给郭伍士吃，每顿饭做成面糊糊，一口一口喂他。后来，这些面吃完了，祖秀莲又东家凑一点儿，西家要一点儿。过了几天，实在借不到了，她就晚上纺线，白天到敌人占据的集市上把线卖了，换点儿米面给郭伍士吃。

敌人三天两头来“扫荡”，村里的人不是钻山沟就是进地洞。郭伍士浑身是伤，有时昏迷不醒，有时甚至控制不住乱喊乱叫、乱爬乱走。这可把祖秀莲愁坏了，把他藏到哪里好呢？后来她和张衡军等人商量，把郭伍士藏在村西一块大卧牛石下的一个洞里。这个洞是村里人挖的，给不便走动的妇女、老人藏身用的。这些妇女、老人全部进山，把这个洞让给了郭伍士。祖秀莲把洞收拾好，铺些草，敌人一来，就把郭伍士背到这里，再叫张衡军他们在外面把洞口用石块垒起来。这年秋天，洞中既潮湿又闷热，还缺医少药，不几天，郭伍士的伤口就都感染化了脓，身体不能动弹，他发着高烧，处于半昏迷状态，后来伤口里还长了蛆。郭伍士又一次到了死亡的边缘。

祖秀莲为了救郭伍士的命，想尽一切办法救治他。她采了芸豆叶一点一点地挤了菜汁往伤口上滴，把蛆给引出来。她还天天给郭伍士擦洗，一次又一次地给他包扎伤口。经过 20 多天的精心护理，郭伍士的伤情一天比一天好转。这时候，这一带整个形势也有了好转，“扫荡”的鬼子很少来了。祖秀莲听村里干部说八路军后方医院到了山后中峪村一带，便连夜为郭伍士收拾好衣物，包上干粮。村干部挑了几个可靠的青年，抬上郭伍士，趁天黑，翻过一座大山，终于找到了八路军后方医院。郭伍士在这里经过治疗，伤好后又回到了部队。临走时，祖秀莲嘱咐他，不管走到天南海北，一定捎个信儿来。郭伍士说，无论战斗到哪里也忘不了您这个“娘”。

1942 年 10 月，日伪军 1.2 万余人再次对沂蒙山区进行“扫荡”。祖秀莲又不顾个人安危，帮助抗大一分校掩藏文件和物资，并同妇救会其他人员一起积极救护和疏散八路军伤员。

郭伍士是山西人，抗战后参加东进的八路军到了山东。后来因身体多病需要转业，他特意申请转业到沂蒙地区，他对部队首长说，要去找对他有救命之恩的沂蒙山大娘。不久，郭伍士被上级安排到了沂南县工作。因为当年被救时是重伤，郭伍士已记不清祖秀莲家究竟在哪儿，但为了寻找救命恩人，郭伍士经常挑着箩筐翻山越岭，走村串户打听祖秀莲的住处。1958 年，郭伍士找到了桃棵子村，他先找到了村支部书记，说起了祖秀莲当年救自己的故事。哪知这位支部书记就是当年抬过他、藏过他的张衡军！张衡军等人很快领着他去找祖秀莲。当时，祖秀莲正在河岸边洗衣服，远远地看着一个人跪着向她前行，她心里还正纳闷这人怎么用膝盖走路，可当这人走近，祖秀莲定睛一看，这不是当年她救治过的八路军战士郭伍士嘛！郭伍士跪着扑倒在祖秀莲怀中哽咽不止：“娘呀，我可找到你了，整整八年四个月，我找你找得好苦呀！你是我的亲娘，我永远是你的儿子！”祖秀莲抱着郭伍士，娘俩哭成一团，同行的人无不为这世间难得的母子情流下了热泪。

经上级同意，郭伍士自沂南迁入桃棵子村，与不是母亲胜过母亲的祖秀莲同住一村，二人以母子相称。在随后的日子里，郭伍士对祖秀莲像对亲娘一样伺候，每月都从补助金里拿出一部分给祖秀莲。上级供应给他的花生油，也都送给了祖秀莲家，郭伍士还经常买好吃的孝敬老人。郭伍士结婚后生育了三男一女，祖秀莲就帮着他拉扯孩子，这些后辈一直叫祖秀莲奶奶。

1977 年 7 月，祖秀莲去世。祖秀莲故居的不远处，两棵松树郁郁葱葱，一旁青砖围护着一座坟茔，这里就是祖秀莲的墓。1984 年农历正月十一，74 岁的郭伍士去世，他生前告诉孩子，就葬在桃棵子村，葬在娘身边，永远陪伴着娘，现今他的遗愿实现了。祖秀莲用她的慈母情怀救了郭伍士，郭伍士前半生为国尽忠，后半生为母尽孝，母子二人成就了一段人间的大爱与大义！

主要资料来源：郭伍士 . 人民，我的母亲［M］// 临沂地区行政公署出版办公室 . 忆沂蒙：上 . 济南：山东人民出版社，1983；徐东升 . 基于沂蒙精神育人的社会主义核心价值观教育研究［M］. 济南：山东人民出版社，2015；沂水县政协“红嫂”祖秀莲［J］. 春秋，2011（4）.

崔立芬：横山母亲写大爱

山东莒县是革命圣地沂蒙老区之一，在离莒国故城东南 30 公里处有一座巍峨蜿蜒的山，这就是被誉为“鲁东南小延安”的横山。在抗日战争中涌现出许多可歌可泣的伟大女性，“横山母亲”崔立芬便是其中的一员。

崔立芬 1924 年出生于一个贫苦家庭。抗战爆发后，少年崔立芬目睹了日本鬼子对中国人的肆虐妄为、凶恶残暴，看到了共产党、八路军为民浴血奋战、英勇杀敌的抗战壮举，她对八路军怀有深厚的感情。1941 年后，日军为控制台（台儿庄）潍（潍坊）路、泰（泰安）石（石臼所）路的交叉要道——莒县，对莒县境内的横山抗日革命根据地频繁进行铁壁合围式的疯狂“扫荡”，所到之处烧杀抢掠、无恶不作。许多共产党员、八路军和老百姓惨遭杀害。根据地的八路军面对严峻形势，开展了以“前横山、后横山，一溜崮西青山前”为抗日革命根据地的游击战争，战争异常激烈和艰苦。前横山村妇女救国会会员崔立芬与时任村妇救会会长的婆婆杜怀兰一起发动妇女，拥军支前，用实际行动支援八路军抗日。

前横山是根据地大村，缝军衣、做军鞋的任务很重。军衣一次就缝几百件，军鞋一批就做上百双。崔立芬与杜怀兰等人把妇救会分成多个小组，由责任心强、心灵手巧且甘于奉献牺牲的妇女任组长。她们把领来的布料发给各妇救会小组，再由小组长一户户发下去。起初，有的年轻妇女做军衣时缝的袖子朝上，有些妇女会纳鞋底、做鞋帮，但不会绱鞋。针对出现的问题，崔立芬与杜怀兰等人以妇救会小组为单位，把小组内的成员集中在一起缝军衣、做军鞋，不会做的妇女跟着会做的人学。崔立芬更是手把手地教，大家很快就都学会了。每次组织分配前横山的缝军衣、做军鞋任务，她们都高质量按时完成。

根据地的八路军吃的地瓜干煎饼，都是妇救会烙的。每次领来任务，崔立芬和杜怀兰等人就把任务分到各户，烙出一张张香脆的煎饼。为按时完成任务，崔立芬在凌晨鸡叫头遍时就叫醒家人起床推磨，她烧火烙煎饼。为赶进度，崔立芬一人支起两盘鏊子边烧火边烙煎饼，尽量在孩子醒之前烙完。

1943年崔立芬生下了女儿媛媛，孩子长得白净秀气，着实惹人喜爱，一家人视其为掌上明珠。一天，共产党员王涛在杜怀兰的陪同下，抱着饿得嗷嗷直哭的儿子孟林来到崔立芬家，崔立芬马上给孩子喂奶。当崔立芬得知孩子的母亲王涛因打游击，经常露宿山头、忍饥受冻，没有奶水喂养出生不久的孩子时，当即要求把孩子交给她抚养。在那个血雨腥风的战乱年代，根据地隐藏着很多汉奸和叛徒，只要有人向日本鬼子说出崔立芬抚养共产党的后代，她全家定遭杀身之祸。可崔立芬顾不上这些，为保护共产党的孩子，她已把生死置之度外。

在横山，老百姓耕种的土地土层很薄，贫瘠的山地上，收不了多少粮食。孟林刚送来时脸色暗黄，瘦弱多病，而自己的女儿媛媛因喝奶水，面色红润，活泼健壮，于是崔立芬决心把孟林喂好。可崔立芬的奶水和家中的粮食支撑不了两个孩子，谁也吃不饱，只好先顾孟林。崔立芬家平时靠吃地瓜干掺着磨碎的地瓜秧和花生壳度日，因家里穷买不起喂养孩子的食物，崔立芬就用仅有的一点儿小米做粥，先喂饱孟林，轮到媛媛只能吃个半饱。从此，孟林瘦弱的小身体渐渐强壮起来，脸色也好看多了，而媛媛因营养不良渐渐消瘦，有一天女儿媛媛停止了呼吸。崔立芬把女儿抱在怀里，悲痛欲绝，但她又坚强起来，她知道自己身上还有扶养革命后代的重担。崔立芬把全部的爱倾注到孟林身上，小米吃完了，她翻过东山岭、双倍山、穆家山口，穿越深壑狭长的龙潭谷，再跨五龙山，步行10公里山路，到陡山娘家要一点儿米面回来喂孩子。

前横山村是抗日游击区，日伪军经常来“扫荡”。抚养小孟林期间，共躲鬼子8次，其中夜间4次，白天4次。每次“扫荡”，崔立芬就抱着小孟林跑到大胡岭山后边的山沟里躲藏，一路上不知摔倒多少次，她心中只有一个信念，一定要保护好小孟林。一个漆黑的深夜，崔立芬听到有人喊“鬼子来了”，她就抱起小孟林仍奔大胡岭山后的山沟里躲藏，谁知一部分鬼子早已占领了大胡岭山，并向他们开枪，崔立芬只好改变方向，跟随人群向东山跑。枪声越来越近，小孟林又哭个不停，有人就对崔立芬说：“你抱的孩子哭声能听老远，引来了鬼子，大家都跟着倒霉。再说，又不是你的孩子，为了活命，赶快扔了吧！”又有人对崔立芬说：“你要想跟着我们跑，就必须扔掉这孩子。要想抱着孩子，就必须离开我们。”离开人群，就意味着被野狼攻击甚至被野狼吃掉；跟上人群，孩子怎么办，崔立芬一时心里矛盾极了。求生的本能让她试图把孩子放进附近的山洞藏起来，想跟上人群。可她转眼又一想，不行，把孩子藏在山洞，不被鬼子杀掉，也会被野狼吃掉！养护孩子是党的工作，就是死也要和孩子死在一块。野狼的嚎叫声此起彼伏，令人胆战心惊，崔立芬立刻抱起孩子，手中紧握石块，随时准备和来袭的野狼拼命！幸好这次没有被鬼子追上，也没有被野狼吃掉。崔立芬叹道：“日本鬼子比野狼更可怕！”有人问崔立芬，你为什么对别人的孩子那么好，她说：“这是共产党的孩子，是俺的心头肉。”由于崔立芬及家人悉心照料，孟林健壮成长。

1947年中秋节，是亲人团圆的日子，也成了孟林和崔立芬告别的日子，孟林的亲生父母通过组织派人来接孩子，孟林抱着崔立芬的大腿，哭喊着：“娘呀！你怎么不要我了？哪里我也不去！”“傻孩子，听话，你马上就能见到你的亲爹娘了。”“你就是我的亲娘！不走，不走……”“孩子呀！你是娘的儿子，可你必须跟着他们走，想娘的时候再回来。”眼看用自己的乳汁养大的孩子就要走了，崔立芬的心都要碎了，她舍不得孩子走，思想矛盾着，可不能不让孩子找他亲爹妈啊！崔立芬让来人放心，自己连夜为孟林做了新衣服，烙上孟林最爱吃的小米煎饼，煮上家里仅有的两个鸡蛋。临走的时候，崔立芬哭着把小孟林送出了20多公里的山路，在日照的响水河村试图把孟林交给来接孩子的同志，但孩子找妈妈的强烈欲望使小孟林死死地抱住崔立芬，怎么也分不开。小孟林撕心裂肺的哭喊声使在场的人心碎，无奈，崔立芬紧紧地把小孟林抱在怀里，等孩子入睡后悄悄交给接孩子的同志，并依依不舍地踏上归途。多少个日日夜夜，崔立芬望穿双眼想念小孟林；又有多少个梦里，崔立芬和小孟林幸福团聚，而梦醒后又泪湿满巾。刚离开母亲崔立芬的日子里，小孟林总是哭喊着找横山的“娘”。孟林长大后，在国家化工部工作，始终不忘横山母亲，不忘养育之恩。这位由沂蒙母亲养育过的儿子一直梦牵魂萦着生活在横山的白发亲娘。

孟林的生母王涛，是莒县北杏村人。从小受本村王尽美（中国共产党创始人之一）的影响，17 岁加入八路军，1941 年到莒县横山抗日革命根据地。1946 年因战事需要，把孟林寄养在崔立芬家，离开了战斗过 6 年的横山。于 1955 年调任北京，她先后在国家财经部、商业部等部委工作，担任重要领导职务。离开横山后，王涛一直思念着曾经战斗过的横山抗日革命根据地，思念着养育孟林的沂蒙红嫂崔立芬。她在病重时，嘴里一遍又一遍地重复着“前横山、后横山，一溜崮西青山前”的话，王涛为有生之年没有看一眼曾经战斗过的横山根据地，没有看一眼当年与她生死与共的沂蒙乡亲，没有看一眼横山红嫂崔立芬深感遗憾。儿女们遵照她的遗愿，经组织安排，于 1993 年清明节，把王涛的骨灰撒入横山。为纪念这位抗日女英雄，乡亲们留取了部分骨灰埋葬在横山，并为王涛立碑。碑文上写着：抗战时期她同这里的乡亲们生死与共，建立了她一生最怀念的感情。从此群山与她相伴，乡亲们与她相伴，她将在这片带有深厚情感的沂蒙群山中得以安眠！

抚养过孟林的崔立芬是一位普通的农村妇女，但又是一位伟大的革命女性。她用乳汁养大了军人的子女，演绎了一曲军民血浓于水的深情赞歌。崔立芬爱党拥军，她亲自把自己的两个儿子、一个孙子送到了人民军队，为保卫祖国做出贡献。三个儿子、一个孙子光荣地加入了中国共产党。尽管崔立芬老人生活清贫，但她很满足，她常说：“没有共产党，就没有新中国；没有共产党的领导，我们就过不上好日子。”这就是一位横山母亲的心声！

主要资料来源：蒋学杰 . 大众网，2016 年 7 月 5 日；孙海英 . 沂蒙早期党组织对实践马克思主义群众观的探索及启示［J］. 学海，2017（6）.

尹德美：两代革命情谊深

尹德美是山东省莒南县筵宾镇前辛庄村人，1927年11月14日出生，1944年加入中国共产党，历任村妇救会会长、妇女主任、党支部委员。她时时事事认真按照党员的标准要求自己，事迹突出，获得“山东红嫂”“三八红旗手”等光荣称号。在战争年代，尹德美精心抚养革命后代的事迹感人至深，催人泪下，至今仍传颂在沂蒙大地。

1943年，在抗日战争最艰苦的日子里，日寇野蛮地“扫荡”沂蒙山区，汉奸三天两头进行烧杀。灾荒伴着战乱，人民群众过着坎坷不安、度日如年的苦难生活。就在这年，一个寒冷的冬夜，村妇救会会长共产党员尹德美的第一个孩子降生了，这个苦命的孩子没有熬过寒夜，就离开了人世，孩子夭折的痛苦、分娩后身体的虚弱，使号称“铁大嫂”的尹德美病倒在了床上，六天六夜茶饭不思，一动也不能动。

尹德美产后的第七天，八路军一支部队转移到前辛庄。这天早上，尹德美正躺在床上，隔壁的孙大娘抱着一个刚满月十四天的婴儿，领着一男一女两个八路军干部来到她家。孙大娘告诉她：男的是山东军区司令部通讯大队队长黄志戈，女的是部队无线电台台长刘凯。因部队大大转移、换防，天天都在打仗，他们俩正在为孩子发愁，孙大娘对尹德美是了解的，这位“铁大嫂”共产党员心里时时装着党的工作，拥军支前事事争模范。孙大娘对尹德美说：“我看你就把孩子拉扯起来吧。”面对这突如其来的嘱托，尹德美觉得自己是共产党员，没有推脱的理由。可她转念一想，虽然产后有奶，但还没有养过孩子，在这兵荒马乱的年头，鬼子、汉奸说不定啥时就来烧杀抢夺，万一有个三长两短，怎么对得起刘凯一家呢。孙大娘看透了她的心思，劝道："你年轻能干，你当家的也是个实在人，以后有什么困难，大伙一块帮你。"

当尹德美抬起头看着孙大娘怀里的孩子，看到刘凯一家焦急等待的目光，慈母之心和对革命事业的责任感油然而生。她坚定地对刘凯夫妇说："孩子我收下了，请你们放心吧，有我就有孩子。"刘凯含着激动的泪水从孙大娘手里接过孩子，亲手送到尹德美怀里，紧紧握着尹德美的手说："我的好嫂子，孩子是我们的，也是你们的。我们把他拜托给你了……"尹德美看着睡在自己怀里的孩子，看着将要离去的孩子的生身父母，便说："抗日战争就要胜利了，咱们一块给孩子起个名字吧。"刘凯想了想说："就叫迎胜吧"。

从此尹德美夫妇俩就成了孩子的父母，由于日伪的蹂躏，灾荒严重，尹德美一家生活贫寒，平日里只吃糁子煎饼、地瓜秧子渣豆腐，喝点儿高粱糊糊，有时这些都吃不上，因此奶水不足。为了不让孩子受委屈，她就把家里仅有的一点儿小米留给迎胜。在寒冷的冬天，他们住在一间破草屋里，床上的席全是破洞。白天尹德美把孩子抱在怀里，紧贴自己的肉，夜间将孩子的头枕在自己的胳膊上。她身子常常左边被尿湿了，换到右边，右边湿了垫块破布，再换到左边，那真是屎中泡，尿窝里沾。不仅这样，还得时时提防鬼子汉奸的搜捕。

1945 年冬，迎胜刚满 2 周岁，刘凯夫妇的部队接到开往东北的命令，尹德美与丈夫王海秀听说后，抱着孩子连夜赶到部队驻地篚宾夏

家桥村与刘凯夫妇见了面，刘凯说：“我们一去生死不定，我们不在，孩子就是你们的，有你这样的好妈妈，我们也就没有什么牵挂了。”尹德美把孩子紧紧地抱在怀里说：“你们放心吧，有我就有孩子，我一定把迎胜抚养成人，等到胜利的那一天，我们再见面。”这时，两对父母的手紧紧地握在一起，四双眼睛闪着激动的泪花。

尹德美把迎胜当作自己的亲生儿子，各方面都给予无微不至的关怀。有一次，孩子几天高烧不退，眼看不行了，有人说快扔了吧。她却死不撒手，哭着说：“这是八路的孩子，是俺的亲骨肉。”连续七天七夜，她衣不解带地照顾，直到孩子病情好转。

1947 年 2 月，国民党对山东解放区进行空前规模的进攻和惨无人道的血腥大屠杀。当时丈夫王海秀担任农救会会长，带民工支前去了，家里只剩下尹德美和不满四岁的迎胜，在这黑暗的日子里，尹德美一个人带着孩子一次一次地躲过了敌人的密探和还乡团的搜捕。

一天，放哨的民兵突然吹起了哨子，大声喊道：“国民党来了，国民党还乡团来了……”顿时附近的村庄响起了枪声，飞机在上空呼啸而过，中弹燃烧的民房冒起了浓烟，村里哭声一片。尹德美急忙收拾好几件破衣服，背起迎胜，夹在逃难的乡亲中间向东跑去。这时尹德美已怀孕 7 个月，跑不了几步，就上气不接下气，两腿发软，渐渐落在了后面。乡亲们都跑散了，只剩下尹德美和迎胜，她喘了口气，又背起迎胜拼命向东北方向的望海楼山上跑去，跑到了山下，她顾不得喘息，就让迎胜趴在自己背上，抓着小树，抱着石尖，直往山顶上爬去。胳膊被树枝荆棘划出了道道血口子，腿被乱石碰出了道道血痕，尹德美全然不顾，拖着已怀孕的沉重的身子，头也不回地往上爬。这时尹德美想：“千万不能让孩子落到敌人的手里。”她终于爬到一个隐蔽的山坳里，把孩子放下，靠在一块大石头上，张着嘴喘着气，浑身的骨头像散了架一样。

敌人开始清山了，望海山被围得密不透风，尹德美带着迎胜，躲在山洞里、树丛中。敌人围了三天三夜，迎胜母子两个没吃一口饭，小迎胜饿得哇哇直哭，尹德美不知是累、是饿、是渴，两眼直冒金星，但不能下山，万一让敌人发现，一切都完了。母子俩实在坚持不住了，就在山上摘酸枣野菜充饥。第四天，小迎胜饿得实在不行了，尹德美用小碗在水洼里舀了点儿水给他喝。夜间，尹德美背着小迎胜冒险爬到了山对面人家要了一块煎饼给迎胜吃。这时，敌人的炮轰又开始了，尹德美不顾一切地一把将迎胜拉倒，用自己的身子将迎胜挡在下面，等轰炸一停，她赶紧背起小迎胜又爬到树丛中躲了起来，直到敌人全部撤退了，他们才出山。

1949 年，上级派人来到尹德美家接孩子说："国民党进攻猖狂，组织考虑到你们的安全问题，决定将孩子接走。"尹德美说："孩子父母留下话，不见他们的信，不能放孩子走。他父母不在跟前，我就是孩子的亲人，不管有千难万险，我也要亲手把孩子拉扯大，当面交给他父母。"派来的同志只好离去。

中华人民共和国就要诞生了，刘凯夫妇从东北战场上来信给尹德美夫妇，信中说："山东是国民党重点进攻的地方，迎胜是否还活着？"尹德美在抚养迎胜的艰辛生活中理解母亲思念儿子的迫切心情，因而当即找人写了回信，信中说道："迎胜很好，请放心。请你安心工作，多打胜仗，请放心吧。"不久，刘凯夫妇从东北战场转战到长沙市，得知孩子还活着，思儿心切，让迎胜的大爷和一位警卫员来接迎胜。分别的时候，怕小迎胜不肯离开，尹德美眼含热泪早早地躲了起来。小迎胜不知自己竟然还有一位母亲，他在马车上又抓又挠，哭着喊着找自己的娘。送行的尹德美丈夫王海秀狠心跳下马车，这个忠义厚道的汉子蹲在高粱地里就抹起了眼泪。

中华人民共和国成立以后，迎胜跟着父母到了北京，他时常想念山东妈妈。1953 年，刘凯同志特邀尹德美去北京观光，看望迎胜，尹德美接到信后，带上一大包迎胜爱吃的沂蒙特产，急急忙忙来到北京。当尹德美来到刘凯家楼下时，传达室的同志上楼送信说："你们家山东来客人了。"迎胜在室内听到了，脱口而出："准是我山东妈妈来了。"说着边下楼边喊："山东妈妈来了！山东妈妈来了！"见面后，尹德美看到迎胜长成了大孩子，百感交集，把迎面扑来的迎胜搂在怀里，眼泪夺眶而出。十天，二十天，一个月过去了，尹德美要回家了，迎胜及刘凯夫妇再三挽留。刘凯说："你要什么东西？”她说：“我别的东西都不要，就要你们在战场上用过的洗脸做饭两用的盆。”迎胜好奇地问：“妈妈，你要它干什么？”她说：“看见它，我就会想起你爸爸、妈妈，也就想起你。”

迎胜虽在北京长大，却没忘记沂蒙山区的妈妈。1959 年春节，他又回到了莒南县看望了尹德美妈妈。1965 年他从北京大学毕业，把工作后第一个月的工资全部寄给了尹德美妈妈。

“文革”期间，获得过“山东省劳动模范”的王海秀和在三机部担任要职的刘凯夫妇同时受到冲击。尹德美立即让儿子王桂吉专程赴北京探望，刘凯也让迎胜来山东探望，两家人的患难与共都给对方家庭带来了亲人般的温暖。

1967 年，刘凯夫妇的二女儿黄彦红报名下乡锻炼，他们没把女儿送回老家，而是让她来到了哥哥当年生活过的沂蒙山区。1968 年，尹德美接到一封由迎胜捎来的信，信中说：“德美同志，我们两家的感情是在革命的风风雨雨中建立起来的，是经得起考验的，迎胜是在你家长大的，他和梅吉年龄相当，咱们两家做个亲吧。”尹德美却犯了犹豫，她想：“自己的闺女梅吉是农村户口，怎么能配得上迎胜这孩子呢？”不久，刘凯来到尹德美家中，说道：“我们这结的是革命感情的亲家，他们俩同意就行。”1970 年，迎胜梅吉结婚了。黄金有价，情无价，两代人之间的血与火凝成的革命情谊愈加深厚、愈加绵长！

以尹德美等人为代表的“沂蒙红嫂”是沂蒙山区在抗日战争年代涌现出来的伟大的母性群体，她们舍生忘死救伤员，不遗余力抚养革命后代；她们送子参军、送夫支前；她们缝军衣、做军鞋、抬担架、运军粮，为中国革命做出了突出贡献。尹德美被山东省妇联、山东省军区、山东省民政厅誉为“山东红嫂”，老人在 2015 年受邀进京参加了抗战 70 周年纪念日大阅兵。

主要资料来源：莒南县妇联．尹德美：战火情深［EB/OL］．［2012-08-24］．http://news.asp?id=1113.

张志桂：母爱真情永无悔

张志桂，一个普通的沂蒙山妇女，家住沂水县王庄乡宅棵子村。小小的山村坐落在南北两山之间，沟壑纵横，树木茂密，环境幽静而隐蔽。抗日战争时期，无数八路军的伤病员就曾在这儿隐蔽休养，这里的人民为革命做出了无私的奉献。

1942年5月，满坡的小麦已抽穗扬花，鬼子又发动了大“扫荡”。一天，县妇救会会长王然匆匆来到张志桂家，进门就对张志桂夫妇说：“大哥、大嫂，咱八路军十一团团长陈宏同志有个刚满三个月的女儿。孩子母亲在八路军医院工作，身体不好，没有奶。最近，鬼子又开始‘扫荡’，部队常打游击，医院天天转移，再不找奶喂养就有生命危险。我再三考虑，送给大嫂养着最合适。”

当时，张志桂也生了个女孩，才满月，母女都很健康。张志桂的丈夫李德是村党支部书记，政治上可靠。婆母听后忧虑地望了望儿媳，丈夫看着妻子，也犯了犹豫：孩子的父母为革命不顾生死，理当喂养。可是真喂养顾虑也不少，一来担心养不好，孩子有个三长两短，不好交代；二来担心家里三天两头有同志来落脚，吃住都得张志桂张罗，怕忙不过来。可是，张志桂没有迟疑，可能是做母亲的天性，当她第一眼看见面黄肌瘦、小胳膊还不及成人指头粗的小鲁生，内心便油然生出一种强烈的疼爱与怜悯，一股热辣辣的滋味涌上心头。她一把抱过小鲁生，三个月的孩子抱在怀里软软的，像一团棉絮，远不及自己未满月的孩子。她赶忙敞开衣襟，两颗大的泪珠滴在孩子脸上。孩子一入怀便急忙含起乳头，急促地吸吮着，一连呛了好几口。王然在一旁也泪眼婆娑地说："孩子的娘缺奶水，她生下来一次也没吃饱过呀！"张志桂从那急促的吸吮中感觉到了孩子强烈的饥饿，她想到鲁生的父母，他们抛家舍业，枪林弹雨，九死一生，亲生骨肉都不能照顾，为了什么？还不是为了咱们老百姓，为了更多的孩子过上好日子嘛。谁不心疼自己的孩子，把孩子交给咱，那也是万般无奈呀！她对王然说："告诉孩子的父母，让他们放心。"

两个孩子都喝奶，谁也吃不饱。孩子喝不足奶，双双啼哭，张志桂心急如焚。她和丈夫商量，既然答应了八路军，就一定要把革命同志的孩子养好。鲁生身子弱，岁月大吃得多些，于是喂奶的时候，张志桂总是先让鲁生喝饱了，才让自己的孩子喝，自己的孩子只能喝很少一点儿，全靠喂辅食。

晚上，张志桂搂着两个孩子睡。床尿湿了，她把孩子放在干地方，自己睡湿铺。鲁生抱来不久，就到了伏天。热得睡不着，她就整夜整夜地给孩子扇扇子，自己汗流一身也顾不得擦洗，起了一身的热痱子，张志桂默默地忍受着。

鲁生在她的精心养育下，渐渐胖起来。可她自己的孩子却一天天瘦下去。邻居们看到这种情况，总要劝说几句："也别太苦了自己的孩子……"小鲁生长到半岁，有时一次能把张志桂的奶水都喝干了还不饱，又哭又蹬又闹。于是逢集的时候，她就催着丈夫赶集买点儿小米给鲁生添着吃。由于奶水不够喝，张志桂便狠心给自己的孩子断了奶。

秋天，小鲁生快满周岁了，会叫爸爸妈妈了，也开始蹒跚学步。张志桂虽经千辛万苦，但看着小鲁生长得逗人，总算也有了安慰。可是，她自己的孩子却因断奶过早，体质下降，当深秋的风带着肃杀袭来，孩子病了。弱小的生命抵御不了病魔的摧残，尽管张志桂夫妇千方百计地找人治疗，也没能挽救这个小生命。来到人间不足七个月的孩子停止了呼吸。孩子殁了，可是，张志桂还抱在怀里，怎么也不舍得放下。她小心地把乳头放进永远也不能吸奶的干涸小嘴里，泣不成声地说："孩子，再喝一口吧，妈妈对不起你呀！"

张志桂的女儿死后不久，区委书记王付元同志来到她家，说二地委书记王涛的爱人林柏希望在她家掩护治病。林柏生孩子三天后得了产后风，在此后的转移、隐蔽中，又引发了多种疾病。孩子不幸夭折，林柏心情悲痛，病情更加严重，来到张志桂家时，虚弱得不能翻动身体，生了褥疮。她咳嗽不止，痰中带血，按农村的说法，这种病会传染很可怕，人们特别是妇女们都怕接近这种病人。可张志桂毫不犹豫，接受了任务。林柏的病情很严重，脸色蜡黄，嘴唇没有一丝血色，体重不到几十斤，一天到晚地吐痰。张志桂带着鲁生，精心照顾着林柏。起初，林柏躺在床上不能动，吃饭、喝水都是张志桂一口一口地喂。为了防止褥疮继续发展，张志桂经常给林柏翻动身子，更换铺草。林柏痰多，一夜就吐满一地，李德每天都得打扫地面。为凑齐治病的药，张志桂的丈夫李德经常到山上挖草药，还多次往返二百里到岸堤去抓药。穷山荒村的，没有什么好东西吃，张志桂就天天做豆汁给林柏喝，还杀了家里的老母鸡给她滋补身体。林柏的病渐渐有所好转，入秋后，能拄着拐棍起来小便了，她激动地说："你们比俺亲哥嫂还要亲。"

1942年秋，为躲避日本侵略军的大"扫荡"，张志桂将林柏及住在她家的华东兵工厂技术员卞坤，区委干部王炎、王琪、张现春等同志隐藏在山洞里。张志桂冒着生命危险，每天上山送水送饭。当时林柏体质弱，张志桂找了本村的阚大娘陪着住在山洞里，一住三个多月，张志桂一天三次为他们送水送饭，还千方百计弄豆汁、鸡蛋给林柏补养，张志桂全家吃糠咽菜也毫无怨言。八个月后，林柏病情基本好转，能自理了，组织上便把她转移到高湖医院。林柏走后，张志桂仍放心不下，经常叫丈夫李德去看望，直到林柏又回到部队。

四年的艰苦熬过来了，鲁生长大了，鬼子投降了。胜利后的一天，鲁生的亲生父母派人来接孩子了。鲁生的姥姥家，紧靠沂水城区的柴山区一带成为解放区，组织上便决定将鲁生接到他的姥姥家。对于这突如其来的消息，张志桂既惊喜又悲伤。惊喜的是鲁生要回到她的亲人那里去了，悲伤的是自己将要失去鲁生。四年的辛辛苦苦，四年的欢声笑语，那甜甜的声音，那可爱的脸蛋，走后到哪年才能再见到啊！但是，孩子是娘身上的肉，鲁生的父母怎不天天想、日日盼呢？孩子临行前一夜，张志桂整宿没有合眼，她把孩子抱起又放下，轻轻地梳理着鲁生的头发，一遍又一遍地细瞅着那熟悉的眼眉、鼻梁、嘴角，一件又一件地整理着鲁生的小衣服。

当小鲁生醒来的时候，张志桂把她搂在怀里，最后一次喂她喝奶。过了好久好久，张志桂的眼里流着热泪，那是幸福的泪，也是悲哀的泪，她对着鲁生的小眼睛说："孩子，你亲爸爸、亲妈妈就要接你走了。以后，你还能记得我这个妈妈吗？"鲁生听说要把她带走，哇地大哭起来，小胳膊紧紧抱住张志桂不放，一迭声地哭喊着："妈，俺不走，俺找你！"来人只得抱起鲁生，哄着把她抱走。鲁生又蹬又踢："俺不，俺不，妈妈不要……"一声声啼哭，就像刀子一样割着张志桂的心。

鲁生走了，就这样哭着叫着走了，从此，再也没有回来。

1948 年，张志桂的家乡解放了，可是，由于战争年代的辛劳，不到五十的张志桂已经满头白发，一脸皱纹，背也驼了，行动不便。但她一直想着鲁生，常常念叨着鲁生。1963 年，年仅 51 岁的张志桂竟一病不起，永远离开了人间。临死的时候，她还自言自语地说："鲁生今年 22 了……"她的遗嘱只有一句话："鲁生要是来了，叫她到坟上看看我。"

……

1972 年，曾经受到张志桂悉心照顾的林柏领着自己的子女从上海来到宅棵子村看望张志桂夫妇。当她得知张志桂已病故近十年的消息后，万分悲痛。她来到张志桂的墓前，止不住放声痛哭起来。哭声和泪水祭奠着在天之灵，宽慰着在世之心。张志桂是沂蒙山区一个普普通通的女性，是一个为了革命、为了同志可献出自己的一切包括自己亲生骨肉而又不求丝毫回报的女性。而这一点，只有世界上最伟大的母亲才能做得到！

主要资料来源：朱兆彬，王纯忠．沂蒙烽火［M］．济南：黄河出版社，1995.

刘敦兴：抗日模范多贡献

抗日战争时期，沂蒙革命老区有一位闻名遐迩的抗日模范——陈大娘。陈大娘 1892 年生，沂水县西大埠岭村人，名叫刘敦兴，后嫁给本县诸葛镇小诸葛村的陈步奎，同志们都亲切地叫她陈大娘。因工作突出，刘敦兴多次受到上级的表彰。《大众日报》多次专门刊登了她的模范事迹。

刘敦兴的丈夫于 1930 年被病魔夺去了生命，那年她才 38 岁，家中有三个未成年的孩子，一家人的生活重担都落到她一人肩上。但刘敦兴并没有被生活重担压垮，相反，她变得越来越坚强能干，同时，苦难的生活使她深深地认识到旧社会的黑暗和腐朽，激发了她的革命干劲。刘敦兴的侄子陈善 (1933 年任共青团沂水县委第一任书记，1935 年在南京雨花台就义) 是沂水县早期党组织负责人之一。在陈善的影响下，刘敦兴自 1930 年开始从事革命活动，她经常帮助陈善传递革命密件，到沂水城与党组织联系。

1938 年秋，刘敦兴被选为小诸葛村的妇救会会长。同年冬加入中国共产党。不久，又兼任葛庄乡妇救会会长。刘敦兴非常痛恨旧社会对妇女的摧残和压迫，她组织妇女放足，反对封建礼教，积极争取妇女的解放，深受广大妇女的支持和拥护。刘敦兴对党的事业忠心耿耿，矢志不移，只要是党交给的任务，有天大的困难她也想法完成。1938 年初，刘敦兴整日东奔西走宣传抗日，发动妇女，仅两个月的时间，就动员二区两千多名妇女参加了抗日工作。她还把几十名共产党员和村干部，分三批亲自送往“山东抗日军政干部学校”学习深造。为了夺取抗日战争的胜利，她先后把自己的三个子女都送到了抗日前线。大女儿当了区妇救会会长，二女儿参加了大众日报社工作，唯一的儿子也送到了抗日前线，刘敦兴一家成了名副其实的抗日家庭。

我党工作转入地下活动后，刘敦兴家成了秘密联络点，同志们吃住都在她家。她以火热的阶级感情对待同志们，使大家在艰苦的战争环境中，感受到老区群众给予的温暖，更坚定了抗日的决心。刘敦兴还负责联络工作和掩护革命同志，她经常提着篮子，以卖粽子为掩护，上下传递情报，还凭机智勇敢多次从敌人内部探听一些重要情报。1939 年 5 月间，在执行任务中，她和县妇救会会长阎娟侦察到大圈村有一个受伤的国民党伪军和他的一挺机枪，在党组织的帮助下，她们俘虏了敌人，缴获了枪支，并连夜将机枪送给八路军二支队。同年 6 月，她在执行联络任务时，捡到一匹战马，当天转山路步行十多公里，把马送交驻河北村的一一五师部队。

为粉碎日军对沂蒙抗日根据地的大“扫荡”，中共山东分局机关、八路军山东纵队指挥部从沂水王庄向刘敦兴的家乡二区转移。刘敦兴积极发动妇女搞募捐，推米磨面，做军鞋、军衣，又亲自带领群众送到军队，有力地支援了反“扫荡”斗争。由于刘敦兴在抗日斗争中工作积极，贡献突出，1940 年她以抗日模范代表的身份参加了山东省第一次妇女代表大会，并在会上介绍了经验，受到中共山东分局书记朱瑞等领导的接见和鼓励。

1941 年 12 月 21 日，在日寇“铁壁合围”“拉网战术”的大“扫荡”中，沂水县妇救会会长张谦不幸被捕，关在黄山铺日伪据点。汉奸队里有个速记官叫张熙岳，是我们的地下工作人员。一天晚上，张熙岳悄悄来到狱中告诉张谦，他已设法和县敌工部取得了联系，组织决定设法营救张谦。组织领导想了许多方案都不妥当，最后想到了刘敦兴，她对党忠诚，有勇有谋，由她完成这一任务最合适。刘敦兴毫不犹豫地接受了组织的安排，她请组织放心，保证完成任务。刘敦兴扮成张谦的嫂嫂，到敌据点营救。她花了 70 元北海币，给张谦买了棉衣。面对敌人多次审讯、盘查，她都机动灵活地对付，并和张谦的陈述取得一致，巧妙地把张谦从日伪据点营救出来，摆脱了敌人的尾随盯梢，把张谦送到中共沂水县委驻地竹子沟。

1944 年 9 月 3 日，葛庄战役打响后，刘敦兴发动妇女反“扫荡”，参加战场救护，支援战斗。刘敦兴积极抗日、拥军支前的动人事迹，传遍了沂蒙大地，人们对她无不由衷地敬佩。

中华人民共和国成立初期，刘敦兴受到不公正的待遇，于 1952 年含冤去世。1981 年 11 月 25 日，中共沂水县委为她平反昭雪，恢复党籍和名誉。

主要资料来源：靳星五. 沂蒙巾帼英模传记[M]. 济南：山东人民出版社，1997；苑朋欣. 沂蒙精神溯源研究[M]. 济南：山东人民出版社，2017.

管爱振：孝心敬老树榜样

管爱振，费北县(今平邑县北部一带)柏林镇汪家坡村人。在沂蒙党政军民面对气势汹汹的日本鬼子，与之展开不屈不挠的斗争中，涌现了一批深受后人尊敬的“沂蒙红嫂”，汪家坡村的管爱振就是其中的一个。

管爱振 26 岁结婚，虽然婆家贫穷，但全家人幸福和睦。丈夫王成启在八路军某部任排长，由于战事紧，他平时很少回家。管爱振便和公公、婆婆生活在一起。1941 年，中国人民抗日战争进入最艰难的时期。这一年，侵华日军纠集 5 万余人对沂蒙山区实行残酷的“铁壁合围”大“扫荡”，蒙山四周更是三步一岗、五步一哨，壕沟、木栅纵横交错，碉堡林立。敌屯重兵步步为营，妄图困死、饿死、冻死山里的抗日军民。随着日军频繁“扫荡”和抗日军民反“扫荡”形势发展，八路军伤病员越来越多，战地医院容纳不了，护理员也不够用。为妥善安置伤员，减轻部队负担，部队只好将伤员分散转移到各个村落养伤。一次王成启所在的部队与日伪军展开激战，许多战士负了伤，王成启便给妻子管爱振送来了四名伤员。管爱振接受了这一艰巨任务，并向丈夫保证说，有公婆帮忙，便有足够的能力养好这四名“亲人”。随后，管爱振将伤员藏到了一个离村庄很远的隐蔽的山洞里。管爱振一家节衣缩食，粗茶淡饭，把好吃的好喝的留给了伤病员，对他们精心照料，视如亲人。

这是一个特殊的战场，这样的战场，几乎闻不到火药味，却随时有可能引发巨大风险，这种危险甚至超越了战场本身。

11 月的一天，像往常一样，管爱振约好公公、婆婆到山地里干活，经过他们干活的地方再转到八路军伤员养伤的山洞送饭。突然，从山路左侧冲上来十多个日军，挡住了她的去路。管爱振听不懂敌人在说什么，她只是说："俺是给爹妈送饭的。"一个日军一把夺过提篮，掀开盖饭的花布，狞笑着说："分明是送给八路伤员的……"他上下打量着管爱振，继续说："你说出伤员下落，就是良民，说不出下落，要尝尝皇军的厉害！"管爱振说她不知道哪里有八路军伤员。于是，鬼子将她五花大绑，用皮鞭狠狠地抽打，抽得她鲜血淋漓，管爱振仍然说不知道。在一旁的公公实在看不下去日军的暴行，早已满腔怒火，为了转移敌人的注意力，他抄起一根扁担向日军砸去。这时，两名日军一起开枪，管爱振的公公倒在血泊之中。疯狂的日军踏过管爱振公爹的尸体，狰狞地笑着对管爱振说，他们一定有办法让她开口说出伤员的下落。残忍的日军用竹签钉进管爱振的手指，管爱振痛得死去活来，她拼命地挣扎，宁死不说伤员的下落。鬼子无法得知伤员的下落，又听到远处有枪声，便气急败坏地离开了。八路军伤员保住了，可是，管爱振的公公牺牲了。

管爱振一边为公爹守灵，一边挂念着正在参加战斗的亲人，百感交集。想到王成启送来伤员就走了，结婚时间不长的她泪水盈盈。她不知道丈夫这一走将要多长时间才能回来，也不知道走出家门的丈夫需要一点什么，那一刻她深情地望向窗外，只想告诉他，她一定会将那些伤员照顾好。她盼望自己的队伍尽快打败日军，亲人早日回家。

在管爱振将公爹掩埋后的当月里，从部队传来了王成启在执行任务时牺牲的消息。突如其来的噩耗使管爱振的婆婆一下子哭成了泪人，丧夫丧子的彻骨之痛，让婆婆失去了活着的希望，就在她头撞向墙的那一瞬间，管爱振用尽全身力气抱住婆婆。她安慰婆婆说："娘，你不能死，你要活下来，今后你就把我当成你的亲闺女吧！”看到婆婆的样子，管爱振想，只有自己坚强，才能帮助苦难中的婆婆渡过难关。那一刻婆媳抱头痛哭。管爱振的婆婆只有一个儿子，原本她想依靠儿子王成启养老的，现在儿子没有了，她悲痛的情感实在难以抑制。

婆婆当时 50 多岁，原本非常精神的一位老人，就那几天，头发全白了，人仿佛一下子老了，精神也不正常了。这以后的日子里，婆婆整天恍恍惚惚，精神完全崩溃了。管爱振不敢离开她，整天给她排遣，让婆婆宽心。只是每到夜深人静，独自一人时，便会泪水涟涟。她想念丈夫，想念那个原来活蹦乱跳、朝气蓬勃的人。然而这一切，早已成了梦幻。自己的公爹惨死在日军手上，丈夫也死在日伪军的枪口下。她不甘心，也希望自己能够参加八路军，去亲手消灭那些可恨的敌人。只是她不能走，如果她一走，婆婆就没有人照顾了。此后的管爱振左思右想，最终下定决心，为牺牲在敌人手上的丈夫王成启照顾好他的母亲，哪怕是牺牲自己的未来，也心甘情愿。

此后的日子里，婆媳相依为命。当时婆婆精神失常，生活不能自理，管爱振白天去田里干活，干完活后赶回来替婆婆洗衣、喂饭。家中粮食很少，为了给婆婆增加营养，管爱振把细粮做给婆婆吃，自己天天吃地瓜面和糠做成的窝窝头。有时，清醒过来的婆婆看着孝顺和劳累的媳妇，时时感到内疚。此时的管爱振还年轻，好多邻里乡亲劝她改嫁，她只是说她要陪婆婆，要照顾好婆婆。她对那些劝她的人说，如果她嫁人了，谁来照顾她婆婆呢。日子就这样在清苦中熬着，婆婆一直觉得愧对儿媳。

有一天，管爱振从田里干活回来，推开门的时候，竟发现婆婆已悬梁，于是她赶紧拿过菜刀将婆婆上吊的绳子砍断。在她抱下婆婆后，发现婆婆身子还是热的，脉搏还跳，就连忙给婆婆掐人中和做人工呼吸，终于将婆婆从死神手里夺了回来。婆婆醒来后，她抱住婆婆哭着问：“为什么要这样？是媳妇对您不好还是不孝？”婆婆流着泪说，她不想耽搁媳妇的一生，她希望媳妇有个好的归宿。管爱振扑在婆婆怀里，对婆婆说，如果您再寻短见，媳妇也不活了。她恳求婆婆以后不要再提让她改嫁的事，因为她早已下了决心，不会离开婆婆的。

从此之后，管爱振更加细心地照顾婆婆。尽管生活十分窘迫，管爱振总是千方百计地想着法子给婆婆补充营养。为了能让婆婆吃到一点儿荤，她到河里去摸鱼，每每逮到活鱼，管爱振就高兴地赶回家，给婆婆熬上半锅鱼汤。就这样在清贫的生活中，管爱振对婆婆照顾得无微不至。1941 年至 1975 年，34 年间她满头青丝熬成银发，侍奉婆婆直到去世。

中华人民共和国成立后，人民政府对管爱振非常关心。作为烈属，管爱振无儿无女，国家发给她一定的生活补助。管爱振被视为平邑县“沂蒙红嫂”的代表人物，是平邑县第一、二、三届政协委员，全省模范烈军属代表大会代表，各界人士给予她高度评价和热情赞扬。

主要资料来源：平邑人网 . 管爱振——平邑县沂蒙红嫂的代表人物之一［EB/OL］.［2012-11-07］. http://bbs.pyr6.com/thread-23864-1-1.html?_dsign=fb0df8e6.

王自生：毁家纾难爱党情

王自生，沂南县砖埠乡沙沟村人。革命战争年代，王自生冒着生命危险侦探敌情，除奸灭敌，被敌人视作眼中钉、肉中刺。她家曾被汉奸、日本鬼子两次破坏，丈夫也为革命献出了生命，她被迫离开家门，随南征北战的八路军颠簸流浪。在极其恶劣的战争环境中，王自生抚育革命后代，与人民子弟兵同甘苦共患难，在人生的道路上经历了无数曲折与坎坷。

1908 年，王自生出生于沂南县砖埠乡沙沟村一个贫苦的农民家庭。她出生不久，母亲就抱着她随当货郎的父亲开始了流浪生活。她大姐当童养媳上吊死了，二姐、她和四妹都给人当了童养媳，弟弟饿死在母亲怀中。她年仅 14 岁就被送到砖埠乡岳庄的财主刘家当丫鬟。三年后，财主家的姑母病逝了，王自生就嫁给财主的姑父马星阶。所幸马星阶为人耿直正派，医道超群，在当地享有较高声誉。俩人结婚后，尽管年龄悬殊，但王自生与丈夫始终相敬如宾，总算过上了安生日子。

1926 年，马星阶家来了一对年轻夫妇看病，他们自称是逃荒要饭的。熟识之后，男的才告知真实身份。男的叫宋喜来，老家潍县，原是黄埔军校的学生，因国共反目，学校里许多共产党员惨遭杀害，他逃出广州后回山东老家避难，后又流浪到沂蒙山区这个偏僻的地方。宋喜来妻子的病被马星阶医治好后，两家关系就非同寻常了。后来，宋喜来不断向马星阶和王自生宣讲革命道理，介绍外地共产党组织及活动的情况。革命的火种自此就在马星阶和王自生的心里扎下了根。1937 年秋天，已离开葛沟的宋喜来给马星阶写来了一封信，信上告知共产党在岸堤一带活动。马星阶看了那封信后，立刻按照信上告诉他的地点，约着本村要好的陈金林一块去了岸堤，他俩一去就加入了共产党。不长时间，八路军就来到了葛沟。王自生家经常住着队伍上的人，在革命同志的熏陶引导下，王自生也积极加入了共产党。

1939年11月成立十区，马星阶被选为参议长，王自生被选为妇救会会长。就在选举会的第二天，区上召开青年会，会正开着，日本鬼子飞机要来轰炸，开会的人一齐往外跑，王自生怀中的小孩就被挤落在地上，被人踩得奄奄一息，因伤势过重去世了。

十区成立以后，为给沂临边联县成立做准备，临费沂工作团相继成立，马星阶担任了工作团的团长。王自生一边干着自己的工作，一边还要支持、配合丈夫工作。夫妇俩在扩大党组织、宣传党的主张、慰劳党的工作人员等一系列工作任务中，均做出突出贡献。工作团里集合了上百支枪，经常收藏在她的家里。每当此时，王自生寸步不离自己的家，像爱护自己的眼睛似的看守着枪支，枪被同志们扛走了，马星阶就让她保管着那些枪条子。无论数量多少，无论时间长短，经她保管的枪支从未发生过差错。

随着工作团的成立，王自生帮着马星阶在葛沟以及周围的村庄动员、组织、成立了一支名叫“二支队”的武装力量。队员们都很年轻，大的只有十六七岁，小的才十四五岁。后来这支队伍被编入八路军，成了五连。在动员组织这支队伍的过程中，王自生遇到了不少的麻烦。有村民不愿让孩子去当兵的，有孩子当兵牺牲后找王自生要人的。村子里有个叫陈兆坤的党员，是王自生动员出去参加革命的。在这年秋天，汉奸为了抓到陈兆坤，将他围赶在一块刚收割后的高粱地里。陈兆坤的鞋子跑掉了，脚板踩在高粱茬上，满是血孔。等汉奸把他抓住，鞭打得血肉模糊，牺牲时已惨不忍睹了。看到这样的情景，不光他的亲人心里难过，连陌生人见了也会情不自禁地流下泪来。正当王自生闻讯悲痛之际，陈兆坤的哥哥找上门来，一口咬定弟弟的死就是因为她，口口声声骂她，挥舞着拳头要打死她。她没有气没有火，默默地任他发泄。然后，再向他讲述要革命就要有战争，有战争就会有牺牲，为革命牺牲光荣的道理。为了向乡亲们展示自己那颗对革命赤诚的心，她含着泪水将身边年仅15岁的女儿马佃梅送到八路军队伍的八支队里。

马星阶、王自生等人的革命活动，给葛沟一带的穷人带来了希望，也自然引起了日本鬼子及其走狗汉奸们的极大仇视。敌人视他俩为眼中钉、肉中刺，伺机对他们一家实施残酷迫害。1940年的一天，马星阶到河西八支队驻地开会去了，王自生假装给孩子看病，也离开了葛沟，她走后不长时间，汉奸们就来到了她家，把她家房子给砸了。后来，日本鬼子在葛沟一带建立了据点后，王自生家又一次遭到日本鬼子的破坏，连屋墙都被拆掉修炮台用了。

当时边联县成立后，边联县的妇救会会长王寅曾住在王自生家里，王寅生下了一个名叫茂林的女孩，因工作繁忙，没有时间照料孩子，她就把小茂林托付给了王自生。王自生一边坚持着繁忙的工作，一边还要精心照料着王寅的孩子。王自生家被毁之后，被迫离开家门。她一时找不到组织，流浪在外，不得不改名换姓。那时，王寅家的孩子只有六七个月，即使王自生咬紧牙关能受得了这流浪之苦，可不满周岁的孩子却是一日难熬。她抱着孩子周旋着、躲藏着，离开日本鬼子的据点和有汉奸的村庄，装作讨饭的找些善良人家要点儿东西喂孩子。有时她走在路上，突然遇到“扫荡”的日本鬼子或行凶作恶的汉奸，就急忙躲藏在河边的树林里或野草丛生的山上。每当此时，她只能用嘴含些河水或山泉水喂给饿得连哭带叫的小茂林。孩子因营养不良一天天地瘦了下来，王自生心里就像压了块沉重的石头。几天后，她抱着小茂林来到铁山子一个娘家的表婶家，表婶怕受牵连一开始拒绝接受她们，王自生给表婶下跪磕头，好不容易说动她先抚养茂林一段时间，然后王自生又冒着危险外出寻找组织。过了没几天，王自生听说铁山子住上了汉奸，她不放心小茂林，就又回去想把她抱走。她去的时候，小茂林已经去世，孩子的死让她悲痛欲绝。

就在王自生回到铁山子抱小茂林的那天，正遇上这里的汉奸们准备欢迎鬼子。形势危急，她随时都有落到敌人手里的可能。就在这时，她遇上了这个村里的妇救会会长张大娘。张大娘从前就认识她，知道她是党的人。问明了处境以后，张大娘想方设法送王自生出村，但接连三次送她都因情势危险没有送出村去，于是张大娘毅然将她领到自己的家中。王自生在张大娘的娘家住着的时候，听到鲁南大队正在铜井和鬼子打仗的消息。为找到八路军的队伍，她打扮成要饭的直向铜井奔去。她到那里时，战斗已经结束，队伍向西转移。她急忙向前追赶，终于在长山庄找到了队伍。队伍里的人有认识王自生的，就让她留了下来，帮着部队干些做饭、洗衣之类力所能及的活。

1941 年春节刚过，王自生的丈夫马星阶被敌人抓捕并残酷杀害。马星阶牺牲后，王自生孤苦一人。因为她对葛沟一带的情况较熟悉，边联县的领导就经常叫她送情报，于是她夜里回去摸情况是常有的事。有一天夜很深了，她独自摸黑悄悄走进沙沟村，刚走进一个巷口，隐隐约约地看到前边走来几个人影，她急忙躲藏在一个墙角的阴暗处。等前边的人来到她的身边，她从暗处看到被两人搀扶着的是一个姓付的、活埋过不少八路军和共产党员、罪行累累的汉奸头子。等他们走过去，她悄悄跟在了后边。汉奸头子来到自家门前，就叫送他的两个人走了，自己走进去把院门关上。王自生心里又惊又喜，她急忙转身返回去，向边联县领导汇报了这一重要情况，县领导立即派县委书记王介福的通信员刘朝奇同志与王自生一道去执行处决那个汉奸头子的任务。王自生不顾一夜跑了十几公里路的劳累，领着刘朝奇在鸡叫时赶到了沙沟村。在汉奸头子家的门前，刘朝奇安排王自生在院外警戒，他持枪翻越院墙跳了进去。不一会儿，听到几声枪响，汉奸头子一命呜呼。枪决了汉奸头子，为民平了愤，当地汉奸对此大为惊慌，王自生因此受到了上级的表扬。

后来的一天，王寅又抱来一个名叫小文的女孩，这是她离开葛沟后第二年在岸堤一带生下的第二个孩子，并表示还将小文交王自生抚养。王自生听了有些难为情，因为小茂林去世她很愧疚。王寅早已看出她的心思，忙说："大娘，孩子的去世，那怎能怨您呢。兵荒马乱，战局紧张，大人被拖累死都是常有的事，何况茂林是个不满周岁的孩子。您放心吧，我知道您的为人，信得过您，要不，我怎能把小文再交给您呢！"王寅的信任感动了她，她把小文从王寅怀中接了过来。王自生抚养了小文整整八年，度过了抗日战争和解放战争的艰难时期，直到中华人民共和国成立后王自生回到了葛沟，王寅才把小文接到了自己的身边。

1992年3月，王自生被山东省妇联、省民政厅、省军区政治部评为“山东红嫂”，同时被授予“三八红旗手”荣誉称号。同年，老人与世长辞。

主要资料来源：中共临沂市委.沂蒙红嫂颂[M].北京：中央文献出版社，2002；孙海英，陈永莲.沂蒙精神与临沂革命老区跨越式发展研究[M].济南：山东人民出版社，2017.

刘玉梅：勇闯敌巢情报传

刘玉梅，沂南县青驼镇南宅子村人。革命年代，刘玉梅不顾个人安危，曾多次打入敌巢内部搜集敌人的情报，及时传递给我地下党组织准确情报，多次粉碎敌人“扫荡”的阴谋，有力地打击了敌人。1945 年 8 月，刘玉梅被选为出席延安英模大会的代表。

刘玉梅，1904 年出生在沂南县双堠乡龙口村的一个贫苦农民家庭。她的父亲给本村地主刘善堂种地，由于长年劳累，身染重病，被狠心的地主赶出家门，不久父亲去世。家庭的不幸，生活的贫困，给幼小的她留下了深刻的印象。当时女孩在十一二岁时要过缠足关，生性倔强的她把缠在脚上的布放开，就是不裹，从此长了一双大脚板。为生活所迫，刘玉梅 15 岁到地主家当丫头，受尽苦难，17 岁那年嫁给青驼寺南宅子贫苦农民王连友，婚后，两口子开了个面食铺维持生计。因为她脚板大，被当地人称为“王大脚”。

1937 年七七事变后，日军大举侵略我国，战争烽火遍起，全国人民在中国共产党的领导下，奋起抗战。1938 年，日本强盗把魔爪伸向沂蒙山区，4 月份，侵占临沂城，到处烧杀掳掠，无恶不作。为了开辟抗日根据地，1939 年，山东省委机关、八路军山东纵队、一一五师挺进沂蒙山区，活动在沂南、费县一带，青驼街也住上了八路军的队伍。八路军积极宣传共产党的主张，宣传抗日救国的道理，并开始发展党的基层组织。八路军的到来，使刘玉梅受到了革命理想的熏陶，坚定了她投身革命的信心。当时刘玉梅家里住上了山纵敌工科的三个班，她把三间屋腾出来给八路军亲人住，自己一家却住在“团瓢”里。不久，刘玉梅担任了村妇救会会长，她在村里组织民兵支前，做军鞋，收兵工原料，组织儿童团站岗放哨等，热情地扑身于革命工作，成了村里最活跃的积极分子。

日本侵略军占领临沂后，青驼寺处于临沂北的临蒙公路上，是沂蒙抗日中心的南大门，战略地位非常重要。为了巩固抗日根据地，守住南大门，部队决定以刘玉梅家开设的面食铺为掩护，建立秘密联络点。她毅然接受了任务，并担任起联络员。根据上级组织的安排，刘玉梅穿梭在日伪横行、安插着据点、建有高高炮楼子的青驼寺地区。对敌斗争的艰苦岁月中，环境复杂，一切需要机警、沉着、镇静，不论是出入汉奸围子观察敌情，还是一次次同我党地下人员接头，她都胆大心细，出色地完成了任务。她传送情报的方式多种多样，或装作走亲戚，或扮成外出送货，有时把纸条放在竹筒里，有时放在头发绾成的小髻里，有时放在鞋底的夹层里，遇到下雨天，就干脆赤着脚丫，从没出现过一次差错。

一天下午，太阳快落山时，刘玉梅和丈夫正在家忙着烙饼蒸馒头。门外突然闪进一个陌生人来，他对着刘玉梅问：“有烧饼吗？称 2 斤！”刘玉梅赶紧答：“有，要现钱！”暗号接上后，刘玉梅忙把他带到后边一间小屋里，那个人握着刘玉梅的手迫不及待地说：“你就是王大嫂吧，我是从敌人据点来的。”说着，从袖筒里掏出一封信：“这是敌人要行动的情报，你务必在天黑前送出去。”来人说完同刘玉梅握了握手就闪身出了门。刘玉梅把信放进了一个竹筒里，挎起篮子迈开她那双大脚板往北一溜小跑。她躲开大路，顺着山沟爬上黄崖山，翻下山去转到邵家峪口，一口气走出十多公里路，在天黑时，把情报送到联络员丁同志的手里。当她摸黑回到青驼寺时，整个青驼街一片混乱，到处是打砸声、喊叫声，她忙钻进高粱地，跑向镇西北处的陈家寨村。部队根据刘玉梅送的情报及时转移，驻扎在孙祖、乔家庄一带。此后，部队每天派两个同志来刘玉梅家的联络点侦察情况，第二天再换两个同志回去。由于敌人不断地“扫荡”，老百姓晚上不敢住在家里，都在青驼寺村南、蒙河北岸扎小棚子住着。刘玉梅和丈夫白天在家做买卖，晚上就到那里过夜，为使同志们休息好，两口子常常彻夜不眠，为同志们站岗放哨。

凭着对党的忠诚和信仰，1941年春，在共产党员刘品高等同志的介绍下，在蒙河南岸的南店村，刘玉梅光荣地加入了中国共产党。当年秋天，日本侵略者在青驼周围安设了据点，在青驼街设立了剿共队、伪警察所、伪乡公所，加强了对这一带的控制，环境越来越恶劣。为了更准确地掌握敌人的情报，有力地打击敌人，上级决定让刘玉梅打入地下，担任伪庄长，组织两面政权，在敌人心脏里同敌人开展斗争。刘玉梅感到这是党组织对自己的信任和重托，决心完成这个义不容辞的任务。有了这个身份，她觉得方便了许多，常常得以出入日伪据点，把情报源源不断地送往我军。

一次，她从伪警察所得知，鬼子从临沂开来，傍晚在青驼吃饭，之后要夜袭我军在孙祖的首脑机关。她听后心头一沉，不顾个人危险，拿起口袋摸起秤，装作收粮的跑到镇南的蒙河岸边，在日寇和伪军必经之路的桥北头旁边等着。当敌人开过来时，她默默地数着鬼子、汉奸的人数，并牢牢记下马匹、火力情况。鬼子和汉奸经过后，她火速一路向北，翻山过岭，连夜抄小道奔向下一个交通站邵家峪，将情报及时送给交通站的同志。当夜，我部队机关得到情报后刚刚转移，敌人就扑了过去。幸亏所送情报及时，我军才避免了一次重大伤亡。

“沂蒙党组织和基层支部的广泛建立，使沂蒙地区的革命面貌焕然一新。”[1]从1940年到1942年这个时期，青驼一带虽然处在敌占区，但是由于我们在这里建立了地下情报网，获得的情报准确，再加上群众基础好，青驼日伪据点的敌人多次遭到我军沉重打击。到1943年，其嚣张气焰得到有效打压。此后，大部分伪军、汉奸不敢明目张胆地行凶作恶，有些开始考虑自己的后路。为了不给敌人喘息的机会，沂临边联县委分析了当时的形势，认为除了进一步加强情报工作外，还要向敌人开展政治攻势，以分化瓦解敌人，同时争取在敌人内部建立情报关系，以掌握更大的主动权。

1　孙海英．沂蒙早期党组织对实践马克思主义群众观的探索及启示[J]．学海，2017(6)．

1943 年秋天，党组织决定利用刘玉梅担任伪庄长的身份，打入青驼伪警察所搜集敌人的情报，瓦解敌人。当时伪警察所有个姓张的所长是刘玉梅争取的一个主要对象，她以常接触、细观察、多考验的方式做通了这个伪所长的工作，使他不断地把情报报告给我们，给我们做了不少工作。一次，姓张的伪所长带着几个伪军进村催粮，要马草，在刘玉梅家里正碰上我们的侦察人员，伪军一见立时惊恐万状，拔出枪准备动手。这时刘玉梅不慌不忙地给姓张的递眼色，他立时领悟，走上前赔着笑说："不要误会，都是自己人。"又招呼着伪军出了大门，化解了险情。还有一次，刘玉梅在青驼东南湖正与伪警察所黄永三接头，岗楼上十几个伪军由姓张的带着来此巡逻，碰上他俩在交谈，为了麻痹伪军，张所长借口有情况，带着队伍撤回了据点，事后，他又分给伪军每人一双鞋的钱，以安定人心。

刘玉梅感到瓦解敌人的工作已趋于成熟，及时向上级做了汇报。为了进一步摸清敌伪军的底细，经县委研究派县公安局局长娄家庭来到刘玉梅家准备同张所长做一次详谈。娄局长在刘玉梅家对张所长进行了一番"抗日救国，中国人不打中国人"的教育，详细询问了所里伪军的思想情况，最后娄局长握着张所长的手说："爱国不分先后，你们弃暗投明，往后就是自己人了。"张所长激动地说："这应该感谢王大嫂，是她给我指明了一条光明大道，我一定将功赎罪，争取立功。"

1944 年春，青驼伪警察所的 30 多名伪军在张所长的带领下向我投诚。这次行动极大地鼓舞了广大军民的斗志，有力地震慑打击了敌人，使之于同年 8 月不得不放弃青驼寺，狼狈逃窜。接着，五大队端了伪乡公所的老窝，并消灭了大地主部子厚。

1945 年 3 月，刘玉梅光荣地出席了山东分局、山东纵队召开的选举出席延安的代表大会，受到罗荣桓、王建安、高克亭以及县委领导同志的接见，并被选为代表。1946 年 3 月，出席了县英模表彰大会，受到大会的表彰和物质奖励。1947 年 3 月，国民党部队向山东解放区发动进攻，青驼寺南的仁义庄、磨石沟一带住上了国民党队伍，遵照县委的指示，刘玉梅继续留在敌占区做地下联络工作直至全境解放。

中华人民共和国成立后，刘玉梅在村里从事妇女工作一直到60多岁才退休。1988年农历正月初九，刘玉梅老人去世。

主要资料来源：中共临沂市委．沂蒙红嫂颂［M］．北京：中央文献出版社，2002.

陈洪彩：威震敌胆侦察员

她在抗日战争的艰苦岁月里，侦察敌情，传递情报，掩护同志，运送弹药。她不怕牺牲、英勇奋斗的故事，至今仍在人们中间传颂着。她就是在鲁南地区威震敌胆的女侦察员——“山东红嫂”陈洪彩。

陈洪彩于1915年冬出生在山东省郯城县陈高册村一个贫苦农民的家里。她11岁丧父，母亲和奶奶把她抚养到16岁。为了生计，母亲做主把她嫁给了小她两岁的周宝敬。丈夫当时正在马头镇一家私立小学读书，家里的生活并不富裕。陈洪彩天生心灵手巧，出嫁后她一边靠编织苇席等维持生计，一边供应小丈夫上学。1936年8月，在学校担任学生会主席的周宝敬，多次带领学生走上街头，高呼口号，游行示威，并在地下党组织的指导下，以反对校长刘从训毒打、开除学生为理由，领导了长达半年之久的署东街小学的学生运动。地下党员柏文达将周宝敬发展为青年团员，后加入共产党。聪颖的陈洪彩在丈夫的影响帮助下，懂得了许多革命道理，并积极投身革命工作，立志为穷人的翻身解放而斗争。

七七事变后，日本侵略军向我国各地大举侵犯。1938年4月，日军血洗临沂城后一路南下，不久郯城即沦为敌占区。不惧黑暗势力的高压，陈洪彩主动接受地下党组织的领导，做着宣传群众、组织群众、武装群众的工作。“马克思主义开始为觉醒的先进群众所接受，为沂蒙人民的群众革命运动指明了方向。”[1]

1 孙海英.沂蒙早期党组织对实践马克思主义群众观的探索及启示[J].学海，2017(6).

这年农历十一月初八午夜，在马头南门外地主孙二黑的老林里，召开了马头特支一个党小组会，临郯青年救国会负责人赵斌代表地下党组织宣布：吸收陈洪彩同志加入中国共产党，并担任党的地下联络员、侦察员，负责收集情报工作。从此，陈洪彩心里怀着更远大的目标，斗争更坚决了。

1939 年 10 月下旬，八路军一一五师主力在代师长陈光、政委罗荣桓的率领下挺进鲁南。为了打通鲁南与鲁西、湖西地区的联系，巩固以抱犊崮山区为中心的鲁南抗日根据地，同时解决八路军入鲁部队的吃饭、穿衣问题，一一五师组成东进支队，决定拔掉鲁南重镇马头的日伪据点。陈洪彩接受临郯县委交给她侦察马头据点敌情的任务，配合东进支队的战略行动。陈洪彩化装成卖烟的小贩混进镇内，很快摸清了据点内敌人的部署和活动情况，将情报送了出去，并在战斗打响之前接应东进支队作战参谋姜冲等人，潜伏进马头徐恩朴的杂货铺里。11 月 18 日夜间战斗打响，马头敌人在我一一五师主力的打击下溃不成军，除伪警察局长赵宝淑藏身酒缸得以侥幸逃脱外，其余全部被击溃，马头镇解放。这一仗打得很漂亮，陈洪彩受到了部队领导的表彰。

为了阻止我方武装力量的发展，驻扎在徐州的日军左滕铁车部队大举向苏北鲁南一带“扫荡”，妄图对我地下党和武工队实行报复。为了及时掌握敌情，采取妥善措施更有力地打击敌人，陈洪彩受命与丈夫合作，化装成讨饭的，到新安镇、瓦窑、炮车一带侦察敌情。准备血洗我抗日根据地的敌人刚刚拉开战势，就被一场罕见的大雪封堵在铁道边。要尽快把这一重要情报送到部队，陈洪彩让丈夫先走，自己在后面紧追。没膝的积雪铺天盖地，天地间一片刺眼的白，树木、村庄、田野、道路全都模糊了。在路过凌高册村时，突然，她一脚踏空，掉进了敌人修据点时挖下的一人多深的围沟里。顿时，刺骨的冰水浸透了她的棉衣，冰冷的河水吞没了她大半个身子。她拼命往上爬，可身子却像坠着巨大的石头；她想呼喊，可周围除了风声什么也听不到。她的手指扒出了血，指甲盖被揭了下来，鲜血染红了雪花和沟水。她只有一个念头：我不能死，我是党的人，我的任务还没有完成。直到凌晨，一个邻村赶集卖锅拍子的穷人经过这里，发现了仍在雪水中挣扎的她，向她伸出了扁担，这才救出了她。被救出后，陈洪彩不顾疲劳和伤痛，急忙往部队赶，及时将情报传送了回去。

1940 年 1 月，临郯县抗日大队长朱继箴同志在侦察敌情时不幸被捕。当时临郯县城国民党伪县长阎丽天决定立即杀害朱继箴。情况万分危急，临郯县决定火速营救朱继箴同志，同时配合东进支队端掉这座国民党的老窝。这次的侦察任务又交给了陈洪彩。陈洪彩化装成卖花线、花样的，与丈夫周宝敬混进了城里。陈洪彩在城里抱着孩子游街串巷叫卖她的花样，她一边察看地形，一边把看到的情况一一记在心里。哪个地方驻多少兵力，有多少机枪多少步枪，她都背得烂熟，并与丈夫一起绘制了一张简略的顽军驻防图，把朱队长被关押的地点也标得清清楚楚。26 日，八路军东进支队二大队向郯城县城发起了进攻。由于情况摸得准，战斗进展顺利，我方顺利地营救出朱继箴同志，驻郯顽军大部被歼，阎丽天率残部逃离县境。

郯马地区抗日工作大发展，成为日本侵略军的心腹之患。1940 年 10 月，日军集中了大批兵力，从陇海路和临沂分南北两路向郯马抗日根据地进行“扫荡”。由于我军主力和地方武装编入八路军一一五师教导五旅，部队主力南下作战，所以郯城、马头等地再次沦陷。敌人占领郯马以后，在郯城、马头等地加强了驻军，并到处修建碉堡，设立据点，烧杀抢掠，无恶不作。日军妄图打击我敌后抗日力量，对重点地区反复进行“清乡”“扫荡”和“蚕食”。

1941 年，郯马地区进入了抗日战争的最艰苦时期。敌人的疯狂镇压并没有使郯马地区的抗日军民屈服。在中共党组织的领导下，敌后抗日武装力量和广大群众转入了暂时隐蔽的和更加坚决的斗争。除了武装打击和袭扰外，还开展了政治攻势，进行了瓦解日伪军的工作。为了便于摸清敌情，受组织安排，陈洪彩和丈夫住在马头关帝庙后一个吴姓同学的家里。

一天，上级派人送来了一批“反战同盟慰问袋”，说要送给据点里的敌人，瓦解日伪军心。这种袋子有一尺来长，上面印的全是日文，是日本反战同盟共产党人野坂参三组织制作的一种带有装饰性的袋子。给日本人送这玩意？陈洪彩一听就火了。日本鬼子灭绝人性，践踏我国土，残害我同胞，生吃了他们都不能解恨，怎么还给他们送慰问品呢？在丈夫的一再开导下，她终于明白了这也是战斗，于是勇敢地承担了这项任务。可这件事情又让她犯了难。过去，她侦察敌情，送情报，出入据点，张贴标语，从来没有畏惧过；变着方式与敌人周旋，风里来雨里去，从来没有退缩过。可这一尺多长的袋子怎样才能亲自送到敌人的手里呢？陈洪彩反复琢磨，开动了脑筋。最后，她想出了用皮球拴着“慰问袋”往里扔的办法。她买来一部分小孩玩的皮球，把球和“慰问袋”一个一个牢牢拴在了一起。趁黑夜，她利用敌人不时从据点里往外打冷枪的间隙，机智地把“慰问袋”扔了进去，顺利完成了任务。

1944 年秋，日伪军万余人分 13 路“扫荡”我滨海地区，企图合击我山东军区和滨海党政军领导机关，破坏我根据地建设。我领导机关和主力兵团均顺利转移至外线，在利用外线积极打击敌人的同时，又不断挺进内线和民兵相配合，反击敌人的“清剿”。一次，郯城独立营的同志在反击敌人时被日伪军团团围困在田家小埠，几次突围未成，几乎弹尽粮绝。当时在郯城县抗日民主政府做后勤工作的陈洪彩，毅然接受了向火线运送弹药的光荣任务。陈洪彩在敌人眼皮底下连续五趟向田家小埠送子弹。在送第六趟时，她想避开前五趟走过的路线绕道过去，然而，她刚出村子就碰上了汉奸周焕文和几个日伪军。周焕文认出了陈洪彩，陈洪彩马上意识到情况十分危急。在当地老百姓的掩护下，陈洪彩躲在芸豆架里逃出了村子。但她在赶向栗圩子的时候，又碰到了鬼子。陈洪彩拔腿就跑，凭着多年的战斗经验，她不停地躲避着敌人的子弹，忽然一颗子弹射中了她，她一个趔趄摔倒在地上，两个凶残的敌人冲上来，罪恶的刺刀刺向了她。在这紧急关头，独立营接应人员的枪声响了，他们发现了负伤的陈洪彩。两个鬼子兵听见枪声掉头往回跑。这时陈洪彩脑子里只有一个念头：保住篮子里那 50 排子弹！她爬起来倒下，倒下又爬起来，她的血不停地往外涌，待她把篮子交到接应人员手里时，自己已变成了一个血人。带血的子弹发到了独立营战士们的手中，仇恨射向敌人，突围成功了，陈洪彩却倒下了。她的左臂中弹，身上被敌人穿了 4 个洞，胳膊腿上血肉模糊。时任郯城县政府县长的傅伯达亲自到陈洪彩治疗休养的埝圈村看望了她，对她的英勇行为给予了很高的评价，鼓励她要坚定革命意志，好好养伤。这次负伤使陈洪彩的身体受到极大的伤害，光取身上的子弹，她先后开了四次刀。前两次是在中华人民共和国成立前，因医疗条件差没能取出来，直到1956年在徐州第二人民医院第三次开刀才取出，可子弹在肉里生锈长了瘤子，1987年在郯城县人民医院第四次开刀才算根除。

陈洪彩为革命事业也失去了自己的骨肉和至亲。1943年5月，陈洪彩和丈夫周宝敬、武工队员王德明化装接近敌人，住在敌伪乡长王景阳的家里，在试图除掉这个作恶多端的民族败类时，被王景阳发觉而暴露了身份，不得不撤离敌占区。敌人悬赏5000块大洋捉拿陈洪彩。为了打击敌人的嚣张气焰，县大队决定拔掉几个敌据点。陈洪彩听说后，再三请求领导把侦察小马头据点的任务交给她。因为她熟悉周围的情况，便于隐蔽侦察。就在她带着孩子完成了侦察任务准备返回部队时，却被叛徒告密，险些被敌人抓获。在逃避敌人的追杀时，因翻墙失手，两岁的儿子从墙上掉下来摔在地上，她来不及看一眼儿子是否摔伤，抱起来继续跑。待脱险后才发现天真可爱的儿子只能出气不能进气了，原来儿子摔断了颈椎，不久便永远地离开了她。陈洪彩强忍失去爱子的剧痛，继续完成任务，并建议部队与打进据点的同志配合，采取“挖心”战术，一举消灭了小马头日伪据点的130多个敌人。1945年，陈洪彩亲自送她的三弟周宝玉参加中国人民解放军，后任连长。最后周宝玉牺牲在朝鲜的云岳山战场上。

陈洪彩为党为人民英勇战斗，不怕牺牲，受到了人民群众的深切爱戴，党和政府没有忘记她。1992年3月，山东省妇联、省民政厅和山东省军区政治部将陈洪彩评为“山东红嫂”，并授予她省“三八红旗手”的荣誉称号。

主要资料来源：黄忠，韩忠勤. 沂蒙大观［M］. 济南：山东大学出版社，2007；孙海英，陈永莲. 沂蒙精神与临沂革命老区跨越式发展研究［M］. 济南：山东人民出版社，2017.

公成美：爆破英雄远名扬

公成美，山东省蒙阴县孟良崮山下东北村人。在革命战争年代，公成美被授予“地雷爆破模范”的光荣称号，是一名威震敌胆的“爆破女英雄”。

公成美姐妹六个，因为家里穷，她16岁到王景会家当童养媳。公成美年轻的时候，正是炮火连天的战争年月。村里的妇女识字班很活跃，妇女们推磨轧碾，烙煎饼，送军粮，做军鞋，站岗放哨，当向导，埋地雷，抬担架，慰问伤病员……

公成美是识字班班长，又是青妇小队队长，什么工作都要做在前面，整天歌不离口，不知道什么叫苦，什么叫累。那时村里的年轻妇女每天上午上识字班，公成美吹哨子，挨门叫大闺女、小媳妇去学习两三个小时。上级派下来做军衣的任务，公成美就组织识字班成员用木车子把剪好的布推回村，分给每个组，把衣服做好后再送回部队。她组织识字班轮流站岗，两个人一伙，一个扛枪，一个扛大刀，担负起了村里的保卫工作。部队驻扎在东北村的时候，公成美给战士们烧热水煮饭。夜行军时，她们给部队带路。村里分下烙煎饼的任务，公成美晚上挨家挨户去动员，第二天中午去称，过后补给粮食。村后的大山头住着日本鬼子，几天就来“扫荡”一回，公成美与村民们时刻准备好包袱转移。

1941 年，公成美 17 岁，刚结婚不久就被任命为村女地雷爆破队队长。在本村党支部领导下，她组织了 40 名青年妇女成立地雷爆破队。她们跟村民兵队长吴殿信学习爆炸技术。吴队长教她们把圆圆的地雷穿上线，挖地 40 多公分，隔几十米埋一个。刚开始学习制地雷时，公成美她们心里直打鼓，特别是埋雷时，生怕操作不当引发误炸。但一想到日寇的残暴侵略、汉奸为虎作伥的罪行，她们就切齿痛恨。怀着满腔的爱国热情和报国赤诚之心，在敌伪频繁“扫荡”“清剿”的间隙，公成美和她的队员们冒着生命危险，勤学苦练，终于学会了制造地雷、埋设地雷和拉响地雷等技术。

1941 年冬天，日寇纠集数万匪众，进犯我沂蒙山区。一天，公成美接到上级通报的确切信息：日寇要进犯东北村。公成美立即通知全体队员，研究就地埋设地雷来痛击日寇的办法。队员们都满怀信心地表示：“好不容易有了用武之机，该是我们大显身手的时候了！鬼子、汉奸若是敢进村，就叫他们有来无回，也让这些强盗领教一下咱们姑娘们的厉害！”

第二天黎明，东北村的民兵护送群众上了山，地雷爆破队员们一齐动手，把村里、村外、院内、巷口、门上、门下都布满了地雷。到了中午，日寇、汉奸数百人气势汹汹地向东北村袭来。跑在前面的强盗们，刚一进村，就被连环雷炸得血肉横飞，尸骨不存。其余敌人见势不妙，抱头鼠窜。东北村在地雷阵的保护下安然无恙。

东北村在历次反“扫荡”中，女地雷爆破队屡建奇功。从 1945 年到 1947 年，在县区几次召开的英模表彰大会上，东北村多次受到表彰，并被授予“地雷爆破英雄村”，公成美被授予“地雷爆破模范”的光荣称号。在鲁中军区召开的县级比武大会上，公成美、田正英、赵桂琴和李秀英四位女将当场做了埋地雷的示范表演，荣获“先进爆破集体”称号。鲁中军区还赠给她们一个大匾，上面写着“爆破模范”四个大字，公成美所领导的女地雷爆破队名扬沂蒙大地。

公成美也是一位动参模范。1945 年 8 月的一个晚上，区妇救会朱翠兰来动员公成美支持丈夫参军。她和王景会刚结婚一年多，二人感情上亲亲热热，工作上有商有量，真是难分难舍。参军就要夫妻分离，上前线就可能死伤，公成美怎么能舍得？但她心里又想，景会是村青救会会长，自己又是地雷爆破队队长，村里大伙都看着我们家，看着景会，他怎能不报名？公成美在县里召开的征兵大会上表了决心，要带头参军，于是她支持丈夫第一个报了名。公成美和识字班的姐妹又在村里做说服动员工作，起初，有的人不相信她会送夫参军。见公成美带头了，识字班做动员工作就占了主动，原来想和王景会攀比的人也没了借口。她们的动员工作很有成绩，好几个青年和他们的父母都同意了，有几个想不大通的，公成美就开干部会给他们讲革命道理，终于打通了家属的思想。这次参军大动员，东北村又是模范村，全村参军 11 人，王景会当了班长。东北村一次参军带动一个班的消息，很快在全县传开。王景会的表兄弟在田家北村教学，宣传了王景会带头参军的事迹，他们村的年轻人受到鼓舞，报名的有一个排。参军的青年要走了，公成美和识字班的姐妹们忙着做光荣花、做慰问袋。公成美对王景会说："家里的事你放心，我会照顾好公婆。工作上我也不会落后，你一定不要挂念，我不会给你丢脸的。"

公成美在丈夫参军后，在家里照顾公婆，承担起繁重的体力劳动；在外面，她组织村里妇女同志拥军支前，苦练地雷爆破技术，积极完成上级下达的支前任务和作战任务。就这样，公成美的丈夫一走就是五年多。

1951 年农历九月八日上午，公成美在北岭棉花地摘棉花。忽然从村里传来隐隐约约的哭声。公成美心想，村里出了什么事？没听说谁家有卧床不起的病人啊！抬头看看太阳，快晌午了，也该回家了。越走离村越近，哭声也越来越清楚，就是从自己家传出来的！公成美的心一下子提到了嗓子眼，两腿发直，不敢往家走了。公成美不知道自己是怎么回家的，整个人就像掉了魂。王景会牺牲在了朝鲜战场，看着部队派人送来了王景会的遗物，公成美怎么也不相信他已经离开了人间。她心里知道当兵就要打仗，打仗就要有流血牺牲。子弹不认人，公成美本来也有思想准备，但是真的摊上了，还是如五雷轰顶，震得她头昏眼花。亲人永远不能回来了，今生今世再也不能见面，公成美怎么能不痛心！公成美虽然失去了亲爱的丈夫，但是她永远不后悔，如果没有王景会这样千千万万人的牺牲，就没有今天的幸福生活。为了照顾丈夫的父母与家人，公成美在王家待了十五年才改嫁。

中华人民共和国成立后，公成美长期担任村干部，积极为党工作，她的一生，是革命老区妇女同志爱党爱军、无私奉献的典范之一。

主要资料来源：申照亮．红嫂：百位沂蒙妇女支前模范影像报告［M］．济南：山东画报出版社，2008.

苏成兰：乡村爱党好干部

苏成兰，山东省沂南县大青山北麓北石门村人。她自小家境贫寒，生活困难。父亲早年给地主当长工，积劳成疾，因病去世。母亲带着成兰和她哥哥，背井离乡，逃荒要饭，苦度岁月。乞讨的生活，苦难的命运，使年少的苏成兰恨透了压迫和剥削，盼望能冲出这黑暗的社会。

1940年秋，八路军山东纵队来到沂蒙山，石门一带住上了八路军。八路军挨家挨户访贫问苦，苏成兰从他们嘴里听到了许多共产党的主张，心里热乎乎的。很快，村子里办起了识字班，苏成兰第一个报名参加。在这里她学到了不少革命道理。由于她好学上进，积极热情，不久就被选为识字班的班长，接着她就投入了紧张而繁忙的支前工作。除了动员组织妇女参加识字班学习外，苏成兰还组织村里妇女成立了女民兵自卫队，拿起枪和男青年一样站岗、放哨、查路条。每当八路军的队伍进村，她就积极组织村上的妇女不分昼夜地碾米、磨面、烙煎饼、拆洗、缝补衣裳，对支援前线的各项工作尽职尽责。

1943年的春天，苏成兰加入中国共产党。不久，又担任了妇救会会长。这年秋天，县大队一个叫吕清华的同志因身体不好被党组织安排在北石门村，名义上是教学，实际上是开展党的工作。为了照顾好吕清华，苏成兰将自己住的屋和睡的床让给他。有时晚上外边来人找吕清华研究工作，召开秘密会议，苏成兰就在外面站岗。

本村汉奸地主“四王爷”知道这件事后，带着两个狗腿子鬼鬼祟祟地来到苏成兰家探听消息。他们跳墙时被正在锅屋里烧水的苏成兰发觉，“四王爷”见势不妙，仓皇逃窜。为了安全起见，她与丈夫商量着将吕清华的住处转移到后屋地下的洞里。过了不几日，“四王爷”纠集了十几个汉奸包围了苏成兰的家。他们手持短枪，气势汹汹地闯进家院，几支枪同时对着苏成兰，吼叫着让苏成兰交出吕清华来。在敌人的强大威胁面前，苏成兰神情自若，一口否认。见苏成兰不说，他们满院子里寻找，由于早有安排，一直藏在后院的吕清华没被他们发现。“四王爷”恼羞成怒，他知道共产党不好惹，当天没敢把苏成兰打死，但背地里又下了毒手。第二天晚上，趁苏成兰家不备，他将毒药投入她家水缸中，第二天早晨幸亏被苏成兰发现，敌人的阴谋才没能得逞。

因为斗争环境的恶化，吕清华的脸上挂满了愁容，为了苏成兰一家的安全，他请求组织转移了隐藏地点。在他辞别苏成兰的时候，将妻子刚刚生下来的孩子旭贵交给了她。当时，苏成兰的儿子比旭贵稍大点儿，为了使小旭贵不受饥饿，苏成兰将自己的亲生儿子寄养在婆家。

一天，大批鬼子汉奸来到北石门村，四处响起枪声，苏成兰把村里的群众安排好，不顾自己孩子的安危，抱上小旭贵顺着村南小山路使劲往前跑。敌人朝她追来，边追边喊：“站住！土八路！”苏成兰不顾敌人的叫喊，跑得更快了。枪声在耳边响起，她拿定主意：宁肯自己牺牲，也不能让孩子落入敌手。她跑过山沟，躲进山洞，敌人没有追赶上来。苏成兰定下神来，仔细察看小旭贵，他没有受伤害，这才放下心。当她坐下时才发现自己的裤脚上被敌弹打穿了两个洞。苏成兰抱着小旭贵在山洞里躲了一整天，太阳落山时才回到村里。进家一看，她吃了一惊，屋里屋外，盆盆罐罐，全被敌人捣碎。婆母被打伤，血流满面。自己的孩子在奶奶怀里，哭哑了嗓子，大喊着要找妈妈！苏成兰目睹这种惨状，急忙抱起自己亲生的孩子，难过得掉下了眼泪。她的儿子自从断奶以后，因营养不良而体弱多病，又遭敌人摔打恐吓，没过多久就夭折了。群众都同情难过地说：“成兰为了革命后代，丢了自己亲生儿子，真是好人！”苏成兰强忍着悲痛，决心把小旭贵喂养好，使他父母安心在前方杀敌，为穷人翻身解放多贡献力量。

在旭贵4岁那年，吕清华夫妇来到苏成兰家，看到自己的孩子长得健康活泼，而苏成兰亲生的儿子早已离世，感动得泪流满面，不知说啥好。小旭贵不愿离开苏成兰，也不认自己的亲生爹娘。在苏成兰的再三劝慰下，吕清华夫妇才将儿子领走。中华人民共和国成立后，旭贵参加了工作，他没有忘记成兰妈妈，曾多次来到沂南石门村，探望曾经抚养过他的沂蒙好妈妈。

1944年腊月，苏成兰带领着村里的自卫队员王立泉、王新兰、王立和等几个妇女，冒着鹅毛大雪隐蔽在村口大石桥下，抓住了乔装打扮的汉奸队罪大恶极的特务头子。苏成兰等4名女民兵英勇抓汉奸的事迹，得到了上级的通报表扬。

1947年春，国民党大举进犯沂蒙山区，地方党组织为了配合解放军，与敌人展开英勇顽强的斗争，动员人民群众参军参战。作为村里的妇救会会长兼自卫团指导员的苏成兰，不分昼夜，走街串巷，深入到每家每户做耐心细致的说服动员工作，仅这一次村子里参军上前线的就有18名青壮年。

村里一个叫王立斗的同志，他从军时妻子已有身孕，他走了几个月，孩子就出生了，取名小兰。1950年王立斗在朝鲜战场上壮烈牺牲。小兰的爷爷奶奶相继病故，妈妈改嫁，只剩下孤苦伶仃5岁的小兰。每当苏成兰看到这可怜的孩子，眼前总会浮现出动员她父亲参军的情景，几次难过地流下了眼泪，于是苏成兰收养了她。由于家境贫寒，她经常带着自己的几个孩子到山上挖野菜、采树叶吃，把一丁点儿粮食留给小兰吃。有一次，小兰发烧病得厉害，几天汤水不进，苏成兰心里焦急万分。为了给孩子治病，她把家中仅有的几十斤地瓜干挑到集上卖掉，跑到10多公里路外的桃墟为小兰抓药。由于她无微不至地照料，小兰的病逐渐治好了。村子里的人说："要不是成兰这样拉扯，就是有两个小兰恐怕也没命了。"小兰7岁时，苏成兰就将她送进了学校。由于她聪明好学，加之苏成兰时常叮嘱，小兰19岁高中毕业，当年考取了大学。苏成兰一家省吃俭用供她上完大学，于1969年分配了工作，在沂南铜井金矿当技术员。小兰和厂长赵金东结了婚，建立了幸福美满的家庭。她没有忘记苏成兰的养育之恩，把苏成兰当作亲生母亲一样孝敬。

1948年，苏成兰担任了指导员，中华人民共和国成立后又一直担任着村党支部书记、总支委员、支部委员等职务，到1984年卸任，整整36年。这期间，她作为一个山村女干部，除了在家庭中要尽到一个妇女应尽的责任外，还肩负着几百口人的领导重担，不知吃了多少苦、受了多少累。每当县上开会，她总是用筐挑着孩子，翻山越岭，蹚河过坎，40多公里路别人一天能走完，她却需要整整两天。1963年，乡里召开紧急会议，即将临盆的苏成兰将孩子生在了会场上，因无医生抢救，婴儿当即死亡。

苏成兰凭着一颗对党、对人民、对祖国无限热爱的红心，凭着对工作极端负责、忘我地劳动，赢得了党的信任和群众的爱戴。她连续多次当选为沂南县党代会代表、沂南县人代会代表，多次被评为县、乡“模范共产党员”。

主要资料来源：中共临沂市委.沂蒙红嫂颂[M].北京：中央文献出版社，2002；靳星五.沂蒙巾帼英模传记[M].济南：山东人民出版社，1997.

孙谦：赤胆忠心女英雄

1907 年，孙谦出生在沂南县辛集镇小沟头村一个贫苦农民的家里，从小跟着父母逃荒要饭，饱尝人间的疾苦，受尽了地主的压迫剥削，因此，从小就产生了反抗意识。

20 世纪 30 年代初期，经常有沂蒙当地党组织成员深入农户开展宣传教育，曾参加过沂水农民运动的党员周德祥到孙谦的村子动员妇女剪辫子和放脚。周德祥有文化，口才好，孙谦的父母经劝说同意孙谦不裹脚，同时也认可了周德祥这个干革命的年轻人。1935 年，有着共同革命志向的孙谦和周德祥结了婚。1937 年抗日战争全面爆发后，山东党政军机关先后来到了沂蒙山。因沂水暴动和党一度失去联系的周德祥终于找到了党组织，他和老党员葛德甫一起，重新投入了革命工作。周德祥积极动员青年参军入伍，有许多青年就是在他的动员下参加八路军和游击队的。

1938 年春天，周德祥发展妻子孙谦加入了中国共产党。入党的那天晚上，周德祥用毛笔蘸了鸡血在一张纸上画了铁锤和镰刀，贴在墙上让孙谦宣誓。宣完誓后周德祥烧掉了纸，然后对她说："从今天晚上起，孙谦同志你就是党的人了，以后不管做什么事，都要听党的，为了党，要命也得豁出去。"孙谦从小没有正式名字，入党的时候丈夫给她起了这个名，而且还称她为同志，孙谦心里有说不出的高兴。那天晚上孙谦和周德祥说了一夜的话，才知道丈夫入党有 10 个年头了。一晚上孙谦明白了许多道理，明白了共产党是向着穷苦老百姓的，要永远听党的话。

孙谦入党后，主要工作是发展党员和扩军。虽然文化程度不高，但孙谦工作成绩非常突出，很短的时间，她就在本村和外村发展了十几个党员，使党组织在周围村庄迅速扩大起来。孙谦那时候经常顾不了家，走东家串西户，组织许多村成立了妇救会，她动员妇女支前、动员年轻人参加识字班，使这一带的抗日宣传搞得红红火火。在扩军任务中，孙谦在方圆十几里的村庄动员了几十个人参加了八路军，原武警部队司令员李连秀，就是1940年由孙谦动员参军的。

1939年夏天，日本鬼子“扫荡”沂蒙山，在从临沂通往沂水公路上的苏村、辛集、斜屋等地安了一溜子据点，把沂蒙根据地分割成了两半。孙谦家是沂河东的一个联络点，也是当时的情报站，有许多情报要往河西根据地送。因为男人过鬼子的封锁线不方便，于是一接到情报孙谦都是自己去送，特别是接到信上贴着三根鸡毛和夹着一根火柴的，她知道是十万火急的情报，就一定亲自去送。

1940年夏的一天，孙谦接到一封鸡毛信，她简单地往脸上抹了一把锅底灰就出门了。到了公路上，正好碰上汉奸队，汉奸盘查一阵，没有发现什么，便放孙谦走了，可刚走出去五六十米，其中一个汉奸认出了她，汉奸们便朝她一面打枪，一面紧追过去。孙谦一看形势不好，撒腿就跑，子弹在她周围啪啪直响。孙谦也顾不了许多，连爬带跑一口气跑了两三公里的路，最后跳进了沂河水里。汉奸追到河边，正好碰上我方河防司令金维三的民兵队，一阵枪打了回去，汉奸撤了，孙谦这才上岸脱离了危险。

因孙谦送信需走的路线被敌人摸清了，敌人便在这条道上专门安排了汉奸要抓她。孙谦知道后，就不走这条路了。可不多久又接到一封鸡毛信，必须尽快送走，孙谦只得冒着危险又走这条路。刚过苏村敌人的据点不远，汉奸便发现了孙谦，七八个汉奸打着枪朝孙谦追来，孙谦飞跑到一块刚刚收割的谷子地里，一头钻进边上的一个谷垛里藏了起来。汉奸追来以后大声地嚷嚷着说：“就藏在谷子垛里，搜！”敌人把地里的谷垛掀得一片狼藉，就剩下三个没掀，躲在里面的孙谦心都快跳出来了，但她屏住呼吸，大气不敢喘。敌人累得气喘吁吁还没发现她，便丧了气，最后骂骂咧咧地走了。

望着敌人远去的背影，孙谦这才放下心来，钻出谷垛及时把信送到了部队。

1940年的夏天，孙谦刚把从东乡发展的七个战士带到小沟头自己娘家，准备吃了晚饭再把他们送到河西根据地，但被汉奸告密了。鬼子汉奸好几十人包围了小沟头村，准备抓捕他们。好在孙谦家的堂屋后就是一条小河，到了半夜，孙谦叫人在后墙扒开一个洞，带着七名战士顺河突围，胜利完成了党交给的护送任务。

1941年春天，沂水城的日军对公路两旁的村庄控制得更严密了。由于孙谦整天在外面跑，方圆十几公里的人都认识她，危险性就更大了。区委为了孙谦的安全，给孙谦配了把20响的手枪和6颗手榴弹，叫她跟随武工队一块活动。这样，孙谦就成了武工队队员。参加了武工队，孙谦走村串户，工作方便了不少。

这年秋天，孙谦在怀里揣着不满周岁的孩子和武工队一起活动，下午转移的时候，又碰上了汉奸队。武工队和汉奸接上了火，孙谦把孩子从怀里抱出来，放到田间的沟里用小被一盖，又放上一把草，就同武工队一起，和敌人开了火。当时孩子被枪声和爆炸声吓得直哭，把小被子蹬了，草和土弄得满脸满眼都是，打那以后，孩子的眼睛就落下了红眼病。后来区委书记姚明知道这件事后，把孙谦的孩子抱在怀里，感慨地说："这闺女真不简单，不满周岁就参加了战斗，长大后啊，跟你娘一样，也是一个女英雄！"

同年冬天，日本鬼子纠集五万人对沂蒙根据地进行了大"扫荡"，沂河以东的根据地基本上变成了游击区。由于环境十分恶劣，孙谦有时一晚上要转移好几个村子，往往是敌人刚从村东出，孙谦就从西面进了村。这些危险倒不算啥，最可恨的是出了叛徒，孙谦的丈夫周德祥在县大队工作，夫妻二人自然成了敌人要抓的主要目标。汉奸队第一次到孙谦家时，把她堵到了屋里，因事先得到了情报，知道来的是一伙叛徒汉奸，孙谦给他们炒了菜，对叛徒说："我到前面给你们装酒，一会儿就来。"汉奸想，怎么也跑不了她，便没派人跟着，孙谦一出门三拐两拐就跑了。第二次汉奸队又来，又把孙谦堵住，孙谦故意把水缸打翻，说道："你们大老远地来，我到井上挑担水，烧给你们喝。"汉奸这次专门派了人跟着，可快到井跟前，有个破茅房，孙谦对汉奸说："你先看一下罐子，我解个手就来。"孙谦一进茅房便翻墙跑了。汉奸气得暴跳一阵，无可奈何地走了。第三次最危险，是1942年秋天的一个黄昏，孙谦刚从外面回来，到大门口时，便发现情况不对，回头一看，十几个汉奸已经围了上来。一进大门，孙谦直奔水缸，踩着水缸从墙上跳到邻居家，邻居急忙把她藏在柜子里。这次汉奸来，大门口安排了两个哨兵，前面的叛徒大声喊道："姓孙的娘们，你耍了我们两次，这回看你往哪跑！"可汉奸进屋什么也没找到，气得把家里的东西全砸了，折腾了半天，还觉得不出气，非要把房子烧了。因房子和邻居都连着，乡亲们苦苦哀求，敌人才没放火。由于汉奸队伍对情报工作威胁很大，县里专门组织了部队，在县长袁子扬的指挥下，连续两次伏击了汉奸队，击毙了汉奸数人，敌人再也不敢到这一带活动了。

1943年后，根据地的形势有了好转，敌人大部都龟缩在公路一线的据点里。一到天黑，据点跟前也是八路军的控制范围。孙谦的工作更积极了，做军鞋、缝军衣、送情报、当向导，动员组织群众参加破袭战，不管什么工作都走在前面。1944年，根据地已经度过了最艰苦的时期，为了扩大主力军，积极向外反攻，上级又下达新的扩军任务，为了搞好扩军，孙谦又动员自己的弟弟和儿子参加了主力部队。那时孙谦大儿子刚刚结婚3天，在她的动员下，儿媳也坚决支持丈夫参加八路军。孙谦的弟弟后来在淮海战役战场上牺牲，弟弟从小跟着她要饭，是孙谦发展他入的党，又把他送到八路军部队。孙谦经常会说起弟弟，虽然很伤心，但总免不了教育自己的子女要向舅舅这样的革命烈士学习。

1947年孟良崮战役时，一次部队宿营在小沟头村。因部队粮食紧缺，孙谦便挨家挨户去凑粮食，忙了一下午，到了晚上她又动员全村妇女烙煎饼。天明以后，孙谦又领着全村的识字班和妇女到辛集给解放军送饭。那里阻击战打得十分激烈，一放下煎饼，孙谦二话没说，就跑到解放军的阵地上和战士们一块参加战斗。战斗结束后，部队的领导同志还专门找县里的领导汇报，县里的领导一听便乐呵呵地说："这是我们的老模范，这次又立新功了。"

爱党爱军，是孙谦一生的根本。"当兵是保卫大家，没有国家安稳，咱小家能过好吗？”这是她常说的一句话。从抗战起，孙谦就积极为八路军战士和伤残军人介绍对象，在她家那一带有许多退伍军人和伤残军人，经她说合成了家的，算起来有四五十人。孙谦女儿周锡芬的丈夫叫陈学文，是中华人民共和国成立后孙谦动员参军走的，1960 年从部队回来与周锡芬结婚。1966 年陈学文在上海警备区当连长，在一次训练中，他为了保护战友，从战友身上夺下已经点燃的炸药包，自己被炸得双目失明、上肢残疾。孙谦知道后急忙赶到上海帮忙照顾。到上海后，她在警备团团长和政委的陪同下去了医院。面对躺在病床上的女婿，孙谦心里有说不出的难过，但她仍强忍着悲痛，对女婿说：“孩子，你可别难过，当兵就是为了打仗，牺牲、死人不都是经常的吗？在咱的家乡，哪一个山头没有烈士流过血，你现在还活着，还有一家人。你是有功之臣，你放心吧，俺娘俩会把你伺候好的。”孙谦的这番话使团长、政委都非常感动。在交谈中他们得知孙谦的经历后，便请她给全团做了一次报告，在听孙谦讲过去的支前和革命事迹时，许多干部战士都感动得掉了眼泪。

孙谦对人民军队有着深厚的感情，中华人民共和国成立后她又把家族中 11 个孙辈送到了部队。她虽然年纪大了，但时刻不忘自己是一个共产党员。1971 年，老人到河南驻马店当兵的弟弟家居住，她给女儿去信再三地嘱咐女儿要为她按时交党费，后来孙谦又觉得不妥，去信吩咐女儿把她的组织关系转到弟弟的所在单位。组织关系转去后，孙谦每月都亲自去交党费。在部队住的十几年中，她也总少不了多管“闲事”，帮人家料理家务，看看孩子。1987 年孙谦随弟弟回到了家乡，看到家乡在改革开放后的巨变，老人家高兴得不知说啥好，她知道当年为革命付出的一切都是值得的。

1994 年，孙谦与世长辞。她为革命勇于奉献的事迹将永远铭记在人们的心中。

主要资料来源：中共临沂市委．沂蒙红嫂颂［M］．北京：中央文献出版社，2002；汲广运，王厚香．沂蒙精神的地域文化渊源研究［M］．济南：山东人民出版社，2017.

陈忠芳：生命呵护我党刊

在革命战争年代，沂蒙地区中共领导的机关和部队为了广泛动员人民群众，指导革命战争，正确引导舆论，曾创办了许多报纸和刊物。其中《大众日报》是沂蒙根据地办报时间最长、发行量最大和影响最广的报纸。《大众日报》诞生后，报社便被敌人列为重点破坏目标之一。敌人派大量特务搜寻报社的踪迹，妄想破坏报纸的出版发行。报社干部和职工一手拿枪，一手拿笔，先后有530多人牺牲，其中有报社管委会主任李竹如、经理部部长丁柱、通讯部部长郁永言、电台台长叶凤川、印刷厂厂长萧辉等。为了掩护报社的工作人员和资财，有160余位沂蒙乡亲献出了生命。沂蒙人民对《大众日报》的创刊和发行给予了极大的支持和帮助，云头峪村妇救会会长陈忠芳就是其中一位。

抗日战争进行到如火如荼的时候，中共山东分局决定要尽快创办一张自己的报纸，以对各阶层群众进行思想上和政治上的总动员。1939年1月1日，中共山东分局的党报《大众日报》在沂水县王庄创刊，山东人民在中国共产党的领导下，有了自己的第一张党报。1947年9月，报社从莒南大店转移到五莲县，在沂蒙存在了近9年的时间，辗转沂蒙9个县的30多个村庄。《大众日报》作为宣传阵地和精神符号，成为引导、鼓舞山东军民团结战斗，夺取抗战胜利的强大精神动力。当时，老百姓称呼《大众日报》为“咱们的大报”，朴实无华中透着对这份党报的感情。在战争年代，《大众日报》陪伴沂蒙人民同甘苦共患难，它在沂蒙人民的呵护下，不断发展，不断壮大。

报社创刊时，编辑部设在王庄村东南角王希安家的三间低矮的西屋和两间小南屋里，办公仅有几张木桌和条凳。编辑部建立起来以后，剩下的困难主要是印刷问题。报社决定将印刷厂设在距王庄东北 4 公里的云头峪村。该峪是王庄的八大峪之一，东西走向，地形十分隐蔽，便于随时应付敌人的突袭和扫荡。那时，村里约有 440 户人家，住房十分简陋，全是石头垒的。但群众觉悟都很高，纷纷支持报社，帮助他们渡过难关。1938 年 11 月，村妇救会会长陈忠芳找到村民刘茂菊商量，将《大众日报》的印刷车间设在刘茂菊家里。刘茂菊二话没说就把新房腾了出来，自己和丈夫搬进了一间破草房。他们不仅腾出了新房，还帮助同志们安装机器，站岗放哨……

当时，日伪顽都把报纸当成插在他们心里的匕首。1939 年秋天，日军又来“扫荡”，想趁机把报社摧毁。情况紧急，报社奉命转移，临走前他们把一些不易搬运的东西藏在当地的党员干部家里。陈忠芳她们向报社领导保证会像爱护自己的眼睛一样爱护这些珍贵的印刷器材。临走时，于一川所长还把一位生病的八路军战士小刘交给陈忠芳照顾。报社一走，敌人就来了。他们把云头峪村翻了个个儿，又想找报社的物资，又想抓报社的人。那几天，陈忠芳全家护着小刘，跟敌人在山沟里转圈隐藏着。敌人在村里翻得鸡飞狗跳，却什么也没有捞到，只好撤出了云头峪村。小刘在陈忠芳的精心照料下，病情很快好转。在敌人的一次又一次搜剿中，陈忠芳和乡亲们冒着生命危险，为报社站岗、放哨、埋机器、藏铅字纸张，不知掩护了多少同志和物资。

有一次，听说日本鬼子又进村“扫荡”，刘茂菊就帮着把印刷机器、铅字等埋藏到村前的山沟里，陈忠芳则巧妙机警地与敌人周旋。一个手提匣子枪的家伙指着陈忠芳说：“哼，我就不信，你们这几家住在半山腰，八路军就不在这里藏东西。今天交出一样东西，哪怕是八路军报社的一张纸，也赏大洋 30 块。要是不交，被翻出来，这脑袋可要开花啦！”陈忠芳心想，东西都埋在山沟里，他们翻不着，拿不着把柄，怕他干啥？于是说：“有 30 块大洋花，那敢情好，可就是八路军的东西，不让俺知道……”

盛怒之下的敌人把陈忠芳家翻得凌乱不堪，却一无所获，正要往外走，偏偏这个节骨眼上，迎面进来一个人，此人正是报社的同志张志佩。因为报社急着用铅字，张志佩找陈忠芳帮忙，并和报社的李善梅、李志臣两位同志约好晚上在陈忠芳家碰头，趁夜色从南沟取出几箱铅字运回去。

陈忠芳心想，这可咋办？敌人一看闯进一个生人，用枪指着他喊："干什么的？"张志佩万万没想到会在这里碰上敌人，不免愣怔了一下。幸亏，这两年他在报社跑交通有了经验，很快恢复了平静，朝陈忠芳喊："嫂子，您的菜让俺卖了。"说着朝陈忠芳递扁担，陈忠芳接过扁担，灵机一动："真不知道怎么答谢大兄弟了。你快屋里坐，俺去炒点儿菜，还有头年的柿子酒，你喝几盅，这几个老总也喝几盅……"敌人瞪着张志佩，看他一身庄户人家打扮，便没再起疑心。

当晚，敌人的警惕性也提高了，把村外路口全封住了，怎么办呢？铅字是不能运了，可报社的同志们也要想办法逃出去啊！从陈忠芳家往东转移，必须过一个路口，黑暗处看得很清，那个路口有敌人的灯光在晃动，陈忠芳让丈夫提一盏灯笼快步朝那里走去。几个站岗的敌人很快高声喊起来，陈忠芳的丈夫假装要出门请医生，吸引敌人的注意，就在这时，张志佩带着同志们匆匆翻过一道坎，才脱离了虎口。第二天，天一亮，敌人就对全村进行了大搜查，有五六个顽军窜进了陈忠芳家，翻箱倒柜，就连草垛、糠囤也用刺刀捅上几刀。敌人发现了她家的一块二指长的蜡烛头，起了疑心，这块蜡烛确实是报社的同志在陈忠芳家刻字时用过的。于是敌人将陈忠芳夫妻分开审问，用枪托子使劲地捣她的丈夫，不管敌人怎么打，他就是咬紧牙关一声不吭。敌人恼羞成怒又来打陈忠芳，一个家伙用手枪在她那瘦弱的身体上使劲摔打。

陈忠芳打定主意，任由他们打骂。敌人见她软硬不吃，又对三个孩子下毒手，把孩子拖到一个屋里，把门锁上，威胁陈忠芳："你今天不交出报社的东西，就把你的孩子全烧死！"说着他们便往房上点火。孩子在屋里哭爹喊娘，陈忠芳心似刀绞，也不知哪里来的劲，一下子冲上去，抓起镢头就去刨门。这时候，乡亲们知道陈忠芳家出了事，又见房子上冒了烟，都跑来了……乡亲们纷纷往房子上泼水、扬土救火。敌人嚣张地说："这家子窝藏共产党报社的人和东西，不交出来不行！现在我们看在乡亲们的面上，先不杀他，把他带回去，限期三天，交不出共产党报社的人和物，就去收尸！”说着，陈忠芳的丈夫被押走了。后来，上级党组织花钱让村里出面担保，才把他救了回来。陈忠芳的丈夫被抬回来时，成了一个半死不活的人，浑身是血。那些凶狠的敌人，吊着他的两只手，不知滑了多少遍梁头，他的肋条也被敌人用子弹剜得到处是伤，身上一个一个的血窟窿。陈忠芳又难过又高兴，难过的是孩他爹受了这么大的罪，高兴的是我们的报社没有受到损失，一张张党报还是不断地发到了抗日军民手里。

1939 年 6 月上旬，日军出动两万多兵力，以沂源东里店为中心，采取分进合击的战术，对鲁中山区进行第一次大“扫荡”。《大众日报》社全体人员组成了工作队、战斗队、编辑队、印刷队、发行队，既要和敌人战斗，又要坚持出报、送报。不能出铅印报，就出油印报，三天一期的报纸从来没有耽误过。“恶风暴雨夜重重，大众喉舌气如虹。笔做刀枪扫顽寇，十年鏖战复沂蒙。霹雳一声晴万里，未下雕鞍挽新弓。煌辉业绩入青史，凯歌一曲唱大风。”当年，王庄作为《大众日报》的诞生地意义非凡。

中华人民共和国成立后，报社的领导还时常惦记着陈忠芳等人。老同志回家探望，年轻同志来这里寻根，都忘不了去看看她们。陈忠芳上了年纪之后，始终不忘对革命后代进行革命传统教育，经常给村里的孩子们讲革命故事，先后接待《大众日报》社及全国各地慕名前来参观接受教育者五万余人次，并多次被邀请到济南等地做报告。1989 年，在《大众日报》创刊 50 周年之际，报社由济南市历山路搬到经十路新大楼。报社领导还专门把陈忠芳、刘茂菊接到济南参观报社的新家。

1999 年，陈忠芳因病去世，每年清明，云头峪村及周边村民都自发前来祭拜，表达缅怀之情。

主要资料来源：张一涵.琅琊名士多——红嫂卷［M］.北京：新华出版社，2015；孙海英，陈永莲.沂蒙精神与临沂革命老区跨越式发展研究［M］.济南：山东人民出版社，2017.

骆振英：支前模范乐奉献

骆振英，1910年生，费县上冶镇古城村人。在抗日战争和解放战争中，她用一腔热血为人民子弟兵养伤员、送情报、做军鞋、纳鞋垫，谱写了一曲巾帼英雄的奉献之歌。

抗日战争爆发后，骆振英的丈夫任志明利用在上冶镇较开明的地主任长喜家看门做掩护，从事革命工作，并于1940年加入中国共产党。从此之后，骆振英家就成了敌后抗日武装人员的落脚点。区委书记王云等人常到她家会合接头，还常有伤病员来她家养伤。有一次，有个姓王的同志负了伤，腿被小日本打了个洞，被秘密送到她家。骆振英精心救治，因怕汉奸入侵，她整夜不敢合眼，一有风吹草动就赶紧把伤员隐藏在早已准备好的地窖里。在封锁严密、缺医少药的情况下，她天天用盐水给伤员洗擦伤口，把平时自己舍不得吃的饭菜留给伤员吃。经过骆振英的精心照料，不到一个月王同志就养好了伤，返回了大部队。

骆振英为了给同志们更大的帮助，经常出入集镇，替同志们传递情报。当她的大孩子任庆吉长到11岁时，送信传情报的重任就交给了孩子。虽然孩子小任务又危险，但为了革命早一天胜利，她也就顾不了那么多了。孩子继承了父母胆大心细的优点，不管形势多么严峻，他总能化险为夷。有一次，庆吉给区里送信，一个汉奸叫住了他，这个汉奸长了一脸横肉，好似凶神恶煞一般。但小庆吉却临危不惧，沉着应付，汉奸没有看出破绽，只好把他放走。骆振英家的抗日行动引起了汉奸的注意，一个深夜，一伙汉奸突然闯进村子，多亏乡亲们提前报信并帮助隐藏，才使她全家没有落入虎口。

骆振英的深明大义及对革命工作的积极和热情，使丈夫任志明消除了后顾之忧，以更饱满的热情、更充沛的精力投入到抗日救国中去。任志明作战时勇敢，执行侦察时心细。一次为侦察敌碉堡的情况，他只身一人提着一个装满石块的点心盒子进入碉堡，勘察完后又从容地出来。还有一次，他只身一人抓获了3名汉奸，他的英雄事迹在当时广为流传。

1946年全面内战爆发后，骆振英更加积极地投入到拥军支前工作中。她看到有的解放军同志在寒冷的冬天里，脚上只裹着一块破布，有的穿着露脚趾的鞋子，脚上的冻疮已溃烂化脓，骆振英决心为同志们做些事情。于是她利用一切机会，不分昼夜，不管严寒酷暑，为革命同志做军鞋、纳鞋垫。由于需要布匹太多，她专门做了一架纺车，用来纺线织布。她自己既纺又织再做，一个月能做四五十双鞋。由于满足不了需求，她又从全家的口粮中挤出一些拿到集市上卖掉，换些做鞋的布来用。骆振英还发动村里的妇女捐布出力，共同做鞋，这样一天能做十几双鞋，一个月至少也能做300双鞋。为此，蒙山县支前指挥部给骆振英记三等功一次。

1947年春，国民党军队对华东解放区发动了重点进攻，战争的阴云笼罩了沂蒙山区。当时国民党军队、还乡团叫嚣着“把共产党家属统统活埋”，所以上级命令任志明负责掩护革命家属向渤海方向转移。骆振英知道此事后，催促丈夫任志明赶紧转移其他同志家属，不要顾及家里，要以大局为重。由于骆振英全家参加革命，还乡团早已对她家有了深仇大恨，于是她带领老少八口主动跟随撤离大军，踏上了漫长的转移之路。一个小脚妇女，在漆黑的夜晚，怀中还抱着刚满3岁的儿子，其艰难是可想而知的。由于紫荆关关口被国民党军队占领，她们只好回到一个叫老猫窝的地方。幸亏有个叫卜现顺的人把她们藏在一个暗洞里，全家人的性命才得以保全……

中华人民共和国成立后，任志明被选举为蒙山县上冶镇第一任镇长。因丈夫工作更忙，根本没有时间照顾家庭。骆振英为支持丈夫干好革命工作，挑起了家庭的重担，除了照料孩子们外，还下地劳动。由于多年战争的原因，丈夫积劳成疾，后来不得不从工作岗位上退下来。上级组织考虑到他家庭的困难，准备让他到济宁休养，将全家迁至济宁，给孩子们安排工作，以方便生活。这件事被骆振英婉言谢绝了，她说：“当家的疗养本来就给国家添麻烦了，俺怎能再给国家添负担呢？”1964 年丈夫去世后，历经大半辈子磨难的骆大娘并没有消沉，没向政府诉一声苦，请一次功，而是默默地操劳着，一直把孩子拉扯成人、成家立业，显示出一位沂蒙女性坚韧而宽广的胸怀。

主要资料来源：中共临沂市委《沂蒙颂歌》编委会．沂蒙将军颂——沂蒙红嫂颂［M］．北京：军事谊文出版社，2005.

范桂君：拥军红娘爱军情

范桂君，1943年入党，沂南县铜井镇人，她在战争年代组织发动妇女拥军支前，救护八路军伤员。中华人民共和国成立后，她自费买花线、布料，亲手为子弟兵纳鞋垫两万多双。1992年，她被省妇联、省军区授予“山东红嫂”称号。

1916年，范桂君出生在沂南县铜井乡范家庄一个贫苦的农民家庭里。19岁时，她与小王庄的王恩厚结了婚，公爹和丈夫给地主家当石匠挣些粮食维持生活。1940年9月12日，八路军与日本鬼子在铜井发生了一场战斗。因我军中敌埋伏，伤亡重大，牺牲91人。战斗结束后，范桂君动员公爹和丈夫与本村19名石匠，为遇难烈士建造坟墓。在施工过程中，驻铜井据点的鬼子包围了施工现场，将600多名民工强行押送到铜井以北的刘家汪里，并以通八路的罪名用汽车将他们押送到沂水城。第三天夜里，又将他们押送到东北，赶下矿井。当年腊月，范桂君听到了公爹和丈夫惨死在东北矿井的噩耗。

公爹和丈夫的惨死，更加激发了范桂君对日本侵略者的无比仇恨，她化悲痛为力量，以更加坚强的意志投入到繁忙而劳累的支前工作中。她组织和发动村子里的妇女们，为八路军推米、磨面、烙煎饼、做鞋、纺线织布、站岗放哨、当向导、送情报。由于她们完成任务出色，在县里召开的支前拥军模范表彰大会上被评为“支前模范集体”。第二年春天，范桂君被选为村妇救会会长，区妇救会委员。

1942 年 8 月的一天，范桂君来到娘家探望母亲。刚到家不久，就听到村子里有枪声。母女俩出去看时，见一个腿部受伤的八路军牵着一匹马来到门前。经询问，知道后面有敌人追赶。母女俩为了蒙蔽敌人，将衣服脱下来穿在他的身上。为保万无一失，范桂君还对他说："要是敌人审问，你就说我娘是你母亲，你是她的儿子，我就是你的媳妇。"然后又把他的短枪藏在铺底下，叫他独自躺在一间小屋里，把门锁上。由于那匹马无处可藏，目标还是被敌人发现了。鬼子用生硬的中国话问："八路藏在哪里去了？"母女俩一口否认。鬼子问这马是哪来的，范桂君说，是刚才在村子里捡到的。鬼子又问八路去哪里了，范桂君说刚才一个伤腿的八路往西跑了。鬼子信以为真，往西追去。范桂君母女救下伤员之后，趁夜色将其转移到附近山上的岩洞进行救治，直至战士伤愈归队。

1944 年夏天，在参加县党员培训班期间，区上的领导动员范桂君改嫁。范桂君勇敢冲破封建与礼教旧俗的束缚，与珠宝庄胡成祥结婚。胡成祥曾经在八路军一一五师六团担任过排长，在一次战斗中负了伤，被安排复员回家。结婚以后，范桂君精心照顾残疾的胡成祥，并且积极参加村子里的党员活动。不久，她担任了村指导员、村妇救会会长、区妇救会委员、自卫团团长和地下情报员。从此，珠宝庄在范桂君的带领下，减租减息、大生产运动、参军支前、土地改革等样样工作都走在前面。

范桂君在工作之余，利用担任妇女干部与周围村庄相识的人多的条件，接连动员 5 名寡妇改嫁，使她们冲破了封建桎梏的束缚，重新争得了幸福的生活。那时，珠宝庄村后有一个收治因伤致残的军人救治所。范桂君在护理他们时，了解到他们大都没有成家，而且存有怕将来回家生活困难的心理。为此，范桂君与村里的其他同志一道，把当地的姑娘介绍给为国流血的英雄们。仅几个月的时间里，就有 10 多个残疾军人与当地姑娘喜结良缘，解除了他们生活中的后顾之忧。为此，范桂君多次受到上级党组织的表扬。

1947 年 5 月 16 日，我军在孟良崮战役取得了决定性胜利，巍巍的孟良崮山下锣鼓喧天，鞭炮齐鸣，广大军民沉浸在一片欢庆胜利的喜悦之中。范桂君组织起张家庄、珠宝庄、王家庄、杜山前、龙泉庄等十几个村的百余名妇女，跋涉 40 公里山路来到庆功地点，亲自把各村捐献的鸡蛋、挂面、花生、山果、馒头、猪肉、鸡等慰问品，送到为人民立下功勋的将士手中，受到指战员的热烈欢迎和衷心感谢。为此，在县上召开的 3 万人英雄模范表彰大会上，珠宝庄被命名为“支前模范村”，范桂君还披红戴花在会上介绍了本村拥军支前的模范事迹。

范桂君不仅在硝烟弥漫、战火纷飞的年代为党为人民做了许多贡献，而且在和平的建设时期，在平凡的工作岗位上，仍在为党、为人民做着贡献。退休后，范桂君仍处处关心别人的忧乐冷暖，为山村建设发展尽心尽力。她组织 20 名妇女成立了“红娘组”，专门为现役和退伍军人牵线搭桥找对象，仅范桂君一人就介绍成了 20 多对。

范桂君还担任了村小学和乡中学的校外辅导员，村家教小组组长，并且是村里有名的调解能手。许多濒临破裂的家庭，在她的调解下重归于好。在范桂君的影响和带动下，做文明事，当文明人，在珠宝庄已蔚然成风。这个有 1500 人的大村，几十年来不仅没有发生任何刑事案件，就连小偷小摸也没有。由于珠宝庄精神文明建设成绩突出，连年被县评为“拥军优属先进集体”“三八红旗集体”。

1992 年，山东省妇联、山东省军区政治部、山东省民政厅授予范桂君“山东红嫂”和“三八红旗手”荣誉称号。中共沂南县委、县政府授予范桂君家“文明家庭”称号。四川汶川大地震发生后，被誉为“山东红嫂”的范桂君从电视上看到子弟兵奋力抗震救灾，不畏艰险，老人带领村里妇女为子弟兵赶制鞋垫，通过有关部门送往救灾前线，鼓励他们在抗震救灾中再立新功，继续演绎新时代的军民鱼水情。

主要资料来源：黄忠，韩忠勤．沂蒙大观［M］．济南：山东大学出版社，2007.

胡玉萍：无私奉献好楷模

胡玉萍，1922年出生丁沂南县和庄村，作为一名普通的共产党员、农村妇女，没有惊天动地的壮举，却用一生执着的无私奉献，谱写了一曲朴实无华、感人至深的爱国拥军情。

1992年，胡玉萍被辽宁省委、省政府、省军区授予“拥军优属模范个人”“模范共产党员”“学雷锋标兵”等光荣称号。1995年，她被中央军委、国家民政部授予“全国爱国拥军模范”“爱国拥军好妈妈”的光荣称号。1999年，胡玉萍出席中华人民共和国50周年庆典，受到江泽民等中央领导同志的亲切接见。2007年8月20日，在北京人民大会堂重庆厅隆重举行的《感谢人民——激励军营80年》“十大爱国拥军新闻人物”评选揭晓颁奖仪式上，已故的胡玉萍荣获“十大爱国拥军新闻人物”特别奖。一位平凡的老人，在活着的时候被人们尊敬和爱戴，在去世之后被人们不断地缅怀，她究竟是怎样的一个人？让我们去感知她感人至深的事迹，去体会一个农家妇女大爱无私的思想境界。

年轻时的胡玉萍就与人民子弟兵结下了不解之缘，与许许多多沂蒙红嫂一样为革命奉献出了自己的热火青春。在抗日战争时期，为了方便八路军伤员治疗，新婚第二天的胡玉萍就把新房腾出来让伤员疗伤，并亲自为伤员端水做饭。在贫穷闭塞的沂蒙农村山区，这样的胸襟和勇气是难能可贵的。胡玉萍在坐月子期间，收到了亲朋好友送的鸡蛋，她一个也没舍得吃，全部送给了八路军伤员补充营养。解放战争时期，孟良崮战役打响后，她把 16 岁的弟弟送到部队，又把丈夫送上前线抬担架，自己带领村里的妇女烙煎饼、缝棉衣、做军鞋和护理伤员，成了当地有名的支前模范。

中华人民共和国成立后，胡玉萍积极参加生产劳动和文化学习，把村里十多户烈军属的生活包下来，给他们多方面的帮助。在抗美援朝中，胡玉萍把家里多年攒下的 500 斤大豆捐献出来，又动员兄弟姐妹凑足 1500 斤粮食，捐献给国家购买飞机大炮。1965 年，由于她乐于奉献、积极肯干，光荣地加入了中国共产党，曾担任和庄村党支部副书记、民兵连连长。她响应毛主席号召，处处以雷锋为榜样，照顾烈军属、五保户，一心扑在集体上，爱党爱军几十年如一日。1968 年，她步行 10 多公里路到县城把二儿子亲自送到部队。一年后，又想方设法把已经参加工作的大儿子送往部队。1974 年，胡玉萍花 300 元钱买了棉花、花布准备儿子的婚礼，路过烈属刘大娘家时，看到刘大娘的三个孙女还没穿上棉衣，就给刘大娘留了一部分棉花、花布。这一天，她走访了十几家烈军属、五保户，把棉花、花布全部分给了他们。这样的事情太多了，她矮小的身躯中蕴含着至高无上的大爱情怀。

她在晚年还用自己的双手创造财富，奉献军营，奉献社会。1978 年，胡玉萍在部队的两个儿子先后转业到辽宁抚顺，她便随两个儿子到抚顺安家落户。到抚顺后，胡玉萍并没有就此颐养天年，又和“雷锋团”的官兵结下了深情厚谊。她把子弟兵当成亲人，把部队当作自己的家，不顾年老多病，尽力为部队奉献爱心。她从 1988 年开始养猪，费尽千辛万苦，为的是送给部队和烈军属。十几年来，她养猪超过 300 头，大部分献给了部队，一部分送给了烈军属以及她所在的西葛联社。她用卖猪的钱为部队战士买了 1 万多元的书，为敬老院买了一台彩电。1989 年，西葛联社分给她一套二室一厅的住房，当她得知一位退伍军人没有住房时，毅然将住房无私地让给了那位退伍军人。胡玉萍每年都到抚顺市驻军单位做革命传统报告，就连海拔 1000 多米的二〇五高山哨所，她都去过不止一次。多年来，地方政府和部队领导送给她的彩电等礼品，她一样不留地送给了烈军属和敬老院。她为部队和社会累计捐款捐物 20 多万元，而自己却始终过着简朴的生活。

胡玉萍不仅是一个有着深厚爱国拥军情怀的老人，还是一个热爱生活、有着生活追求和乐趣的人。通过采访过她的记者的视角，我们能看到一个多面的、乐观、幽默、乐于接受新事物的胡玉萍。也许正是这种生活态度，胡玉萍才能够几十年如一日，致力于爱国拥军，向社会奉献爱心。

会画画的胡玉萍。在胡玉萍家的墙上，除了锦旗，就是各种各样的画。花、草、虎、牛……作者就是胡玉萍。画上还标明作画日期，有 80 年代的，也有 90 年代的，上面多有题文，内容大致是为谁画和为何画。绘画、剪纸和编顺口溜都是她的业余爱好。胡玉萍向记者介绍她的创作构思：画虎，因为它是百兽之王，像它，浑身有力，才能为党、为民做最大贡献；画猫，因为它专抓老鼠，为民除害，像它，是走正路，做善事；画牛，因为它只吃草，挤出的却是奶，像它，是忠心耿耿，无私奉献；画鱼，因为鱼字发音同余，代表富贵有余，吉祥如意，画它，是不忘节俭，如鱼游入长流水；画高粱、水稻、玉米，图个粮满仓、福满囤，五谷丰登，画它们，是教育孩子们爱惜粮食，用餐不掉饭粒；画梅花、兰花，是献美在人间。用废旧塑料布剪贴大公鸡，叫“雄鸡报晓”，用红绿布粘贴花朵，装点小花篮，或插进酒瓶中，叫“春满人间”。从这些构思中，我们可以看出老人的心境，可以看到她最朴素的道德情怀。

宽厚幽默的胡玉萍。1995 年底，胡玉萍被猪咬伤了额头。当记者问她：“猪，吃你的，喝你的，还咬你，你不恨？”胡玉萍替猪辩解：“恨啥？不能怨它，护羔子，也通情理，该喂好的，俺照样。”对猪，胡玉萍可谓无怨无恨。喂它们，是为了支援亲人解放军。那些年，逢元旦、春节，都有成猪出栏，老人怎能忘记当她把猪送到营房时解放军列队欢迎的一幕幕鱼水情深的动人情景？老人想得通，既然让猪舍身献肉，造福军营，自己为它挂点儿彩也值得。胡玉萍对无言的牲畜，也极力念及它们的好处。从记者的这些描述中，我们看到一个幽默甚至有点儿俏皮的胡玉萍。

赶“新潮流”的胡玉萍。有一年胡玉萍应邀进京参加国庆观礼时，见到了年龄虽长，却不减青春活力的瞿秋白的女儿。大庭广众，人家唱时，则歌喉婉转；到跳时，又舞姿翩翩，被与会者公认为很有影响力的人，那风采在胡玉萍心底留下了深刻的印象。“俺咋不会呢？”老人自问，且产生了不甘落后的念头。再说，当了模范，也不是不食人间烟火，贴近群众，变得活泼些，将会更有益处，就算有人议论“老有少心”，可那也是“革命人永远是年轻”的另一种说法。只要能跟更多的人打成一片，学舞就有价值，于是，跳舞成了胡玉萍晚年的爱好。小脚老太学跳舞，先学朝鲜族舞，再学交谊舞。她的舞蹈老师是与联社隔院的邻居，那是一位能歌善舞的朝鲜族老太太，教得很耐心。学朝鲜舞只是开始，胡玉萍还要学交谊舞，她的目标是，当与老姐妹们相聚时，自己不再只是观众，而要走下舞场，与大家一起跳出个“花好月圆”。胡玉萍的舞姿怎样我们不得而知，重要的是，从这件事中我们看到了一个思想活跃、热爱生活、乐观豁达的胡玉萍。

懂得感恩的胡玉萍。滴水之恩，当以涌泉相报。珍视传统美德的胡玉萍自己为社会、为他人做出多少贡献，从不计较；可对来自各方面的关心、支持却铭记于心，感恩戴德。在抚顺，胡玉萍成为雷锋的传人和雷锋精神的代表人物。各级政府关心她，普通群众爱戴她，来自各方面的情意，让她无时不感到温暖。西葛联社除多年为胡玉萍提供“双拥活动站”、住房、猪舍外，还给老人发养老金，负责终身养老。市委、市政府和驻抚部队也定期为老人检查身体、免费治病等。对这些，胡玉萍念念不忘，经常表示谢意。她说：“过去围着锅台转，如今登上主席台，与领导、首长们坐到一块儿，再不做贡献，可对不住谁。”“得活九十九呀！”话虽简短，我们却能体会出胡玉萍老人要继续为社会做贡献的迫切心情。

悠悠岁月，倾其一生爱党拥军、无私奉献的胡玉萍终抵不过岁月的流逝，年老的胡玉萍病倒了。但是人们不会忘记这样一位为党、为人民奉献了一生的老人。毛主席说过，一个人做一件好事不难，难的是一辈子做好事。胡玉萍就是做了一辈子好事的人。胡玉萍生病期间，沂南县各级领导曾多次前往抚顺探望她。2005 年 9 月 27 日，胡玉萍因病医治无效不幸逝世，享年 83 岁。按照老人的遗愿，她的骨灰被安放在沂南县鲁中革命烈士陵园万松山的苍松翠柏之间。

胡玉萍同志的一生是革命的一生、无私奉献的一生、为共产主义事业奋斗的一生，她以自己的行动实践了共产党员的铮铮誓言。胡玉萍爱党爱军、无私奉献的精神是一笔宝贵的财富。她曾经写过一首《奉献歌》："一天不为党奉献，饭菜再香难下咽；两天不为党奉献，吃了蜂蜜也不甜；三天不为党奉献，脸红耳赤羞满面；五天不为党奉献，对党有愧心感叹；十天不为党奉献，思想灵魂半瘫痪；天天为党做奉献，年年为党做奉献，永为党旗增鲜艳，共产主义早实现。"虽然语言朴实无华，却道出了奉献的真谛和共产党员的崇高境界。这应该是新时代每一位党员干部都应该学习和践行的思想认识。

主要资料来源：徐东升，等．基于沂蒙精神育人的社会主义核心价值教育研究［M］．济南：山东人民出版社，2015；抚顺新闻网：胡妈妈人生几多美——追念"爱国拥军好妈妈"胡玉萍［OL］．2005-10-08.http://fushun.nen.com.cn.

刘照凤：挚爱深情到永远

坐落在蒙山脚下、汶河之畔的蒙阴县，有一位普通的农家妇女，二十多年如一日，用一颗赤诚之心倾情照料烈士父母，替烈士履行未尽的义务。她就是被誉为“沂蒙新红嫂”的刘照凤。

1981 年初，女民兵刘照凤经人介绍，结识了家住蒙阴县公家城子村的青年民兵公衍进。经过一段时间的交往，两人确立了恋爱关系，举行了简单的订婚仪式。1983 年秋，公衍进看到蒙阴城张贴着“一人当兵，全家光荣”的征兵宣传标语，就萌生了参军报国的想法。

“我要当兵去，立志在绿色军营做奉献！”公衍进将自己的想法向心上人和盘托出。刘照凤听后十分赞成，她鼓励公衍进说：“在家里你是个好民兵，每次军事训练你都积极参加。从你老穿着这身褪了色的‘国防绿’，俺就看出了你的心思。到部队后一定要好好干，为咱家乡人争光！”公衍进入伍那天，刘照凤步行十几公里路到县人武部大院为他送行。浓浓亲情，丝丝爱意，化作刘照凤强大的精神动力，她决心用自己柔弱的双肩，挑起家庭生活的重担，让爱人安心戍边。

当时，公衍进的父亲在镇广播站工作，无暇照顾家里，母亲体弱多病，两个弟弟分别在初中、小学就读。刘照凤看在眼里，急在心里。按当地的风俗，未过门的媳妇是不宜常到婆家去的。然而，刘照凤顾不上别人的闲言碎语，一心想着为公家减轻负担，让公衍进少为家事操心。她隔三岔五到公家，帮助公衍进的母亲料理家务，干农活、挑水、缝补浆洗。她就像这个家庭的真正一分子，样样都做得来，样样都做得好。

1984年6月，刘照凤家的两亩多地小麦成熟待割。然而，她首先想到的是公衍进家的小麦。她对家人说："衍进父亲在镇上抽不开身，家里没有劳力收麦子。我先去帮助他家，免得衍进在部队牵肠挂肚！"就这样，刘照凤在公家帮忙收麦，一干就是4天，直到小麦颗粒归仓，又把玉米都种上后，她才回家。

1985年，公衍进奉命到南疆前线参战。这期间，刘照凤十分挂念远在千里之外的心上人，不断写信给公衍进，鼓励他在战场立功，为家乡父老争光。同时，她还时常劝慰公衍进的父母："衍进不会有事的，他一定会回来！"虽然嘴上这么说，可刘照凤的心一刻也没有放下过。每当夜深人静的时候，她便会默默祈祷，祈祷公衍进平安无事。在一次争夺高地的战斗中，公衍进与敌人展开殊死搏斗，不幸牺牲。噩耗传来，刘照凤和公衍进的家人沉浸在巨大的悲痛之中。此后不久，公衍进的战友捎来了他牺牲前写给刘照凤的信。

"战斗就要打响了，我作为第一梯队的突击队员，马上就要冲向战火中了。在这血与火的战场上，生的希望远不及死的可能性大。我和社会上的青年一样，追求幸福，向往欢乐和全家团圆。然而，我深知，祖国的领土惨遭践踏，人民受侵略，这是我们的奇耻大辱。养兵千日，用兵一时，为了边疆的安全，为了四化建设大业，为振奋军威，我决心生命不息，冲锋不止，在殊死的战斗中，为祖国和亲人争光。……照凤，你我相爱已经6年了，彼此之间感情很好，你温柔、大方、勤劳、能干、孝敬老人，是我理想的伴侣。在我参军后，你勇敢地挑起了两家生活的重担，并经常来信鼓励我，让我杀敌立功，为亲人争光，使我从中备受鼓舞。照凤，如果我在这次战斗中牺牲，你不要难过、悲伤，要注意身体，要有勇气顽强地生活下去，要做一个生活的强者。我如遭不幸，还有个小小的要求，请你以后有机会经常到我家看看我的双亲，我在九泉之下也就心满意足了……"

捧读公衍进饱蘸深情的来信，刘照凤悲痛欲绝，同时暗下决心，一定要照顾好公衍进的父母。她偷偷拭干泪水，诚恳地对二老说："以后，就把我当亲闺女吧，俺一定替衍进好好伺候你们！"

从此，刘照凤像对待自己的双亲一样精心照料公衍进的父母。1986年春，到了播种花生的时候，刘照凤约了几个要好的姐妹，一大早就到公衍进家帮忙干活：刨坑、浇水、施肥、点种，忙得不亦乐乎。她的手上磨出了血泡，肩压得红肿，但一声也没吭。公家的邻居见状赞叹道："这样的好闺女，打着灯笼也难找啊！"

1987年9月，刘照凤与一位名叫王在等的青年喜结良缘，刘照凤对丈夫说："以后，公衍进的父母就是咱的亲爹妈，咱们要好好孝敬他们！"婚后，刘照凤跟随丈夫回到了巨山乡刘官庄村安家落户。后来有了孩子，家里又有好几亩责任田，家务事和地里活多起来，一年到头，两人忙得不可开交。尽管如此，刘照凤还时刻惦念着公衍进的父母。她和王在等有时一起，有时谁有空谁去，到两位老人家中帮忙干活，并时常关心老人的生活起居。逢年过节，还要带一家老小前去看望两位老人。两位老人知道他们家里很忙，而且经济不宽裕，心中过意不去，就多次劝他们不要再这样了，但刘照凤一如既往前去照料，她心里只有一个念头，宁愿苦了自己，也不能苦了两位老人。

尽管一年到头忙得不可开交，但刘照凤时刻惦念着公衍进的父母，经常和丈夫到老人家中帮忙干活。有一年秋天，公衍进的母亲一病不起。刘照凤听说后，连忙放下手中的活计，风风火火地赶到公家，为老人做饭、请医生、煎药、端屎端尿。在她的精心护理下，老人很快恢复了健康。

"我要用真情陪伴二老到永远……"这深情的话语，既是刘照凤的真心告白，也是她高尚人格的真实写照。公衍进虽然牺牲了，但他有幸结识了一位沂蒙山人的优秀女儿——刘照凤。倘若英雄有灵，定会备感欣慰、心存感激！刘照凤多年的真情付出也感动着世人，1996年8月刘照凤被授予"沂蒙十佳新红嫂"荣誉称号。

主要资料来源：中共临沂市委.沂蒙红嫂颂［M］.北京：中央文献出版社，2002；贾来友，傅家德.http://blog.sina.com.cn/s/blog_4c407ea501008791.html.

周锡芳：爱党拥军不言悔

在沂蒙老区沂南县，一位老人半个世纪痴情拥军的感人故事家喻户晓。她17岁跟着母亲绣鞋垫拥军，一做就是50多年，已是古稀之年的她，屈指算来拥军送出的鞋垫已有10万余双。50多年间，她将对国防的热爱和对子弟兵的深情，密密地写在了针线间，她就是“沂蒙新红嫂”、山东省“十佳兵妈妈”周锡芳。

周锡芳出生于一个军人家庭，父亲周德祥是1929年入党的老党员，母亲孙谦是1938年的党员。在抗战时期，她家是沂河岸边出了名的抗日堡垒户，特别是母亲，更是一位了不起的“沂河母亲”，不仅多次抢救过抗日干部和八路军战士，也曾动员了一大批的优秀子弟参加了八路军。战争年代，周锡芳伴着枪炮声出生在高粱地里，从小没喝母亲一口奶水，战时环境恶劣，母亲忙于革命顾不上她，把她送给亲戚抚养。有一次生病她差点儿夭折，多亏邻居家送来的一杯羊奶救了命。谈起母亲，周锡芳说：“那时自己也挺恨她，哪有那么狠心的母亲！”后来，长大后的周锡芳渐渐地理解了母亲，并为母亲感到骄傲。周锡芳的哥哥结婚仅3天，母亲就动员他参加了八路军。中华人民共和国成立后，孙谦又把周锡芳的弟弟送到了部队，并为周锡芳的姐姐找了个军人丈夫。正是生长在这样一个爱党拥军的家庭，周锡芳从小受到了很好的教育和熏陶。爱党爱军也不自觉地变成了她一生的不懈追求。

说起拥军，周锡芳也说不容易。在母亲的影响下，周锡芳17岁就跟着母亲绣鞋垫拥军，这一做就是50多年。谈起这么多年绣鞋垫拥军，周锡芳也有不为人所知的心酸。那时经济条件不好，孩子多条件差，家里人连件像样的衣服也没有，到哪里找布做鞋垫呢？在她一筹莫展时，丈夫的一条绒裤让她眼前一亮，她瞒着家人将丈夫唯一的一条绒裤剪了，做了7双鞋垫。那时，拥军不用人组织，都是自己去。再加上自己外出开会多，村里个别人就会有些闲言碎语，她心里别提有多难受了！她一直记着那年八一到消防中队去，将一包袱鞋垫放下，连个姓名不留就走。战士们非常感动："大妈年年来拥军，今天说啥也要吃顿饭再走！"她清楚记得和战士们一起吃的米饭和猪肉炖粉条，吃着这顿饭，不知啥原因，她自己竟禁不住流下了热泪！周锡芳不仅心系军营，村里凡是带军字号的，大小事都能看到周锡芳忙碌的身影。一次，村里一军属患急病住院，急需手术，丈夫在外地，而唯一的儿子当兵在苏丹进行维和，身边没有亲人，医院要家属签字，当时没人敢签。这时，周锡芳找到主治医生说："我是红嫂，我能承担这个责任，我来签！"手术得以顺利进行。

周锡芳有4个儿子，她先后把他们送到了部队，在她的鼓励下，有3个儿子先后考取军校，一个转为士官。1988年7月，老伴得了风寒病，眼看快不行了，她硬是没通知正在部队参加比武大赛的大儿子。那些年，周锡芳经常带上自己亲手绣制的鞋垫，到儿子所在的部队去看望全体官兵。她不知疲倦地为战士们拆洗被褥、缝补衣服、帮厨做饭，向战士们讲述沂蒙红嫂和抗日英烈的事迹，鼓励战士们苦练基本功，报效祖国。部队的领导称她为"编外指导员"，而战士则亲切地称她为"兵妈妈"。那年，三儿子杜雷在部队为国捐躯。老伴经不住白发人送黑发人的打击，一下子病倒了。周锡芳觉得天像是塌了下来，但她只能硬撑着站起来，侍候老伴，安慰儿媳，背地里不知流了多少眼泪。后来，她还亲自为三儿媳找了对象，并为她置办了嫁妆，当亲生女儿嫁了出去。现在，三儿媳还经常回家看望老人。对于因病去世的丈夫，周锡芳很是愧疚："我很感谢我的丈夫，正是他的理解支持，我才在拥军的道路上走到了今天。现如今丈夫走了，自己也感到挺对不起他，有时忙于一些事情，加上自己身体也不好，没能很好地照料他！"2007年以来，周锡芳因心脏不好做了手术，每天都要服药，几次病危她都没有告诉儿子。她的老伴患癌症多年，病情不断恶化，先后住了三次院进行化疗，为了不影响孩子们在部队的工作，她硬是一个人顶了下来，孩子们每次打来电话，她总是向他们报平安。

周锡芳不仅爱党拥军，还热衷于社会工作，时刻不忘奉献社会。她先后担任过村妇女主任、镇幼儿园教师，平时又是个热心肠，在村里有很高的威望。在担任村妇女主任时，谁家有纠纷或婆媳闹别扭，她都要去说和，化解矛盾。周锡芳还在村里专门组织了妇女学习班，教育妇女们要自尊自重，搞好家庭团结，对矛盾较深的家庭周锡芳就多次登门做工作，使家庭矛盾化解而安居乐业。谁家有困难，她更是记在心上放不下。87 岁的残疾军人陈京彦老两口，身体一直不好，周锡芳就悉心照顾着两位老人的生活，十多年从没间断。老两口逢人便说："锡芳对我们比亲闺女还亲啊！"1994 年因下大雨，周锡芳家的房屋内进了水，当她在家往外泼水的时候，突然想起一个军属家中无人照顾，便扔下脸盆朝军属家跑去，老军属看着她浑身淋透的衣服，心疼地掉下了眼泪。村里一些困难户特别是军属困难户的大龄青年很难找到对象，周锡芳看在眼里，急在心上，便不计报酬地当上"红娘"。她走东村串西户，发动一切关系为大龄青年介绍对象。在周锡芳的努力下，有近 30 对青年经她介绍喜结良缘，组成了美满的家庭。这不仅安定了农村社会秩序，为经济发展做出了贡献，同时也为部队的建设贡献了力量。

大爱无言。随着岁月的流逝，周锡芳渐渐老去。她还是坚持为子弟兵绣鞋垫。每年八一、春节，她都带上自己亲手绣制的鞋垫和慰问品慰问官兵。这些年，她拥军的足迹遍布北京、济南、潍坊等地。在南方冰雪灾害和四川地震灾害期间，她带头捐款捐物，组织全村妇女将赶制的 600 多双鞋垫寄到抗击冰雪和抗震救灾的部队，鼓励子弟兵战胜困难、重建家园。2011 年春天，宁夏军区和内蒙古给水团来沂南打井期间，她带上鞋垫和慰问品与红嫂协会的红嫂们一起去看望官兵，帮战士做饭、缝补衣服，极大地激发了战士们的斗志！

周锡芳说："人活世上，个人的信念有不同，我一生的信念就是爱党拥军。"就是在这样的信念支撑下，周锡芳无怨无悔奉献着，走出了一串

周锡芳拥军图

串闪光的足迹。正是周锡芳对人充满了爱和无私的奉献，她赢得了社会的尊敬和赞誉。1986年，临沂地区妇联授予她“三八红旗手”光荣称号。1987年被省妇联评为“优秀保育工作者”，1988年被省妇联授予“三八红旗手”光荣称号，1996年被表彰为“沂蒙十佳新红嫂”，2006年被授予山东省十佳“兵妈妈”等荣誉称号。她还多次被县乡授予“优秀共产党员”“先进教师”“精神文明先进个人”“优秀妇女干部”等荣誉称号。

主要资料来源：大众网.http://blog.sina.com.cn/s/blog_4c407ea501008791.html；孙海英，陈永莲.沂蒙精神与临沂革命老区跨越式发展研究［M］.济南：山东人民出版社，2017.

戚洪桂：家国情怀好榜样

一个普普通通的沂蒙山农家妇女，在失去丈夫的沉重打击下，忍着剧痛，用柔弱却坚强的肩膀，独自承担起家庭重担，奉养老人，含辛茹苦教儿戍边，心牵百姓生活，情系群众冷暖。她以蒙山石一般的坚强，沂河水一样的情怀，痴心爱国拥军，热心奉献百姓，谱写出新时期沂蒙红嫂拥军为民的感人新篇章。她就是被誉为“沂蒙新红嫂”的戚洪桂。

戚洪桂 1947 年出生在山东省临沂市费县张庄乡龙岗村，是一位普普通通的农家妇女，在沂蒙淳朴民风的熏陶和沂蒙大地从战争年代就已经形成的爱国拥军的优良传统的影响下，她形成了勤劳善良、坚韧不拔、深明大义的个人品格，在平凡的人生历程中走出了一条不平凡的人生道路。

年轻时的戚洪桂就是一个思想活跃、积极进取、要求进步的积极分子，曾经担任村里的团支部书记。那时她还有一个梦想，就是能够穿上军装，当一个兵。但是在当时的社会条件下，她和大多数农村的年轻女子一样，结婚生子，过着平凡的日子，担任村里的妇女主任是她主要的社会活动。但是她又有着不同于其他人的心胸和情怀，她坚信越是艰苦的地方越能锻炼人。1991 年 10 月底，她力排乡邻亲友的阻拦，毅然把 18 岁的小儿子林立波送到西藏边防部队服役。儿行千里母担忧，送走儿子的戚洪桂像所有母亲一样牵挂儿子，但是她说得最多的是叮嘱儿子安心服役，保家卫国。

天有不测风云，在儿子服役的第二年，她的丈夫林本营因患急性出血热不幸去世。临终前，林本营曾经对她提出最后一个愿望就是见一面当兵的小儿子。可戚洪桂想到儿子在军营的学习和训练正处于关键时期，这件事情一定会耽搁他。为了不影响儿子，她含泪拒绝了丈夫的要求。为了安慰丈夫，她从家里拿出儿子的照片给他看。最终，戚洪桂的丈夫带着深深的遗憾离开了人世。为了让儿子安心服役，一心保卫家乡，悲痛欲绝的戚洪桂没有把这个不幸的消息告诉儿子。在丈夫去世后的3年间，她经常给儿子写信报平安，一直没有把丈夫去世的消息告诉儿子。每当儿子来信，她会把儿子的来信拿到坟前念给九泉之下的丈夫听。每当收到儿子的来信和给儿子写信时，戚洪桂的双眼都会被泪水模糊了视线，她经常以泪洗面，而心中的苦却无人诉说。在丈夫去世后的3年间，每年春节她都是在丈夫的坟前度过。“我丈夫自己在那里太孤独，太寂寞了，我得陪陪他。”戚洪桂曾经对采访自己的记者说道。从这里可以看出戚洪桂与丈夫伉俪情深，但是她从来没有后悔过自己的选择，而是把让丈夫带着遗憾离开的痛苦深深埋藏在了心底。在最艰难的时候，戚洪桂也曾经想到过死，可是每次想到还需要照顾老人和培养儿子时，她就又鼓起了勇气，激励自己必须更坚强地活下去。

失去丈夫后，戚洪桂一个人扛起了家庭的重担。辛苦的田间劳作、繁重的家务和照顾老人的担子就全压在了戚洪桂一个人身上，不久她积劳成疾，住进了医院。当地政府向西藏边防部队反映了情况，戚洪桂知道后，担心儿子受不了，就趴在病床上给部队接连写了几封长信，恳求部队要绝对保密，可选个适当时机告诉儿子，并一定要替她这个当母亲的做好儿子的思想工作，坚决不能让儿子回来。3年后，儿子才得知父亲早已去世，万分悲痛的儿子在千里之外的西藏高原朝着沂蒙山方向长跪不起，放声痛哭，又写信问母亲为什么不及时告诉他。他写信质问母亲：“妈妈，你为什么不告诉我，为什么不让我看爸爸最后一眼，以报18年的养育恩情！你为什么？！……”儿子信上很多地方都被泪水打湿过，戚洪桂悲痛欲绝，连夜含泪给儿子写信：“儿子，人死不能复生，你就不要回来探家了。家中再大的痛苦我一人承担，你一定要安心服役，干出成绩，报效祖国，为家乡父老争光，为沂蒙山人争光。”当儿子接到这封泪痕斑斑的回信时，发自内心地喊出了：“妈妈，你是世界上最伟大的母亲！”

戚洪桂作为沂蒙好母亲教子卫国的感动事迹，一时在西藏军区部队广为传诵。战士们纷纷以“您的儿子”的名义给戚洪桂写信，捐款慰问这位可敬的母亲，一个战士来信写道：“我从小就没了母亲，您的事迹让我感动，让我流泪，您就是我的母亲。”戚洪桂收到这些信和钱物后，也被部队官兵的爱民之情所感动，决定要亲手为他们缝制鞋垫以表心意。于是她买来了 20 余丈布、80 多个线团、1 斤绣花球，经过 60 多个日日夜夜的飞针走线，用自己的心血，将沂蒙母亲对边防战士的深情厚爱缝制在 150 双鞋垫里，上面绣了“精忠报国”“建设边疆”。她还请人帮忙做了两面锦旗，绣上“军民鱼水情”“恩重似海深”，署名“沂蒙山区农妇”，寄给了部队。

1995 年，戚洪桂带着自己亲手绣的 300 双鞋垫及两面绣有“高原亮节，雪域浓情”和“情牵沂蒙，心系珠峰”的锦旗和沂蒙山特产，连换 8 次车，不远万里到了西藏军区，看望那里的战士，受到了部队官兵的热烈欢迎。在那里，她为西藏部队义务服务 50 多天，为战士们洗缝补衣服 160 多件。期间，戚洪桂做事迹报告 6 场，听报告的官兵有 6000 余人次。她还在经济比较拮据的情况下买礼品看望了两位藏族老人，还代表沂蒙山人民向藏族的米林小学捐款 100 元，在拉渠雪灾中捐款 100 元。戚洪桂为藏族同胞带去了沂蒙山人民的深情厚谊。从此，戚洪桂走上了爱国拥军的新旅程，不仅用实际行动尽自己的微薄之力拥军优属，更重要的是在精神上给了人民子弟关怀和鼓励。

2007 年，为庆祝建军 80 周年，60 多岁的戚洪桂不顾年老体弱，经过 300 多个日日夜夜，赶制了 800 双鞋垫，将绣有“军民一家”“精忠报国”“建设边疆”等字样的鞋垫亲手交到首都国旗班子弟兵手中。提到做鞋垫，戚妈妈自豪地说：“现在做鞋垫都不用看，光凭手感就能很快做出来。”戚妈妈自己也不知道自己到底做了多少双鞋垫，但是这些鞋垫都送到了边疆战士们的手上。战士们收到鞋垫和锦旗，读着戚妈妈的一封封回信，深受鼓舞。一些找理由请假探家的战士主动打消了念头，平时训练叫苦叫累的战士变得积极主动，更加刻苦认真地训练，广大官兵纷纷表示要向这位平凡而又伟大的母亲学习。儿子林立波在戚洪桂的教育鼓励下，不断成长，先后被评为“训练标兵”“优秀班长”，并逐步提升为营长。

戚洪桂同志的先进事迹被中央、西藏等各大媒体宣传报道。省、市、县和西藏军区多次授予她各种荣誉称号和奖励。1994年4月，西藏军区五六〇二三部队授予她“边防战士的好母亲”荣誉称号；1995年，中央军委副主席迟浩田听说戚洪桂的事迹后，题词“沂蒙红嫂情谊长，洪桂同志是榜样”。1996年7月，被临沂市妇联授予“沂蒙十佳新红嫂”荣誉称号；2002年，被山东省军区政治部授予“十佳兵妈妈”荣誉称号。戚洪桂用自己的行为赢得了社会的尊重，用自己的爱心赢得了人民子弟兵的衷心爱戴。

戚洪桂拥军爱民、无私奉献的精神还表现在对自家老人的精心照料上。丈夫去世后，公公就重病卧床不起，婆婆又患上了肝炎，这对这个困难的家庭无疑是雪上加霜。戚洪桂没有被困难压倒，更没有嫌弃老人，她用柔弱的肩膀挑起了家庭的重担。曾经多少时日，白天，她用独轮车推着婆婆到8里外的上冶医院就医，晚上赶回家为公公熬药，在她家通往医院的路上不知留下她多少艰难的足迹。更多的日子，她起早贪黑，除了耕种好五亩责任田、喂猪、喂鸡等日常家务外，还要服侍年迈多病的老人。繁重的劳作，超负荷的运转，丝毫没有削减她的孝心。公婆有病，她日夜守护着，喂汤喂饭，洗脸洗脚，端屎端尿，二位老人日渐康复，而她却越来越消瘦，公婆感激地逢人就说：“俺两口如今能活在世上，多亏有个好儿媳。”戚洪桂的婆娘舅是一个无儿无女的五保老人，可以向当地政府申请送到敬老院，但戚洪桂没有这样做，她首先想到的是尽己所能，为国家、为集体分担忧愁。在照顾公婆的同时，戚洪桂还要照顾好婆娘舅的生活起居，为他养老送终。戚洪桂的孝行，乡亲们看在眼里，记在心里，对她充满了敬佩和感动。2012年在临沂市举行的第三届十大孝星评选活动中，戚洪桂以高票当选。同年10月28日上午，在中国临沂第二届孝文化节开幕式上，戚洪桂受到表彰。戚洪桂用爱国拥军的大义情怀赢得了社会的认可和子弟兵的爱，同样戚洪桂用对亲人的挚爱和奉献再次赢得了社会和他人的认可。

戚洪桂的无私奉献精神，还表现在她把自己的一腔儿女情、慈母爱奉献给了本村的孤寡老人和孤儿。平时她和重病卧床不起的公公，身患肝炎的婆婆以及无儿无女的婆娘舅生活在一起，当看到本村孤寡老人李青良生活不能自理时，又把他接到家里，安排与自家的三位老人吃住在一起，悉心照料，直至老人去世。孤儿李中学出生 4 个月被抱养到西龙岗村，由于养母年高，是戚洪桂用自己的乳汁将小李养大，并为他操心找了媳妇，建立了美满的家庭。21 岁的林本芝出嫁时适逢母亲去世，戚洪桂就主动承担了一个做母亲的责任，为她买了嫁妆，操办了婚事，并对她的家庭倾注了无限的关怀。

戚洪桂还热心村里的公益事业。西龙岗村西有座石桥又窄又小，濒临崩塌，孩子们上学、村民们过往非常危险。戚洪桂就拿出部队及各级政府捐赠给她的几千元钱修了一座新桥，方便过往群众。1996 年六一儿童节前，她听到乡政府组织捐资助学的消息后，冒雨步行两三公里到乡捐资助学办公室捐献了仅有的 220 元钱。西龙岗村严重缺水，制约着经济发展。从 1997 年，她忍着严重的双脚跟骨刺痛，为村里请来技术员设计饮水工程。为解决资金，她动员大家积极自筹资金，她去市、县有关部门争取专项扶持资金 10 万元。为珍惜这份巨款，她吃住在工地，不多花一分冤枉钱。苦心人天不负，终于在村西岭打了一眼 200 米深的水井，彻底解决了村西几百亩果园的灌溉用水。她还和村干部一道，请技术人员设计引水进村路线，将自来水铺架到户，解决了 100 多户群众的生活用水问题。为了治疗村里人的结石病，戚洪桂徒步走遍了费县所有地方查病原，为村民服药，因此有了“铁姑娘”的称号。2003 年戚洪桂到上冶镇拿药时，看到里仁村一老人收养的一个 16 岁的女孩特别可怜，马上借了 50 元，连同身上带的 50 元钱一并给了女孩。她为当地初中捐款 200 元，她还常去看望敬老院的孤寡老人，给他们捐钱捐物。2007 年春节自己的弟弟因车祸住进了费县医院，她亲自照顾弟弟 5 个月，为此花光了家里所有的积蓄。汶川地震捐款时，她借了 100 元捐给县妇联，村里组织捐款时，她又借了 100 元捐给灾区。为了让家乡的众多农家姐妹尽快脱贫致富，70 多岁的她走村串巷发动妇女大搞机绣加工，使全村及周围村的妇女人人有活干，家家有收入；她为转移妇女就业压力出主意、想办法，一批批农村妇女在她的指导下走出了山村，走上了依靠打工致富的路子；

与此同时，她还兼做村里的“红娘”，为有情人牵线搭桥，为本村及周边村20余对大龄青年解决了终身大事。

2008年开始，她又牵头组建了“沂蒙红嫂歌舞团”，以歌舞团为载体入村宣传爱国爱党思想、乡村文明新风，到部队慰问演出，近至村头巷里，远至西藏边防，到处都留下了她无私奉献的身影。村里有孩子不幸得了白血病，她四处奔波，带领剧团演出募捐，帮助不幸家庭渡过难关。2014年，征兵工作开始，她领着剧团逐村宣传，并带头将自己未满20岁的孙子送到部队当兵，她说，只有部队才是最教育人、最好的地方，我们家的孩子有机会就一定要去当兵。

多年来，戚洪桂同志凭着自己的善良、朴实、无私和为党为人民工作的热情，做出了突出事迹。中央、西藏等广播电台，《解放军报》《大众日报》《西藏日报》等媒体先后做了宣传报道。省、市、县和西藏军区多次授予她各种荣誉称号和奖励。1993年，县妇联授予她“三八红旗手”称号；1994年，临沂地委、行署授予“沂蒙新红嫂”荣誉称号；1994年，西藏军区五六〇二三部队授予她“义务兵的好母亲”称号；同年，市妇联授予她“华联杯‘美好家庭’特别奖”荣誉称号；1995年，迟浩田为之题词“沂蒙红嫂情谊长，洪桂同志是榜样”；1996年，费县县委、县政府授予她“新时期拥军模范”荣誉称号；1996年，市妇联授予她“沂蒙十佳新红嫂”荣誉称号；1996年，山东省精神文明建设委员会授予她“文明户”荣誉称号；1997年6月，被山东省委、省政府、省军区评为“模范军属”；1997年10月，荣获临沂市委、市政府“敬老好儿女金榜奖”；1997年12月，被山东省双拥工作领导小组评为“全省百佳优秀士兵家庭”；2000年，县妇联再次授予她“三八红旗手”；2002年，荣获省“十佳兵妈妈”荣誉称号；2007年，被市妇联授予“三八红旗手标兵”荣誉称号。

为了报答党和人民对自己的关怀，每逢重阳节和春节，戚洪桂都会为老人们准备好衣帽，给他们带去关怀和慰藉；教师节到了，她就向学校老师献上笔和墨；八一来临，她更忘不了给西藏边陲将士们寄上鞋垫。作为一个普通的沂蒙农村妇女，她把一位军人母亲对党、对政府的深情厚谊藏在心底，表现在一桩桩小事中。而也正是从这一件件小事中，我们看到了一位平凡而又伟大的母亲对国家、对人民子弟兵、对父老乡亲热烈和深沉的爱。不是每个人都能几十年如一日专注于一件事情，不是每个人都能无条件地为他人付出关怀和真心。戚洪桂做到了，她是值得我们每个人学习和尊敬的沂蒙新红嫂。

戚洪桂慰问国旗护卫队的子弟兵

资料来源：山东文明办.http://archive.wenming.cn/zt/2008-11/03/content_14817177.htm；临沂市妇女联合会.http://www.lywomen.org.cn/new，2007-05-09；http://news.ilinyi.net/2015/0820/71626.shtml；孙海英，陈永莲.沂蒙精神与临沂革命老区跨越式发展研究［M］.济南：山东人民出版社，2017.

李秀莲：一片真情注双拥

李秀莲，1947 年出生，沂南县铜井镇范家庄人。几十年来，李秀莲爱党爱军，无私奉献，在平凡的岗位上做出了许多感人肺腑的事迹，谱写了一篇篇爱党拥军的动人篇章。1988 年 8 月，她被国家民政部、解放军总政治部授予“全国拥军优属先进个人”光荣称号，1993 年 3 月，她所在的鲁庄乡妇联被全国妇联评为“新时期拥军优属先进集体”。1991 年以来，她多次被市妇联评为“三八红旗手”，当选为第十四届、十五届临沂市人大代表，十六届省人大代表候选人。1996 年 8 月，被临沂市妇联评为“沂蒙十佳新红嫂”。2007 年，被县委组织部、县老干局授予“劳动模范”称号。2015 年，李秀莲家庭被省妇联、省民政厅、济南军区政治部评为“齐鲁心系国防最美家庭”。

在抗战时期，李秀莲的家庭就是当地有名的抗日堡垒户。从记事起，奶奶、母亲那爱党爱军的一举一动，就在李秀莲幼小的心灵里留下了深深的烙印。

1963 年，李秀莲从临沂矿务技校毕业后，积极响应党的号召，回到了家乡。因工作积极，她多次受到上级的表彰，并被评为优秀团支部书记。1965 年，她被县里作为青年干部培养对象，保送到省团校学习。在这期间，经人介绍，认识了家里弟妹多、母亲卧病在床的“五好”战士范遵训。李秀莲对他的家庭深表同情，也感受到了军人的付出与伟大。经过再三考虑，她顶着压力，毅然放弃了去省团校学习的机会，从沂河岸边嫁进了大山深处的珠宝庄。

结婚以后，李秀莲成了范家的顶梁柱，不仅积极参加集体劳动，还尽全力承担起全部家务。在她的操持下，弟弟妹妹顺利上完初中，并相继成家立业。她工作积极、尊老爱幼、团结邻里、乐于助人的优良品德，成为大家竞相学习的榜样。

沂蒙新红嫂真情暖军心。怀着对子弟兵的特殊感情和爱国热情，李秀莲像当年的“红嫂”支前一样，为南疆的子弟兵献上一颗爱心。她利用担任鲁庄乡妇联主席的便利条件，走村串户，动员姐妹们用实际行动支前。在她的组织带动下，全乡妇女先后寄出鞋垫等慰问品 24200 多件，发出慰问信近千封，仅李秀莲就寄送衬衣、毛巾等 50 余件，发慰问信 75 封。这些慰问品虽价值不高，但给子弟兵带来的精神动力却是无价的。有一位年仅 21 岁、名叫高登远的战士，当他收到李秀莲精心绣有“保卫祖国、杀敌立功”的鞋垫时，禁不住热泪盈眶。他把鞋垫放进贴身的衣兜里，用来激励自己在战斗中勇敢杀敌。在收复某高地的战斗动员中，他把鞋垫从衣兜中拿出，垫进鞋里，第一个报名参加了突击队。在战斗中，他和战友们机智勇敢地炸掉了敌人的 10 号洞口。当敌人组织反扑时，他为救战友，献出了年轻的生命。消息传来，李秀莲把英雄的事迹广为宣传，更进一步激发了妇女姐妹支前的热情。

此后，乡妇联每年八一都要给部队寄送鞋垫，而且新兵入伍，战士评上优秀士兵，立功受奖，乡妇联都要寄去鞋垫和慰问信，鼓励战士们在部队多立功。那一针一线精心绣制的鞋垫，凝聚着李秀莲等姐妹们对战士的深情厚谊，寄托着她们对祖国和平、人民安居乐业的美好心愿。20 余年来，在李秀莲的带动下，全乡累计为部队送鞋垫近 10 万双。

新红嫂拥军优属促和谐。20 世纪 80 年代中期，鲁庄乡因贫穷落后，乡里的姑娘们纷纷往外嫁。全乡 13000 多人，仅 30 岁以上的光棍就有 1000 多人，其中有许多是现役及退役军人。这不仅挫伤了青年人的参军积极性，更严重的是，有些现役军人因此不能安心服役，影响了部队的建设。

1985 年，李秀莲担任了乡妇联主任后，组织成立了“红娘”组，专门为现役和退役的大龄青年牵线搭桥。为了使“红娘”组的工作不流于形式，各组建立大龄男女青年的信息档案，定期召开碰头会汇报工作进展情况，制定了评比表彰奖励制度，“红娘”组在李秀莲的领导下，促成许多青年喜结良缘。范家庄有个在云南前线的大龄青年军人范茂起，因家中穷，“红娘”组一连介绍了几个对象都没成功，李秀莲亲自出马，四处张罗，终于在依汶镇给他找了个漂亮贤惠的姑娘。在李秀莲的鼓励下，姑娘主动去部队办喜事。从此，范茂起的干劲更大了，战斗中，他先后三次立功，并光荣地加入了中国共产党。

在李秀莲的带领下，“红娘”组共为412对大龄军人牵线搭桥，使他们喜结良缘，其中仅现役军人就有134对，不仅对社会的稳定和经济发展起到了积极的作用，同时也有力地支援了部队建设，为国防事业做出了积极的贡献。

在李秀莲的组织下，全乡又先后成立了“拥军优属服务组”和“义务帮工组”，为军烈属、残废军人做家务、干农活。每当农忙季节，李秀莲总是带领“义务帮工组”出现在田间地头，帮助乡邻抢收抢种。参加过淮海战役的老英雄范桂功，年老体弱，孤独一人，李秀莲就把他接到家中，十三年如一日，像亲人一样地照顾他，为他养老送终，受到了乡亲们的高度赞扬。李秀莲和广大妇女们爱党爱军的高贵品质和实际行动，使鲁庄乡拥军优属蔚然成风，青年人参军入伍争先恐后。十几年来，全乡共有200多名青年参军，其中60%转为志愿兵，退役回乡的青年在村里也成为建设山区的骨干。

沂蒙新红嫂爱党拥军永远在路上。李秀莲始终心系部队，情牵公益，退休后仍继续饱含深情地为部队建设、为社会和谐倾注心力，无怨无悔奉献余热。2001年退休后，她先后动员自己的侄子、外甥、孙子等亲属38人参军入伍。十几年来，为一批又一批的新老战士做心理辅导，帮助战士们迈过许多思想上的坎，走访军人家庭1000多户，帮助40多名军嫂、复员军人找到工作，资助230名失学女童，让她们重返课堂。她还利用业余时间到社区、学校给孩子们讲英雄模范故事，不遗余力地关心未成年人教育，传播正能量。

李秀莲总是说，拥军决不能少了拥军鞋垫，她说那不仅仅是鞋垫，更是一种精神，一种力量，一种军民鱼水情。做拥军鞋垫要用彩线一针一线纳出文字或图案，最后用缝纫机跑结实，很费工夫。临近“八一”建军节和新兵入伍的日子，为了赶制尽可能多的鞋垫，李秀莲经常挑灯夜战到天明。近几年，随着年龄增长，她深感有心无力，尤其是膝盖疼得厉害，有时连走路都成问题。她便开始发动亲朋好友、乡里乡亲一起动手做鞋垫，到拥军活动前再让儿媳妇骑电动车载着她走村串户收鞋垫，有的乡亲家路不好，电动车上不去，她都是让儿媳妇搀着她去，一定要当面谢谢人家。一直以来她都是自费购买布料、花线，有时还购买些点心、床单等物品答谢和她一起做拥军鞋垫的乡里乡亲。有谁知道，近几年，李秀莲送到各部队拥军用的鞋垫都是这样一双双做起来、收起来的！而这一双双鞋垫，又饱含了她多么深沉的拥军情！

“全国拥军优属先进个人”李秀莲向官兵赠送鞋垫。

“一枝独秀不是春，万紫千红春满园。”作为沂蒙红嫂协会的名誉会长，她深感沂蒙红嫂精神传承的重要性。因此，她除了身体力行，积极参加每年的拥军优属活动外，还发挥传帮带作用，让自己的女儿、儿媳加入拥军队伍，同时发动全县各行各业的妇女拥军。如今，在她的影响下，沂南这片奉献的热土活跃着一大批拥军优属的“沂蒙新红嫂”，而“爱党爱军、勤劳勇敢、忠诚坚韧、无私奉献”的红嫂精神，正在沂蒙大地熠熠生辉。

主要资料来源：孙海英，陈永莲.沂蒙精神与临沂革命老区跨越式发展研究［M］.济南：山东人民出版社，2017；沂南县妇联.http://www.lywomen.org.cn/info/1035/5827.htm.

王娟：坚守后方好军嫂

王娟系莒南县上峪子村人，女，汉族，1965年出生。1987年参加工作，任莒南县第一实验小学教师。

1989年春节期间，经本校老师介绍，王娟与解放军某部的年轻干部解玉泽相识，经过相互了解，两人志同道合。但有些同事提醒她："追求军人的热潮已经过去，况且解玉泽的家庭情况特殊，既有90多岁卧床不起的奶奶，又有患脑溢血后遗症而半身瘫痪的妈妈和因腰椎骨质增生而提前退休的爸爸，以及未成家立业的弟妹，困难很多，要慎重考虑。"王娟出身转业干部家庭，当时哥哥仍在服现役，她从小就对解放军有着深厚的情感。她认为，解玉泽是位军人，担负着保卫祖国的重任，本身就很光荣。而他的家庭困难是暂时的，自己能克服困难并处理好。于是，她不顾各种议论，在1990年10月和解玉泽结为伉俪，开始了她的军嫂生活。

为了让丈夫在部队安心工作，王娟在认真做好教学工作的同时，精心照顾三位老人，收拾家务，竭尽全力支撑起这个家。学校分给她一套住房，但她为了能及时照料老人，坚持和老人住在一起。每天王娟很早便起床，先忙着做饭，然后帮奶奶和婆婆穿衣、梳头、洗脸、吃饭，收拾完后匆匆赶往学校。中午、下午放学后，她不但要到市场买菜、赶回家做饭，而且还要给奶奶洗尿布。晚上老人们休息后，她才有时间批阅学生的作业，准备第二天要讲的新课。在她怀孕以后，有一段时间反应厉害，全身无力。偏偏就在此时，赶上老人生病，她就每天用地排车拉老人去医院，每次往返几公里路回来，总是累得腰酸腿痛。家中诸多困难，她从未向丈夫讲，鸿雁传书时，只报平安而已。1991 年 11 月，96 岁的奶奶去世时，担任连长的丈夫正忙于军训，迎接上级检查。王娟与公爹商量，没有将这一消息告诉丈夫，而是自己挑起了操办老人丧事的重担。几天下来，丧事办完了，家里人十分满意，可她却彻底累垮了，孩子也提前出生。就在这一年，丈夫所在单位受到上级的表彰，解玉泽也立了三等功。

选择军人就意味着有牺牲。只有军人的妻子，方能真正体会出这句话的含义。王娟为支持丈夫工作，付出了比常人更多的心血。1994 年春节前，丈夫来信说，因工作需要，不能回家过年。王娟为老人准备好年货、打扫卫生之后，于腊月二十九日带着孩子来到部队，和连队战士一起包水饺、搞联欢。她还从家里带了黏米面，让战士们吃到了具有沂蒙特色的迎春元宵。春节刚过，她又急急忙忙赶回莒南老家照顾老人。人家过春节都是合家欢乐，而她过春节往往是身分几处。对此，王娟始终无怨无悔。

王娟曾经对采访她的记者诚恳地说："我觉得，作为革命老区的儿媳，理应继承中华民族的传统美德，尽自己的义务，孝敬老人；作为军人的妻子，更应像革命战争年代的沂蒙老大姐们一样，支持和爱护人民子弟兵的事业；作为一名小学教师，要不断提高自身的政治、业务素质，努力教育、培养好祖国的未来，为沂蒙革命老区教育事业的腾飞，贡献出自己的全部力量。这是我的理想，更是我的行动，同时又是我内心始终不懈的追求。"

她是这么说的，也是这么做的。1994 年底，部队为王娟办理了随军手续，她被调到临沂市区的朝阳小学任教。虽然身在临沂，但她还是心分几处：她更加支持丈夫的工作，支持部队建设；更加关心家中的老人，每到星期天和假日，她总是回去看望老人，为老人拆洗衣物，搞好个人卫生。在教学工作中，为了培养祖国未来的接班人，孜孜不倦。在教学岗位上，王娟积极勤奋，1996 年被朝阳小学任命为音体学科带头人，所执教的三年级自然课，在期末考试中获得良好成绩。她曾获得兰山区教委研究室等单位颁发的自然学科教育教学一等奖、教育科研成果一等奖等教学科研成果。

王娟多次被居委会评为"好媳妇"，被丈夫所在的部队评为"军人好妻子”。多次被兰山区兰山办事处党委评为“兰山十佳女性”“优秀共产党员”等称号，并荣获“优秀教学奖”。1996年8月7日，王娟被临沂市妇联评为“沂蒙十佳新红嫂”，同时被授予“三八红旗手”荣誉称号。她的事迹也分别被《人民日报》《解放军报》等多家报纸宣传报道。

主要资料来源：1996年《临沂年鉴》；中共临沂市委．沂蒙红嫂颂[M]．北京：中央文献出版社，2002.

李桂兰：责任担当多奉献

几十年来，一位普普通通的农家妇女用纯真与善良编织着富足的理想，被乡邻誉为致富路上的带头人。她用忠贞与挚爱续写着沂蒙妇女爱党拥军的传奇，荣获“沂蒙十佳新红嫂”称号。她就是沂蒙新红嫂李桂兰。

李桂兰，1946年4月出生于临沂市的刘店子乡坊上村。爷爷李玉绍上过私塾，抗日战争时期为我军提供过情报，一生为百姓办过许多实事，是一位开明人士；父亲李宽曾参加过支前队，中华人民共和国成立后担任过村干部。长辈的言传身教，使她从小就养成了勤劳、善良、贤惠的品格。童年时代的李桂兰，由于受祖父的影响和当村干部的父亲的熏陶，幼小的心灵里深深地埋下了爱军的种子。村里的李恒发老人，身体多病，老伴去世，儿子李学士参了军，家里只剩下他一个人，生活不能自理。当时13岁的李桂兰得知此事，征得父母的理解和支持后，每日为李大伯送饭，为老人洗脸，捉虱子，直到老人故去。

20世纪60年代末，经人介绍，李桂兰与王十二湖村的青年王宝之相识相恋，并于1971年结婚。王家是一个清苦的家庭。年迈的婆婆疾病缠身，常年卧床不起。全家穷得就连买盐打油的钱也没有。面对困难，李桂兰无怨无悔，毅然挑起了家庭的重担。在生产队，她抢着干重活脏活。收工回家，她把贫困的家庭拾掇得干净利落。1982年，李桂兰已是3个孩子的母亲，生活的负担更加繁重。此时婆婆的病到了后期，一时一刻也离不开人。李桂兰给婆婆擦屎端尿，整天在老人身旁伺候，直到老人安详地故去。提起李桂兰对婆婆的孝敬，邻居们都夸老王家娶了个贤惠的好媳妇。

她是一个要强的人。1982 年，农村实行家庭联产承包责任制后，李桂兰家粮食打足了，还喂了 5 头猪，当年收入 3000 余元。年底她从临沂城买回了全村第一台缝纫机，靠着自己的悟性和灵巧的双手搞起了服装加工，从此生活水平逐年提高。

1985 年，老百姓都能填饱肚子，可大多数人手头的零花钱还是很紧巴。日子富裕起来的李桂兰时常琢磨着：自己家靠缝纫手艺致富，但是一家富了不算富，大家富了才是富啊！我何不把自己的手艺传给乡亲们，让大家一同致富？于是李桂兰就办起了王十二湖村第一个缝纫学习班。她在招生广告中还特别注明：“凡军人家属及子女，或家庭困难者免费入学。”

办缝纫班可不是件容易的事。一开始，李桂兰自己写了几张广告，叫丈夫王宝之去贴，当时老王思想有些保守，怕丢人。李桂兰想：向群众传授技术，凭手艺挣钱，有什么可丢人的？于是，她自己去贴。现在看来贴广告是很正常的事情，可在当时，许多人觉得李桂兰这样做不可思议。有的人挖苦说：“一个家庭妇女，不就是给人家缝缝补补，还想办班当老师、赚大钱，不可能办到吧！”李桂兰听到这些闲言碎语，心里很不是滋味。但她是个生性要强的人，看准的事，要么不办，要办还一定办出个样子来。用她的话说：“我没有水平，但我有毅力和决心，我瞅准的路一定能走好！”

刘店子乡，自古以来民风淳朴，但人们的文化水平普遍偏低。计算、画图、裁剪、缝纫每个环节技术性都很强，对于初学者来说，并不是件容易的事。有的学生刚来时连简单的算数都不会。可李桂兰非常有耐心，不识数的就先教会她们阿拉伯数字，再教会她们身长、胸围、领围、袖长、总肩、裤腰、竖裆、横裆等专业名词用语。不认识尺码的，李桂兰就一分一厘，手把手地教。一分耕耘，自有一分收获。1985 年，李桂兰所办的两期缝纫班中的 46 名学员都能独立操作，走出了缝纫班，奔向社会。春去夏来，几度寒暑。李桂兰共办了 13 年的缝纫班，教出的学员多达 2000 人。如今这些学员有的当上了缝纫老师，有的开起了服装加工店，靠缝纫技术走上了致富路。

李桂兰常说：“十人帮一人好帮，一人帮十人难。我只能尽自己的最大努力去做。”她是这样说的，也是这样做的。1990年，李桂兰和丈夫王宝之承包了刘店子乡建筑队的3间门头。丈夫在预制厂工作，李桂兰在门头办缝纫班。当时门头与刘店子乡医院对门，医院里每天都有病号。凡病号有缺水、缺碗筷的都去她家要，她从不厌烦。1990年1月，莒南县早丰河村的一位妇女生孩子，来得匆忙，什么也没带，当时天还不亮，小孩的姥姥敲开了李桂兰的门：“我闺女生了孩子，没吃没喝，我想向您要点儿开水给她喝。”李桂兰安顿好老人，一会儿就给她烧了一锅小米汤，放上5个鸡蛋，再加上红糖给她送去。生孩子的一家人非常感动，连声道谢。那时候，农村电力供应紧张，停电是常有的事，晚上一停电，医院里的病号就去李桂兰的门头买蜡烛，她都是无偿地送给他们一盒火柴，一支蜡烛。后来，李桂兰干脆叫丈夫到临沂批发了几箱蜡烛、火柴，免费供应病号和过路人。事虽不大，却给人方便，温暖人心。

1993年春天，李桂兰和丈夫用多年的积蓄盖起了8间大瓦房，准备一半自己住，另一半留给儿子结婚用。1995年，当兵复员的王有欣父母年事已高，家庭困难，无力盖新房，婚事一直没有解决。李桂兰看在眼里，急在心头，和丈夫商量后，把房让给王有欣3间，并叫他到自己的厂子里干活，又张罗着给他找对象，帮王有欣娶了媳妇。

俗话说：“清官难断家务事。”可李桂兰就连婆媳不和、妯娌矛盾都过问。村民王树丕的家属以前和公婆经常吵架，李桂兰三番五次地去做双方的工作，化解了矛盾。后来，王树丕家还被评为精神文明户。如今，王十二湖村的村民，不论谁家有个家长里短，都想找李桂兰说，因为她是热心肠，是村民的贴心人。

李桂兰在办缝纫班的13年中，免费为500多名军属及子女传授技艺，使他们学到一技之长，走上了致富路。从买了缝纫机开始，她就用线头、布块缝制鞋垫，邮寄到部队，送给人民子弟兵。几十年来，她究竟缝制了多少双鞋垫，人们已无法统计，就连她自己也说不清了。

李桂兰让高中毕业后的儿子王有成放弃高考上大学的机会，参军入伍。儿子当兵那年，正是李桂兰承包预制厂的第一年。家里人手不够，丈夫的身体又不好，可李桂兰宁肯花钱雇人干活，也要让儿子当兵。因为她认准一个理：没有军队保卫国家，就没有小家的安宁和富裕。儿子入伍后，不负李桂兰的希望，1993 年入党，1995 年考取军校，并连年获得“优秀士兵”称号，现在王有成已是一名指挥官了。李桂兰常对儿媳说的一句话是，“国事再小是大事，家事再大是小事，别让有成在部队分心”。这短短的话语，流露出她高尚的爱国拥军情操。

李桂兰爱国拥军、乐于助人、无私奉献的事迹，受到了人民群众的赞扬，各级党委政府也给予她应有的评价。1987 年，被评为临沂市“三八红旗手”；1994 年，被评为临沂市“双学双比能手”；1996 年，荣获“沂蒙十佳新红嫂”和“三八红旗手”称号。

主要资料来源：1996 年《临沂年鉴》；中共临沂市委 . 沂蒙红嫂颂［M］. 北京：中央文献出版社，2002；徐东升，等 . 基于沂蒙精神育人的社会主义价值观教育研究［M］. 济南：山东人民出版社，2015.

周志玲：创业拥军样样强

周志玲，女，汉族，临沂市兰山区人。这位共和国的同龄人，先后送丈夫和两个子女参军。在爱党拥军方面，无愧于“新红嫂”的称号；作为基层的党支部书记，在改革开放的大潮中，堪称一名创业女强人。周志玲干事创业与爱党拥军两不误，堪称新时代沂蒙妇女的楷模。

1968 年冬，年仅 19 岁的周志玲，怀着纯真朴实的感情，动员正在热恋中的未婚夫参军。未婚夫担心家中父母年老多病，无人照管，话未启齿，周志玲早在预料之中：“家里老人的事有我呢，你就放心去吧！”就这样，在她的动员和支持下，未婚夫到新疆伊犁服役。

周志玲从小失去母亲，家中有年迈体弱的老父亲、年幼无知的小妹妹，婆家有年老多病的公公婆婆，两个家庭的重担过早地落在了她一人肩上。她料理家务，赡养老人，扶助幼小的妹妹，还担任村里的“赤脚医生”，参加繁重的农业劳动。这一切，她都心甘情愿地承受了，而且无怨无悔。3 年后，未婚夫回家探亲，他们幸福地举行了婚礼。蜜月没过完，周志玲便催着丈夫返回了部队。

1972 年 12 月，由于超负荷劳作，周志玲早产，生下一男一女双胞胎。她立即把喜讯传给丈夫。丈夫欣喜之余，从万里之外给女儿起了个乳名“伊犁”。从此，周志玲除了照顾两家老人，还把抚养一对弱小儿女的担子挑在了肩上。

20 多年后的 1994 年，周志玲怀着对人民军队的无限深情，将两个孩子同时送到部队。她认为："当兵是每个青年应尽的义务，孩子不经过艰苦环境的磨炼不会成器。年轻人不能贪图舒适的生活，只考虑个人的得失而忘记保卫祖国的历史责任。"她经常写信给远在黑龙江某部的儿子和在济南军区某部的女儿，勉励兄妹俩要服从安排，团结战友，努力学习，积极工作，为部队争光，为家乡父老争光。两个孩子都很争气，当儿子把戴着大红花的"模范战士"照片寄回家，女儿把光荣入党的喜讯传回家时，她热泪盈眶……周志玲不但送丈夫、子女入伍，而且积极动员本居委的优秀青年参军。多年来，三里庄居委应征入伍的青年，在兰山区金雀山办事处不仅数量最多，而且质量最好。

周志玲曾经担任三里庄居委党支部书记兼临沂市金达实业总公司总经理。在任期间，她认真贯彻执行党的路线、方针和政策，带领干部群众在社会主义现代化建设中，艰苦创业，顽强拼搏，使三里庄成为金雀山办事处的龙头村居，连年被县级临沂市委、市政府评为"先进单位"，被临沂地委授予"九间棚式先进党支部""地级文明单位"等光荣称号。

周志玲在落实优扶政策，在拥军优属、军民共建等方面做了大量工作。她积极做好退伍军人的安置工作，为发挥退伍军人在社会主义物质文明和精神文明建设中的作用，根据他们的特长，先后安排多名退伍军人担任村办企业的厂长、经营厂长和经理，并吸收退伍军人进入党支部。

同时，周志玲还尽力做好烈军属及复员军人的工作。对退伍军人和烈军属，周志玲总是关怀备至。平时，她经常组织青年、妇女、民兵和群团组织负责人，对烈军属进行走访慰问，及时为他们排忧解难。烈属周玉兰不慎摔伤，周志玲亲自安排其住院，并亲自到医院护理。军属何连启失去老伴，本人身患残疾，家庭生活较为困难，她又亲自把自家的被褥和衣物送去，还经常照料其生活。何连启老人非常感动地说："我的儿子当兵在外。你对我的照顾比儿子在家照顾得更好。"周志玲还注重加强军民团结，做好军民共建工作。三里庄居委范围内驻有武警临沂支队和临沂军分区教导队，居委和部队始终保持着密切的关系。周志玲经常和居委的负责人到部队慰问、搞联欢，帮助部队官兵解决家属就业、子女入托和上学，以及住房困难等实际问题，并和临沂驻军五四八九八部队的二连开展军民共建活动，使军民关系亲如鱼水。因此，周志玲又被临沂市妇联授予“拥军模范”称号。

周志玲本人先后被评为省、地、县级劳动模范、省“三八红旗手”“优秀共产党员”“山东省十佳女农民企业家”和“全国优秀女农民企业家”等称号。1993 年，她光荣出席了全国第七次妇女代表大会，受到江泽民、李鹏等党和国家领导人的接见。1996 年 8 月，周志玲被临沂市妇联评为“沂蒙十佳新红嫂”，同时被授予“三八红旗手”荣誉称号。

主要资料来源：《临沂年鉴》1996 年；中共临沂市委. 沂蒙红嫂颂 [M]. 北京：中央文献出版社，2002.

庄子茹：拥军优属美名扬

庄子茹，女，汉族，1947年11月生，曾任莒南县大店镇七村党支部书记。她在带领群众发展生产的同时，积极做好拥军优属工作，被人们传为美谈。

1980年，庄子茹担任了村妇代会主任，从此，她把照顾村里烈军属和残疾军人的工作主动揽了过来，并作为一项制度坚持下去。逢年过节，她总是从家里拿出钱，买上慰问品到这些人家慰问。阴雨风雪天，还坚持到这些人家察看房屋有无漏风漏水现象，一经发现，及时组织人维修。对年龄较大、生活不便的老人，她坚持为他们拆洗被褥和衣服，照顾饮食起居。1992年，庄子茹担任了村党支部书记，虽然工作任务重了，但她拥军优属的做法依然不改，不但自己以身作则，还带领全体村两委成员共同照顾好优抚对象们的生活。对村里的老人、烈军属，庄子茹像对待自己的亲人一样。村里80多岁的彭大娘，家里没有劳动力，每逢过年过节，庄子茹总是带着钱、物去看望，大年初一送饺子，八月十五送月饼。平时还常去帮大娘挑水、扫地、打扫卫生。彭大娘逢人就夸："庄书记比俺亲闺女还亲！"有一次，当庄子茹听说附近左家官庄的庄军兄弟俩因家中困难，上不起大学，两个孩子急得直掉眼泪时，她先后拿出近1000元帮弟兄俩上了大学。

1994年度征兵一开始，庄子茹就动员刚刚高中毕业的儿子李向阳参军报国。可儿子到部队不久，家中发生了两件大事：从小由她拉扯大的小叔子因车祸不幸身亡；丈夫骑摩托车不慎撞在电线杆上，身负重伤，住院动了手术。在此情况下，有的家人要往部队发特急电报，叫向阳回家帮忙。

庄子茹坚决不让，办理丧事，照顾病人，所有事情都由她自己一身担了起来。丈夫伤愈出院一年多，庄子茹始终对在部队服役的儿子守口如瓶，免得儿子得知后分心影响了工作。后来，有个附近村庄的战士探家归队后，将她家的情况向部队党组织做了汇报，部队首长才明白了庄子茹的一片苦心。果然，儿子不负众望，年终，一张“优秀士兵”的嘉奖令从千里之外飞到了家，庄子茹和丈夫捧着喜报，不禁相对无言，喜极而泣。

在担任党支部书记时，庄子茹带领村里的群众共同致富，受到村民的一致好评。她认为，作为一名党支部书记，要全心全意为人民服务，永做人民的公仆。庄子茹常说：“俺是在共产党关怀下长大的，又是在党的好政策指引下富起来的，所以，俺时刻不忘党的恩情。”多年来，村里建学校、修路、修水渠等，每一项工程都有她资助的钱。1998 年长江流域遭受特大洪水，她拿出 1300 元献给灾区人民。

庄子茹在带领村民发家致富和建设社会主义两个文明的道路上，付出了一般女人难以付出的辛劳。正因为如此，她赢得了干部群众的称赞和莒南县各级党委和政府的肯定，并连续 7 年被莒南县委和县人民政府评为“先进工作者”“优秀共产党员”等荣誉称号。1996 年 8 月，庄子茹被临沂市妇联评为“沂蒙十佳新红嫂”，同时被授予“三八红旗手”称号；2000 年，她又获得全市“五好文明家庭户”称号。

主要资料来源：1996 年《临沂年鉴》；中共临沂市委．沂蒙红嫂颂［M］．北京：中央文献出版社，2002.

王步英：一片真情付家国

在郯城县高峰头镇长疃村，只要一提起一等伤残军人赵运贵家，全村人没有不羡慕的：运贵的弟弟入伍后表现突出，转为志愿兵，转业到县直某单位工作；他的两个儿子，先后到部队服役；全家住在12间宽敞明亮的大瓦房里，日子过得红红火火。但大家在羡慕的同时，更多的是夸赞能使这个家庭过上好日子的当家人——王步英。

王步英的丈夫赵运贵1969年入伍，1973年11月在河北省张家口因公受重伤，致使高位截肢。他原本可以留在部队治伤疗养，可他不愿意给部队增添负担。在他的再三要求下，部队领导只好同意了他回家养病的要求。赵运贵全家5口人挤在两间破草房里，母亲还患有严重的心脏病，弟弟刚11岁，妹妹才7岁，这个家全靠年迈的父亲支撑着，一家人真是老、弱、病、残都占了。赵运贵为了尽量少给家庭增添负担，坐在自制的轮椅上时常出现在田间地头，帮助老父亲干一些力所能及的农活。这种顽强的精神深深感动了本村姑娘王步英——她不但人长得漂亮，还有一副好心肠，当时追求她的小伙子真是数也数不清。王步英想：运贵虽然残废了，可他有比正常人还要坚强的毅力，有一种宽广的胸怀。为了不让这位功臣再受委屈，为了使这个家走出困境，经过几天的深思熟虑，她毅然决定嫁给他。当她把自己的想法告诉父母时，两位老人怎么也想不通，甚至以断绝父女、母女关系相威胁。消息传开后，村里一片哗然，有些人说她傻到顶了。面对压力，王步英并没有改变自己的初衷。在这种困难的时候，她想到了组织。

在当时公社党委领导的劝说下，两位老人终于答应了这桩婚事。

王步英到赵家做的第一件事就是让丈夫站起来。在上级的帮助下，赵运贵的伤口刚愈合就装上了假肢。可假肢像钢针一样往肉里钻，赵运贵实在受不了时就想把假肢卸下来，王步英眼含着泪，动情地说："不是想让俺过上好日子吗？不是想减少国家的负担吗？不是想让自己早日站起来吗？再苦再痛也要坚持住啊！"在王步英的鼓励和帮助下，经过两个多月的艰苦锻炼，截肢愈合面上终于长出了茧皮。这两个月里，王步英搀扶着赵运贵，时刻陪伴在他的身旁，唯恐有半点闪失再给他添新伤。功夫不负有心人，当赵运贵自己一个人站在门口时，乡亲们都赞叹说："是步英让他长出了这条腿，这样的好媳妇真是打着灯笼也难找啊！"

赵运贵虽然能站、能走，但由于截肢太多，站，最多能坚持几分钟；走，最多能走十多米。根据赵运贵的实际情况，上级民政部门给他按月送来生活费和护理费。如果王步英贪图安逸，维持正常的生活水平没有什么困难，可王步英却不这样想，她说："图安逸我就不嫁到赵家了。我要靠自己的双手让这个家真正富起来！"她除了照顾丈夫、病重的婆婆和种好责任田以外，又承包了 6 亩多山坡地。她天不亮就起床，做好够一天吃的饭菜后就忙着下地干活。在娘家时，她有 4 个哥哥，家里的重活、累活用不着她伸手，现在什么事都得自己干。地里的青菜到了上市的季节，每天凌晨 3 点她就用三轮车拉着青菜，赶到县城的菜市上销售。为了卖上好价钱，她有时凌晨 2 点钟就上路，翻越马陵山到江苏省东海县去卖。一次在向山顶走时，由于带的菜太重，三轮车的前轮翘起，连人带车摔到了山沟里，所幸没有伤得太重。为了增加收入，王步英又购来两头小猪，把花生秸、干菜叶等粉碎了喂猪，后来猪年年增多，最多时一年养了 22 头。正是靠着自己的辛勤劳动，王步荣带领全家过上了衣食无忧的生活。

1976 年的秋天，农活基本上忙完了。一般的家庭妇女都在家操持些家务，王步英非但没有休息，而是带上干粮、铁锹、锤子登上了村东的马陵山。她清楚，现在虽然有房子住，可早已破旧不堪，难挡风雨，家里经济还不宽裕，自己采石头盖房子能省些钱。看着为这个家日夜操劳而日渐消瘦的爱妻，赵运贵的心也在流血，连走路都吃力的他，不顾妻子的反对，硬是也爬上了山顶。人们经常看见他们夫妻俩在山坡撬石头、运石头。日积月累，终于盖起了4间新房。以后的几年里，夫妻俩又盖起了4间大瓦房，彻底解决了全家人的住房问题。

婆婆在王步英结婚后18天就去世了，步英就像亲娘一样把小叔子、小姑子拉扯成人。小姑子谈婚论嫁的时候，王步英出钱为她做嫁衣、买嫁妆，看到嫂嫂比亲娘想得还周到，小姑子感动得直抹泪。王步英却平静地说："经过这几年的努力，咱家也有了一点儿积蓄，别人家姑娘有啥咱就有啥，不能让大家看不起，这都是俺应该做的。" 嫂子没白没黑地操持这个家，小叔子赵运湖从内心里感激嫂子。1983年初中毕业后，赵运湖到了应征入伍的年龄，本想参军报国的他深知哥嫂的困境，就打消了应征入伍的念头。王步英知道后严肃地说："我顾的是小家，参军卫国才是为大家。"在她的动员下，赵运湖光荣入伍，临行前嫂子叮嘱说："好好干，为我们家争气，为乡亲们争光，为国家立功！"赵运湖没有忘记嫂子的话，他在部队各方面表现突出，转为志愿兵，转业后国家为他安排了工作。

随着两个儿子一天天长大，王步英心中充满了希望，在家庭的熏陶下，两个儿子也都非常向往绿色军营。大儿子赵开辉初中毕业后也到了应征入伍的年龄，王步英说："当时，俺真舍不得让他去当兵，他能替俺干一些重活了，他弟弟还小，家里太需要劳动力了。可是俺又想应该让他去参军，再苦再累也得保卫国家呀。"就这样，1995年她又把大儿子送到了部队。

随着年龄的增长，王步英的身体也渐渐不如以前了，她说最怕农忙下雨了。有一次她下地干活，丈夫在家照看晒粮，突然间天空阴云密布，她撂下手中的活就往回跑，回家一看丈夫正吃力地堆粮食，小儿子像小泥猴似的在大哭。眼看大雨将至，想想这些粮食是一年的口粮啊，她急得直掉眼泪。在众乡邻的帮助下，才免遭损失。即使在这种情况下，王步英也从不向大儿子诉一声苦，每次给他写信，都忘不了嘱咐儿子好好干，告诉儿子家中一切都好。儿子没有辜负她的期望，四年中年年都被评为优秀士兵，荣获三等功一次。退伍后，儿子被安排在县直单位工作。2001年征兵工作刚开始，王步英又让二儿子报名应征，穿上绿色的军装走入军营。

王步英是平凡的，但是她又是不平凡的，她在努力过好自己的日子的同时又心怀国家。她没有轰轰烈烈的壮举，但是她在一件件小事中把对亲人和国家的最真挚的情感表达得淋漓尽致。1996 年 8 月，王步英被临沂市妇联评为“沂蒙十佳新红嫂”，同时被授予“三八红旗手”荣誉称号。

主要资料来源：《临沂年鉴》1996 年；中共临沂市委. 沂蒙红嫂颂［M］. 北京：中央文献出版社，2002.

赵彩云：彩云飘入军营中

赵彩云，1954年6月出生于内蒙古自治区开鲁县一个满族的农民家庭。1992年随军来到沂蒙山区。在个人生活中，她选择了军嫂这条漫长的道路，支持丈夫献身国防事业。她既是支持军人丈夫事业的一块坚强基石，又恪尽职守，努力做好自己的本职工作。

赵彩云从小就有一个军人梦。1980年，她经人介绍认识了军人张凤凌，那时候论职务张凤凌比她还低一级，但赵彩云认为，既然没有机会当一名解放军女战士，就当一名军嫂，这也是对国防建设的一种贡献。因而她毅然嫁给了张凤凌，圆了她的军嫂梦。当然，她也深知做军嫂多么艰难，作为一个现役军人家属，首要的就是甘愿做出牺牲和奉献。漫长的两地生活，孝敬父母、抚育子女，家中的千斤重担都落在了她一个人肩上。为了支持军人丈夫的事业，赵彩云心甘情愿地做出了一些牺牲。

1985年3月，张凤凌随大部队开往云南老山前线。那时赵彩云正在开鲁县妇联工作。有一天，突然收到一封丈夫从云南寄来的信，信中写道："彩云，当你收到这封信时，我已经上了前线阵地。我是一名炮兵参谋，经常要到前沿阵地侦察敌情。战争是残酷的，如果有一天，我真的'永远守在阵地上'，你也不要太伤心。父母交给弟弟妹妹照顾，但你要把咱们年幼的女儿照顾好。另外，和我们一起参战的29名干部的家属，你算是她们的老大姐了，要给她们树起好榜样，多做她们的思想工作，有困难大家帮着点儿。"

此时此刻，她的眼泪禁不住簌簌流下，心里像塞了铅一样沉重，肩上也沉甸甸的，吃不下饭，睡不着觉，坐立不安，除了自己不满 2 岁的孩子要照顾，29 位参战干部的家属和孩子也都需要照顾。丈夫既然在信中把这摊子工作托付给她，于是她决心尽一切努力将这些工作做好，让在前线作战的亲人们放心，好集中精力多打胜仗。第二天，赵彩云就向组织请了假，抱着女儿宁宁来到地处沂蒙山区的沂水县炮团军营。

由于部队都上了前线，军营里除了几个留守人员以外，全是妇女和孩子。这些人都没经受过战争考验，因而大家一时都不知道如何去做才好。赵彩云来到部队以后，先是挨家逐户走访谈心，继而把这些姐妹们约在一起，大家互相说说宽心话，又一块打毛衣、绣鞋垫，并把前线打胜仗的消息读给大家听。大家的情绪终于稳定了下来，29 个军嫂团结得就像亲姐妹一样。她们 29 个人联名给前线将士写慰问信，给他们寄去一双双绣有“忠心报国”的鞋垫。部队首长称赞赵彩云是妇女同志们的“政治委员”。有一天，军嫂李圣英听说丈夫在前线负了重伤，哭闹着要赵彩云和她一起去前线看望。在战事紧张的情况下，军人家属去前线，会给部队增添麻烦。因此，她多方面做李圣英的思想工作。她说：“你爱人负了伤，我丈夫正在炮火连天的前线，你当我不着急！在这种情况下，咱当军人家属的更得沉住气，宁愿把泪水咽在肚子里，也别让亲人分心，咱应该以实际行动为军功章增光添彩，这就是对丈夫的支持。”经耐心开导，李圣英终于想通了。

在部队赴前线参战的那些日子里，赵彩云由于天天忙着和军嫂们谈心拉家常，帮助她们解决生活中的实际困难，自己的家务顾不上料理。有一天，不懂事的女儿把感冒药错当成食母生吃了，发生了药物中毒，孩子在医院里抢救了三天三夜才醒过来。这三天三夜中，她没合眼，水米没沾牙，姐妹们轮流陪伴着她。有人向她建议，给孩子的爸爸打个电话，但赵彩云说：“部队上任务正紧，他回来也帮不上什么忙。何必让他一颗心两下里挂！家中的事自己承担吧！”

1986 年 6 月，驻沂水县马站的炮团从老山前线凯旋。张凤凌小心地从提包里拿出一枚军功章轻轻地戴在赵彩云胸前，热泪盈眶地说：“真不知如何报答你，彩云。歌中说军功章啊，有我的一半，也有你的一半，其实应该都是你的。”她听到丈夫质朴的话语，心里热乎乎的，一种从没有过的自豪感涌上心头，真正体会到做一个保家卫国的军人妻子的自豪与伟大。

1991 年，丈夫张凤凌升任驻沂水县马站的炮团团长，他肩上的担子更重了。为了支持他做好部队的工作，家中的所有事情赵彩云都不让他分心。1992 年初，她和孩子到马站炮团探亲。一天，在团里蹲点的师政委来到她家，对她说：“小赵，你随军过来吧！凤凌是一团之长，部队一摊子工作离不开他呀！你俩总得有个做出点儿牺牲的吧！”这事赵彩云已经早有思想准备，因而就爽快地答应了，说：“政委，你放心吧！俺是在基层做了多年群众思想工作的人，俺心里有杆秤，哪头轻，哪头重，俺还掂量得出来，既然组织上把凤凌放在这个位置上，俺绝不扯他的后腿，甘愿为他做出牺牲。过几天俺就回去办手续！”师政委听了她的话，满意地笑了。

那时赵彩云在开鲁县城建局担任工会主席，单位分给她一套 90 多平方米的房子，出入有车子。这一随军，势必丢了好位子，没了车子，让了房子，苦了孩子，恼了父母。有些亲朋好友也劝她说：“都什么年代了，还随军过苦行僧式的生活，就凤凌当前在部队里的这个职位，转业到地方上，也不见得能安排你现在这样一个好位子。”但赵彩云认为，不管在什么情况下，保卫国家安全是第一大事，总得有人为此献身，人要光为自己打算，都贪图好条件，国家大门由谁来守？她做通了亲朋好友的工作，于同年 3 月办理了随军手续。

随军来到沂蒙山区后，组织上安排赵彩云担任沂水县马站镇党委副书记。她决心在沂蒙山区这块为了民族解放和中华人民共和国的建立做出巨大贡献的热土上，为社会主义建设做出新贡献。到当地时间不长，当地人就热情地称她为“沂蒙好军嫂”。

在马站镇党委，赵彩云分工负责镇党委机关和财政工作。她工作认真，任劳任怨，大公无私。针对基层的招待费开支逐年增高，仅马站镇一年招待费就高达六七万元的实际情况，赵彩云觉得这都是老百姓的血汗钱，因而她及时向党委建议，狠刹吃喝风，严格控制招待费开支。镇党委对她这个建议非常重视，立即制定了措施，同时规定了乡镇干部下基层严禁在村里就餐。这两项措施一出台，不但使镇里的招待费降低了 60%，而且刹住了各村的吃喝风，减轻了农民群众的负担。对马站镇的做法，沂水县委领导做了充分肯定，在马站镇召开了现场会，并向全县进行推广。

赵彩云认为："作为一个当家理财的人，如果仅仅能把住花钱关是很不够的，必须要广开财源。"在她的带领下，马站镇政府在抓财源建设上狠下了一番功夫，大力抓了乡镇企业这个支柱财源，因地制宜，在镇驻地抓了商贸一条街建设，同时就地取材办起了选矿厂；狠抓了黄烟、果品、桑蚕等农业财源。1992 年前，全镇财政收入仅有 80 万元，1995 年底全镇财政收入已达 565 万元，其中，预算内财政收入突破了 300 万元大关。

赵彩云从城市来到山区农村工作的几年中，仅上下班和到农村工作骑自行车行程已达 4 万多公里。无论她走到哪里，人们都把她作为一个沂蒙大嫂对待。1994 年 5 月，赵彩云父亲因患脑溢血去世，她回去料理父亲的丧事，尽管路途遥远，仍牵挂镇里的工作，仅住了一个星期就回来了。因为她已经把自己和马站镇七万父老乡亲紧密地联系在一起，深知自己肩上承担的责任，为了铺平"富民强镇"的大道，必须以百倍的努力，忘我地拼搏工作。

对于工作，赵彩云称得上勤勤恳恳，家中的事情也从不要丈夫分心。她不但给孩子辅导功课，操持家务，而且和军营大院的军嫂们关系相处得更为融洽。大家有话都愿意找她说，有的人到今天还戏称她是"后勤政委"。一分耕耘必有一分收获。赵彩云的丈夫张凤凌事业有成，他所带领的炮团，连续几年获得集团军军事训练先进单位；她本人也连年被评为模范军嫂、优秀干部，受到沂水县委、县政府的表彰；女儿也被学校评为"三好学生"。1996 年 8 月，赵彩云被临沂市妇联评为"沂蒙十佳新红嫂"，同时被授予"三八红旗手"荣誉称号。1998 年 6 月，因工作需要，赵彩云调任荣成市财政局副局长。她诚恳地说："今后我一定不辜负沂蒙老区人民对我的殷切希望，加倍努力工作，为祖国美好的明天奉献出自己的光和热。"

主要资料来源：《临沂年鉴》1996 年；中共临沂市委. 沂蒙红嫂颂[M]. 北京：中央文献出版社，2002.

潘秀兰：大爱无私多奉献

1970年，潘秀兰出生于费县南张庄乡前石沟村，农村淳朴的民风塑造了她勤劳善良、甘于奉献的品格。她的父亲潘宗顺曾经是一名军人，在孟良崮战役中失去了左腿，被定为一级伤残。尽管如此，父亲却把自己连同子女四人的国库粮补贴指标捐了出去，这让小小年纪的她很受震动。“父亲打小就告诉我们人要学会感恩，不能忘了本，不能忘了共产党。”潘秀兰说正是因为受父亲的熏陶，所以她从小就对军人有一种特殊的感情。

1999年冬天，29岁的潘秀兰在一个偶然的机会下接触到了北京门头沟区潭柘寺某部。这个分队的条件十分艰苦，官兵在萧瑟的寒风中还在坚持站岗巡逻。她感动于官兵们的辛苦，心疼他们在前方保家卫国的不易，那时她就迫切地想通过自己的力量为这些官兵们做点儿什么。从北京回来以后，她辗转反侧难以入眠，想到自己当裁缝的手艺，她决定给北京的官兵们缝制鞋垫。从那时起，几乎每隔一个月她就要给北京邮寄几十双鞋垫，还有她亲手挑拣的金银花茶和自家产出的农产品。后来，潘秀兰的三个女儿依次出生，家庭的重担让她不得不暂时停止了发往北京的包裹。但是后来女儿们慢慢长大，她又按捺不住爱党拥军的心情，开始带着女儿们一起送新兵、做鞋垫。俗话说，礼轻情意重，这一双双鞋垫饱含着潘秀兰一家浓浓的拥军情。

潘秀兰被人交口称赞的，不仅是她二十年如一日的爱党拥军，更是她对周围人无私的爱护和奉献。从2014年开始，她每个月都会带着女儿们一起绕过崎岖的山路到偏远的地区给行动不便的孤寡老人义务洗头理发，陪着老人们说说话解解闷。一年夏天，酷暑时节，她和女儿去给瘫痪在床的老人理发时，因为屋内空气闷热而中暑，但她还是坚持又服务了两位老人后才回到家中休息。石井镇东裕村有一名生活不能自理的精神病患者，生活困难，她就帮他赶制了一套冬衣，送去自己的关怀。

新红嫂潘秀兰为老人义务理发

一路走来，总是有人说潘秀兰是个傻子，自己一家人还住着租来的平房，也没有个像样的车，可是对于需要帮助的人却倾囊相授。“我觉得这个社会需要我这样的傻子。”她说。她这些年忙着去帮助别人，却忽略了对自己小女儿的照顾，尤其是她出去做义工的时候经常把小女儿托给别人照看，每次晚上回来看着女儿哭着喊妈妈，她总觉得对家人亏欠太多。但是，这些都没有阻挡潘秀兰的无私奉献之路。

有一次，面对记者的采访，当记者和潘秀兰聊起她近二十年的拥军史时，潘秀兰做了这样的表达：“我做这些事情从来没有想过图什么，就是想找到我人生的意义。我想通过我的行为让更多的善行得以传承和弘扬，让更多的家庭妇女从生活中走出来，去奉献社会。”当记者问起她下一步的计划时，潘秀兰的神色明显亮了起来：“党的十九大说我们国家要实现强军，要建设一支现代化的军队，我能力有限，能做得太少，但我还是想尽力为我们的子弟兵做好服务，将鞋垫继续做下去。”多么朴实的话语，就像革命战争年代，一位位沂蒙红嫂倾其所有支援革命一样，不图名、不图利，在潘秀兰身上我们能看到满满的正能量，在平凡的小事中折射出人性的光辉。

主要资料来源：刘涛，高云野 . http://wemedia.ifeng.com/43922874/wemedia.shtml；孙海英，陈永莲 . 沂蒙精神与临沂革命老区跨越式发展研究［M］. 济南：山东人民出版社，2017.

包庆荣：忠孝两全都是情

一位普普通通的农家妇女，曾经三十几年如一日地尽心赡养了五位老人。作为一位兵妈妈，她三十多年如一日，为全国各地的部队送去亲手缝制的鞋垫、军鞋、五星红旗，她的每一针每一线都凝聚着对战士的深情厚谊，寄托着她对祖国和平、人民安居乐业的美好心愿。她就是全国“敬老好儿女金榜奖”获得者、临沂市人大代表包庆荣。

包庆荣家住平邑县柏林镇永安村，童年非常不幸。她 2 岁时就失去了母亲，一直与父亲过着相依为命的穷苦日子。靠吃百家饭、穿百家衣长大成人的包庆荣发誓要用自己的实际行动报答社会，报答乡亲们的恩情。同时，她以自己的实际行动使人们摒弃世俗偏见，改变“女孩不养老”的旧传统。

1975 年，22 岁的包庆荣经人介绍，嫁给了本村从部队复员回乡的忠厚老实的青年孙美喜。结婚后，随着三个孩子的相继出生，包庆荣发现自己再也无法抽出更多的时间照顾老人。于是，她与丈夫商量，干脆把公婆和无人照料的父亲都接到一起住，以便更好地照顾他们。后来，她看到婆家大爷和娘家三叔两位孤寡老人年老多病，缺人照料，又毅然把他们接到自己家里赡养。20 多年来，她白天忙地，晚上顾家，还要拉扯孩子，人累了、瘦了，头发白了。丈夫想辞职，孩子想辍学，都遭到了她的反对。镇、村两级替她申请，让五位老人进敬老院。她说：“我一靠国家，二靠几位老人抚养长大。现在，他们年纪大了，我理应伺候、赡养，决不能给国家添负担、增麻烦。”

五位老人各有不同的生活习惯，各有各的嗜好，包庆荣根据老人不同的生活习惯，耐心地给老人们调理生活，尽心尽力让他们活得舒适开心。娘家爹好喝早、午茶，公公、娘家叔、婆家大爷喜烟酒，为此，她每次到集市买啥也不会忘了买烟酒茶，要是遇上哪位老人生病长灾，她照顾得更是细心周到。夏天，晚上临睡前总是先用蒲扇给老人扇走蚊子，掩好蚊帐；冬天，睡前先给老人烫脚，买不起热水袋，就灌几个热水瓶子给老人暖脚。老人上了年纪都会生病，包庆荣赡养的老人也不例外。婆家大爷 1992 年就得了老年性动脉硬化症；娘家爹 1993 年春天患了脑溢血。在近五年的时间里，几位老人相继都患过病。她饱受伺候病人的煎熬，每天天不亮就起床，晚上 12 点前从没睡过觉，请医、抓药、喂药、喂饭，给这个老人捶捶背，给那个老人揉揉腰。尤其是遇到老人患病，大、小便失禁时，包庆荣更是得不到休息，老人的衣物晴天晒，阴天烤，包庆荣用她的孝心和爱心照顾着老人。在她的精心照料下，多病的公公活了 76 岁，她婆家大爷、父亲、娘家三叔分别活了 87 岁、85 岁、82 岁，成了村里少有的几位长寿老人。

包庆荣不仅孝老爱亲，还把更多的爱献给了父老乡亲。包庆荣曾连续三届是临沂市人大代表，她认真履行自己的使命。她所在的永安村是一个不足 1000 人的小村，800 亩土地，全靠几公里外的乔家村水库放水浇麦。多少年来，村里没有一眼水井，天旱时节，人畜饮水都很困难。1999 年，包庆荣在参加临沂市人民代表大会时，在小组讨论会上，她提出解决该村人畜吃水难这样一个议题。市人大常委会副主任冯登善、叶景茂当即表态，决定由市人大常委会出资 10 万元，援助该村建一口井。会议结束后，冯登善、叶景茂和平邑县委书记颜廷瑞亲临现场办公，带着技术人员选址定点。平邑县电业局、城市信用社以及粮援项目办，也都无私地伸出了援助之手，送来了电机、水泵、管道等物品。自 1999 年 10 月开始，仅仅用了 40 天的时间，一座内径 10 米、深 13 米的大口井宣布竣工。包庆荣和村干部一道，日夜奋战在工地上，组织村民建水塔、备石料、挖管道。2000 年春天，全村人喝上了清凉甘甜的自来水。

有了水，包庆荣和村干部自然把目光投向盼望多年的产业结构调整。

包庆荣给战士们送鞋垫

在此之前，她就在自家的责任田里种植了一亩银杏苗，引导乡亲们栽植油桃、葡萄、凯特杏等高产优质水果。不仅如此，她还从外地引进了优良种兔，动员全村的家庭妇女，在进行手工编席的同时，走养殖致富奔小康的新路子。在她的带动下，尊老敬老、爱党爱军早已成为一种时尚，并逐渐影响了周边各村以及全镇近50个行政村。

助人为乐，热爱国家，包庆荣用自己的实际行动践行着它们的真谛。1997年，包庆荣唯一的儿子应征入伍，成了一名军人。一时间，包庆荣有了很强的自豪感。从此，在辛勤劳作，不误伺候老人之余，她日夜缝制鞋垫，在七一、八一等重大节日通过邮寄或亲自送到各地部队。二十多年来，包庆荣每年都要亲手纳制一批鞋垫送到军营，先后缝制鞋垫52000余双。她被战士们亲切地称为“兵妈妈”。我们不能忘记包庆荣出入军营的身影。2002年十六大召开时，她用自己编席、养猪卖的钱为陕西部队买了一台电脑，让战士们学习，同时带去了自己缝制的鞋垫2000双。2012年，四川汶川发生了大地震，她连夜赶制鞋垫，全家齐动手，将亲手缝制的1000双鞋垫寄往地震灾区，慰问了抗震救灾的子弟兵，奉献了爱心。她从电视上看到西藏阿里的部队官兵条件艰苦，便赶制出了1000双鞋垫，给他们寄过去。她曾经一个人坐了六天的火车给新疆喀什的边疆战士送去了2000双鞋垫。2014年6月，她为兰州军区总医院寄去鞋垫1000双，11月，为四海山部队送去鞋垫1000多双。2018年八一前夕，包庆荣又为四海山部队战士们送去一双双情深义重的鞋垫。

包庆荣感人的事迹曾在中央电视台的《新闻直播间》《东方时空》《山东卫视》《中国老年报》《祝你幸福》等全国、省、市几十家新闻媒体上广为传播。她先后当选了山东省第九次妇女代表大会代表，连续三届市人大代表，先后获得“全国敬老好儿女金榜奖”“临沂市十大杰出女性”“临沂市优秀共产党员”“山东省五好家庭标兵户”“山东省十佳兵妈妈”等荣誉称号。

主要资料来源：中共临沂市委．沂蒙红嫂颂［M］．北京：中央文献出版社，2002；平邑都市网 .http://www.ai0539.com/forum/thread-6581128-1-1.html.

吴京爱：再续爱国拥军情

有一位山村的女当家人，凭着共产党员坚定的信念和对党的事业的无限挚爱，带领村民艰苦创业、整山兴水、修路垦田、搬迁村庄、发展经济，使过去一个贫穷落后的小山村一跃变为街道宽阔、瓦房成排、果香鱼肥、文明富裕的新村庄。同时，出身于革命家庭的她，用自己的实际行动传承着沂蒙大地爱党拥军的优良传统。她就是被村民称为好领路人的平邑县郑城镇西湖村党支部书记吴京爱。

吴京爱，1953 年 10 月生于一个革命家庭。父亲 16 岁就参加了革命，在枪林弹雨中度过前半生，后来成为一名南下干部，曾获得“江西省劳动模范”称号。吴京爱从小受家庭的熏陶和父亲的谆谆教诲，幼小的心灵里充满了对中国共产党的热爱和对军人的敬仰。

1975 年，怀着儿时的梦想，吴京爱与刚刚从部队退伍的石门南岭村村民刘运水喜结连理。婚后，她吃苦能干、夫妻和睦、尊重长辈、帮扶邻里，深得全村老少的赞许，先是被推选为村妇女主任，后又兼任村里的计划生育查访员。1997 年 2 月 8 日，吴京爱父亲去世，她来到江西为父亲送殡。当时原村支部书记被撤职，人心涣散，就在她到江西的第二大，主持村里工作的村委主任刘运金打电话要她抓紧回去商量对策。商量的结果是由吴京爱接过这个烂摊子，担任村支部书记。

1998 年 10 月，在村民的推举和乡党委领导的支持下，吴京爱挑起大梁，担任了西湖村（当时的石门南岭村）村支部书记。一开始，她不愿接手这个烂摊子，最主要的原因是家庭压力大。丈夫1994年冬天身患重病去世后，撇下她和16岁的儿子，整个家庭的重担就落在她一个人的肩上，既要下地干活又要照顾儿子上学，顾了外边顾不上家里。她怕自己干不好，辜负乡党委和乡亲们的厚望，可是共产党员的责任感、使命感，又让她义不容辞地接过了支部书记的这副担子。一上任，冷嘲热讽就来了："一个娘们能治理好这个村？"村民们的怀疑，不是没有道理。原先的石门南岭村，135户，420人，只有400亩山岭薄地。前些年，村里发展水库养鱼，由于种种原因失败了，村集体背上了沉重的债务。群众对此十分不满，加上因为穷引发的各种矛盾激化，群众上访不断。这个时候，村支部班子陷入瘫痪状态。整个村子乱成一锅粥：村民不交三提五统，不出义务工，抢地，抢宅基，一个好端端的村乱了，人心散了，石门南岭村成了全乡有名的"底子村""老大难村"。最让人难忘的是，由于自然条件限制，本村的姑娘不愿留，外村的姑娘不愿嫁，石门南岭十年没有娶进一个媳妇，成为远近闻名的"光棍村"。这样一个村，她一个女人，能治理好吗？ 面对村民们的怀疑和一堆难以解决的老大难问题，吴京爱自己也有压力。但是既然干了，就要干出个样子来，干出沂蒙妇女的风采来。她通过多次召开村两委成员会、党员会、村民代表会，广泛征求群众意见和建议，制定出治村方案和村庄发展的长远规划。针对村里财务混乱的状况，吴京爱成立村财务清理小组，集中清理往来账务，经过近1个月的清理，终于将村户往来账务清得干干净净、清清楚楚，并还清了村里20多万元的贷款等债务。

缺水曾一度制约着石门南岭村农业的发展。吴京爱带领干部群众，多方筹集资金50余万元，先后修环山路5条，共4000米，建扬水站2座，建蓄水池3个，大小桥涵20个，建配电室一座，铺设管道3000米，使全村80%的耕地都能浇上水，并在旧村址上复垦土地100亩，大大改善了群众生产、生活条件；还利用库区水资源丰富的优势，调整农业产业结构，发展林果、水面养鱼和畜牧养殖业，让群众尽快富起来。1999年以来，在她的引导下，村里先后栽植优质凯特杏、金太阳杏200亩；发展早春西瓜100亩；发展网箱养鱼500个；发展养猪大户22户、养羊大户16户、2000只以上的养鸡大户3户、养鱼大户11户，全村人均纯收入3900多元，一跃成为全乡首屈一指的富裕村。

在抓村民致富的同时，她始终没有忘记抓精神文明建设，结合县乡妇联实施的“46810”工程，以“平安家庭”创建促进平安村庄创建，动员村民签订赡养老人、晚婚晚育等四项协议，搞好“好媳妇”“好婆婆”及“‘美在农家’明星户”等六项“十佳”评选表彰活动，为村民做好八件实事，在村内倡导十种风气。针对青壮年劳力外出打工、村里妇女老人成主体的实际情况，注重发挥广大家庭妇女在农村精神文明建设中的主力军作用，成立了巾帼文明服务队、巾帼科技致富服务队等。其中，巾帼卫生服务队把全村划分成4个卫生区，每天都有妇女义务打扫大街，督促各家各户清理“三堆”，保证了村内大街的清洁卫生。同时，她们每年为评选出来的好媳妇、好婆婆、好邻里、好妯娌披红戴花，进行大张旗鼓的表彰奖励，号召全村村民向她们看齐，这些活动的开展都促进了村风、民风的极大好转，形成了邻里团结、夫妻和睦、尊老爱幼、互帮互助的文明和谐局面。

吴京爱的父亲、丈夫、儿子都在军营里当过兵，她和部队有着不解之缘，因此对兵怀有深厚的情感。从1996年始，每年的八一，吴京爱就主动去儿子所在的部队送鞋垫，做点儿力所能及的事情。她买来针和五彩线，自己绣鞋垫，几个月过去，绣上百八十双，就送到部队去，她想让那些当兵的孩子，训练和工作时舒服些，让战士们有个“妈”的感觉。她默默地做这件事，一直坚持到儿子复员。后来，吴京爱就想到了邻近的四海山部队，这支驻军离吴京爱的村很近，每到八一，吴京爱就准备好200双五彩线的鞋垫，自己花钱买两只羊，去看望驻军战士，吴京爱与部队首长商议，再到八一组织一场军民文艺大联欢，部队上人才辈出，西湖村更是个典型的老戏班子村，文艺人才层出不穷，村里还有乐队。吴京爱积极性很高，她回村招呼20多个能说会唱的文艺骨干，晚上加班组织排练。军民大联欢从2009年开始，每年一次，一直到现在。西湖村的家庭妇女主动绣鞋垫，送到吴京爱家，村民林化娥说：“吴书记这么忙都想着部队战士，俺们也不能落后，榜样的力量是无穷的。”吴京爱每到四海山部队，战士们都亲切地叫她“兵妈妈”，后来干脆叫她“吴妈妈”。每次新兵入伍，四海山部队的首长就叫吴京爱去做报告，教育他们

吴京爱与慰问部队官兵座谈

如何当好兵；老兵退伍时，四海山部队的首长就带着退伍兵，来到西湖村，让吴京爱传授如何当好村干部，怎样当好村支部书记，为当地的农村后备干部培养传授经验。据四海山部队政治部主任扎西说，从这里退伍的战士占70%以上，都回村当上了村干部，50%以上的退伍战士都回村当上了党支部书记，这都与吴京爱的经验传授和教育有直接关系。吴京爱也感到无比自豪，如今不仅四海山部队的官兵叫她“兵妈妈”，就连村里的群众，特别是家庭妇女和青年人也叫她“兵妈妈”，这其中融入了浓浓的情和爱。吴京爱在西湖村任支部书记的20年间，每逢过节都要到部队探望她的“兵儿子们”。“我们家三代都在军营里当过兵，我太清楚军属对家人的挂念滋味了，我能做得不多，就想让他们在异乡军营里能感受到亲人的关爱。”“兵妈妈”吴京爱用自己二十年如一日的行动诠释着对军营、对部队“亲人”的一腔关爱之情，用朴实无华的方式书写着爱国拥军的持久热情。

吴京爱的工作得到各级党和政府的认可，她的事迹传遍平邑县大街小巷。她先后被市委授予“十佳新红嫂”“优秀共产党员”，被誉为平邑县“沂蒙新红嫂”、新时代的“兵妈妈”。她还先后被评为县乡优秀共产党员、县乡“三八红旗手”、平邑县“十佳村支部书记”、临沂市“十大魄力女村官”等荣誉。她还是临沂市第十一、十二次市党代表，县十五、十六届人大代表。

主要资料来源：大众网．http://www.dzwww.com/2012/sdhrmzzx/17/jyfx/201307/t20130719_8665412.htm；https://www.toutiao.com/i6583903635472646669/.

朱呈镕：爱党拥军多奉献

“在大江南北上百座军营里，常看到她拥军的身影；在千万个基层官兵心里，她赢得了‘最美兵妈妈’的殊荣。她一直把拥军优属作为义不容辞的社会担当。从接济特困军人、帮助复转军人就业、资助军烈属、南疆扫墓，到创建‘新红嫂拥军慰问团’，在几十万公里的拥军路上，她以女性的博爱不断巩固着军队的大后方。”这是2015年度解放军报第三届“长征人物”奖给一位获奖者的颁奖词。但是，这远不能涵盖这位获奖者的传奇人生。

一个让一大批下岗职工重新捧上饭碗的人；一个无私奉献社会而不求回报的人；一个用爱心无数次帮助别人的人；一个曾荣获许多荣誉的人；一个走边关、上海岛、下基层，足迹踏遍大半个中国，走访慰问官兵，被5000多名官兵亲切称为“兵妈妈”的人——她就是新时期的沂蒙红嫂朱呈镕，她用坚韧不拔的创业精神、无私的奉献精神，用对人民子弟兵真挚的爱续写了沂蒙红嫂爱党爱军的新传奇。

朱呈镕从一个下岗职工到朱老大食品有限公司的掌门人，一路走来用自己永不止步的创新精神成就了一段成功的创业史。

朱呈镕，1954年9月出生，临沂市兰山区人，1994年8月入党，山东朱老大食品有限公司党支部书记、总经理，2012年全国创先争优优秀共产党员。朱呈镕从一个下岗女工到创业成功，她本身就是一个励志传奇；朱呈镕成功后不忘回报社会，体现了一个成功企业家的责任担当；朱呈镕爱党拥军，续写了沂蒙红嫂的奉献精神。

朱呈镕出生在山东省临沂市的一个普通工人家庭，高中毕业后她进入大型国企临沂市毛毯厂做了一名推销员。在 1997 年之前，朱呈镕也算是一个风云人物。她在毛毯厂做了近 20 年推销员，由于大胆敢闯，她的业务量一直高居第一，不少人暗地里称她是“销售女王”。1997 年，由于工厂效益不好，需要大量裁员，朱呈镕这位“销售女王”在 43 岁时下岗了。

下岗之后的朱呈镕也有过彷徨和郁闷，她曾经在沙发上坐着、躺着整整七天七夜，一方面想不通自己为什么下岗，一方面又为今后的路怎么走而伤脑筋。就在她为找不到出路而烦恼的时候，她在电视上看到了沂蒙红嫂、沂蒙六姐妹的事迹，被她们几十年如一日拥军支前的故事深深地感动了，她们博大的爱心、对党的无限忠诚以及无私奉献的精神教育激励着朱呈镕。在蒙阴，支前模范“沂蒙六姐妹”讲述了子弹从头顶嗖嗖飞过的经历；在兰山，山东红嫂李桂芳叙说了当年用身躯搭“人桥”让部队快速通过的场景；在莒南，红嫂梁怀玉为鼓励村里的青年参军入伍，承诺谁第一个报名参军就嫁给谁的故事……“沂蒙红嫂”不畏艰难，踊跃支前，为中华人民共和国的成立做出了巨大的牺牲。与她们相比，下岗算什么。朱呈镕不由得暗下决心要向她们学习，百折不挠，艰苦创业，争做新时期的“红嫂”，重新树立自己的人生目标，找回自己的人生价值。

做什么好？她想，要选就选临沂还没有的行当，做第一。做业务的那些年，朱呈镕大江南北地跑，眼界比较开阔，很快她就找到了自己的创业项目。她看好了三轮车运营，临沂是个小商品集散地，这让她一下子想到了浙江义乌：数不清的作坊，数不清的小商品，还有数不清的人力三轮车载着来自各地的商人穿梭于大街小巷。

1997 年 12 月 24 日，她购进了 50 辆人力三轮车，办起了“运达出租车公司”。开业那天，她贴出告示，站在临时支起的办公桌前，身后是一排排的人力三轮车。但在临沂人的心里，面子比肚子重要。下岗工人虽然很多，但却没有人愿意放下面子去蹬三轮。“与其让车烂了，不如给人白用！”朱呈镕换上工装，蹬着三轮车又开始了她的“推销”。她到下岗工人多的厂子去动员，找下岗的亲戚同学帮忙，不要租金，不收管理费。可是，没几天，人们就纷纷来退车，原因很简单，嫌蹬三轮丢人。

于是，朱呈镕给他们每人配发了一副太阳镜，一顶帽子。让他们改头换面去蹬三轮。但看的人多，坐的人却很少。为了提高下岗工人的信心，她一咬牙，自己掏钱雇了一批乘客。每天，她把兑换好的零钱发给每个乘客，再由乘客把钱付给员工。一个月下来，朱呈镕贴进去近万元乘车费。但员工们有了收入，临沂人也接受了人力三轮车。如今，运达三轮车已达 500 辆，年盈利 17 万元。

当时朱呈镕也成了一个成绩不错的小老板了。但是她一直希望能够寻找到一个项目，做大自己的事业。机遇垂青于有准备的头脑，一次偶然的邂逅，实现了朱呈镕想做大事业的梦想。

1999 年 10 月 21 日，朱呈镕到山东省平邑县走亲戚，偶然路过一片山楂林，看到有个老农光着膀子在砍山楂树。原来平邑前几年大量种植山楂树，到如今每年都造成山楂过剩，卖 4 分钱一斤都没人要，只能卖到 2 分钱一斤。因为赔钱，他只好把树都砍了，改种别的作物。

朱呈镕想：这山楂可是做糖葫芦的好原料啊，就算自己做不出来，说不定临沂有人要，自己干脆冒点儿风险，帮帮这位可怜的大爷吧！朱呈镕当下以 0.05 元 1 公斤的价格和老农谈妥，并留下地址和电话，付了 200 元钱的定金，让老农把他种的山楂直接送到临沂。

第三天，4 辆大拖拉机给朱呈镕送来了 9000 公斤山楂。朱呈镕看着眼前堆成小山一样的山楂犯了愁。她白天走访一些做糖葫芦的小作坊，晚上就在灯下忙碌。这期间，她发现北方有那么多做糖葫芦的，却几乎没有人真正把糖葫芦当成一项事业来做。比如所有的糖葫芦竟然都是有核的，为什么没人为顾客着想去了核呢？大家爱吃糖葫芦，无核的肯定比有核的更受欢迎。这么一想，她就发动孩子跟自己一起做。晚上，孩子挖核，丈夫做小竹签，她就熬冰糖。朱呈镕终于做出了自己的第一批无核冰糖葫芦。

2000 年春节时回娘家，她什么礼物都没带，就带着自己做好的一箱冰糖葫芦，想让家人评价一下味道如何。别的人倒没啥感觉，可她的大姐岁数大了，装了假牙，没想到这糖葫芦吃下去，愣是把大姐的假牙给粘掉了。

大姐很生气，呵斥她："自己家人吃了都不行，你还想卖给别人？"

难过归难过，回到家后，朱呈镕就琢磨：怎么会把大姐的牙给粘掉了呢？肯定是糖熬的火候不对，糖熬嫩了就粘牙，熬老了就苦。怎么才能把握好火候呢？她突然想到有一位熟悉的大师傅做的拔丝山药在当地很有名，做这道菜也有熬糖这一工序。于是，她找上门请教，可那位师傅说什么也不愿意把这技巧告诉她。没办法，她只好在师傅转身去拿山药时，把藏在袖子里的温度计插进锅里看温度……

回家后，朱呈镕反复试验熬糖温度。皇天不负有心人。她终于做出了既不粘牙又不苦的无核冰糖葫芦。实验成功后，朱呈镕信心大增，决定继续研制冰糖葫芦。有一次，看到儿子吃的月饼，她突然灵机一动：这糖葫芦是无核空心的，难道里面不能填充一些东西？在丈夫的帮助下，她给糖葫芦去核的地方填充了巧克力、果酱甚至熟鸡肉、牛肉等。她把夹心糖葫芦再拿给大姐和父亲一尝，果然都说好！

当年，朱呈镕就注册了"朱老大"的商标，丈夫又贷款 5 万元帮她在山东联系了一家包装厂，生产了一批印有"朱老大夹心冰糖葫芦"字样的包装袋子。她用贷款的钱专门租了一间大房子，添置了生产工具，雇了几个人，开始了自己的事业。产品上市仅一天，700 支夹心冰糖葫芦全部卖光！

"朱老大"的名声很快就在临沂的大街小巷以至省内外的大中城市纷纷叫响，常常有人说："来串'朱老大'吧。"人们见了朱呈镕，也总是朱老大长朱老大短的，朱呈镕的真名倒被人们渐渐地忘记了。对于这种奇妙的变化，朱呈镕不仅不气恼，反而很高兴，因为她已经敏锐地感觉到，"朱老大"作为一个商业品牌，已经为广大群众所普遍接受和喜爱，是一种潜力巨大的无形商业资本。但只有在全国迅速寻找到稳定的经销商和代理商，建立自己的销售网络，才能尽快占领各地的冰糖葫芦市场。从那一年冬季开始，朱呈镕就招募人员，奔赴全国各地。经过努力，"朱老大"夹心冰糖葫芦渐渐在山东、江苏、浙江、湖南、四川和新疆等十多个省市自治区，发展了 100 多家经销商和代理商，基本形成了自己完整的销售网络。

朱呈镕和她的一班人马先后推出了一系列"朱老大"夹心冰糖葫芦精品。

他们借鉴冰糕的包装技术，实现了夹心糖葫芦的精美包装。同时还针对传统冰糖葫芦不易保存的特点，成功研究开发了不化糖的“新品夹心冰糖葫芦”。该产品最大的特点是能在常温下保持三个月不化糖，并且不影响产品的内在质量和口感。该产品一上市，就大受顾客青睐，并很快成为人们馈赠亲友的美味小吃。

朱呈镕的产品以其独特配方、新颖创意、精美包装和爽脆口感，深受城乡广大消费者的青睐，不仅幸运地获得了“世界蓝天杯金奖”，还被中国食品博览会推荐为名牌产品，并被国际风筝联合会指定为唯一特许精品、吉祥物和专用产品。到 2004 年年底，仅“朱老大”夹心冰糖葫芦一项的年销售利润就突破 300 万元大关。

随着“朱老大”夹心冰糖葫芦在全国热销，朱呈镕又趁势借助“朱老大”的名声开发了相近的新产品。很快，她的 30 多个品种的“朱老大”速冻水饺就推向了市场，在临沂地区日销售量达到 8 吨，上海市也有 400 多家超市热销。当她的“朱老大”饺子村开业时，全国立刻有 20 多家饭店要求加盟。

2014 年 3 月，“朱老大”食品集团有限公司正式宣布成立！朱呈镕这个昔日在凛冽刺骨的寒风中沿街叫卖的下岗嫂，经过十几年的打拼，终于坐到了包括冰糖葫芦厂、速冻水饺加工厂、饺子村、三轮车出租公司和夕阳红老年公寓等 5 家企业总裁的位置上。

集团公司成立后，朱呈镕的企业继续如一列开足马力的火车，高速地行驶着。截至目前，朱呈镕的企业已经拥有固定资产 2000 多万元，企业员工 1500 多名，年销售收入达到几个亿。对未来，朱呈镕信心满怀：“今后的发展路子，仍旧是依靠夹心冰糖葫芦，将‘朱老大’品牌叫响全中国，最终走出国门，走向世界。”

说起朱呈镕，在全国许多部队官兵的心中，那可是响当当的“兵妈妈”，拥有 2000 多位兵儿子的朱呈镕用 10 多年的时间，走访慰问了 139 支部队，足迹遍及祖国的东南西北，为各地官兵赠送鞋垫 3 万多双，送水饺 800 多吨，做报告近百场，累计捐款捐物达 1000 多万元。作为山东朱老大食品有限公司党支部书记、总经理，自从走上拥军路之后，她对公司的付出就再也比不上对她的那些“兵儿子们”的付出了。为什么对军人有着这么深厚的感情？朱呈镕曾经告诉记者，除了受到红军爷爷的影响，更重要的是她在创业之初，一位军人对她的帮助。

“那是在考察学习加工水饺的时候。”朱呈镕说，在吉林拜访名师期间，一个偶然的机会，她认识了一位山东籍的军人，这位军人在她几乎身无分文的时候，找冷藏车、给运费，帮朱呈镕把一车水饺运回了临沂。回到家乡的朱呈镕为了感谢军人的帮助，把千辛万苦运来的水饺全部送到了驻临沂的多支部队中。“这是我真正意义上拥军路的开始。”朱呈镕说。从那以后，朱呈镕渐渐迷恋上了拥军优属这条路。但凡哪里有子弟兵，哪里有军烈属、老红嫂，哪里就会有她的身影。

十几年来，只要有子弟兵或有突如其来的灾祸的地方，就有朱呈镕的脚步。2003 年，北京发生非典疫情，朱呈镕从电视上看到北京小汤山医院有位女战士不幸感染了非典，牺牲时连一个盒饭都没有吃完。她心疼得流下了热泪，当时就安排车辆，连夜出发，把 5000 公斤水饺送到北京小汤山医院。部队的首长和战士们都很感动。一位首长紧紧握着她的手，亲切地问：“朱总你不害怕吗？”她说：“首长，我没想那么多。”首长说：“战争年代老区人民拥军支前，和平年代老区人民的心还牵挂着小汤山医院，这每一个饺子里都包含着老区人民的深情厚谊。我们吃了这些饺子，更加有信心战胜非典。”

2008 年，南方发生了严重雪灾。人民子弟兵抗击雪灾的精神感动着每一位中华儿女。通过媒体报道，朱呈镕了解到人民子弟兵抗击雪灾的事迹后，为了让子弟兵能过上一个温暖祥和的春节，让他们能够在合家团圆的除夕夜吃上热气腾腾的饺子，2 月 4 日，朱呈镕带领公司同事连夜奔赴河南信阳，经过 800 公里的行程，终于在大年三十下午 4 点到达了部队，给战斗在抗雪灾一线的人民子弟兵送去了承载深情厚谊的 5 吨水饺和 60 箱汤圆，受到了 2400 名官兵的热烈欢迎，很多士兵热泪盈眶，亲切地喊她“兵妈妈”。

2009 年 8 月 20 日，朱呈镕到沈阳军区“鸭绿江畔好五连”慰问官兵。政委给她介绍一位战士：“朱大姐，他叫张晓峰，三四岁就没了爹妈，将来退伍了，一个孤儿，去哪里好呢？”她想了一下说：“要不就交给我吧，我做他的妈妈，给他安排工作，给他成个家……”话没说完，张晓峰一头扑到朱呈镕怀里，一边哭一边叫妈妈，整个连队的官兵都感动得哭了。回家以后，朱呈镕买了衣物寄到部队，晓峰收到后给她发短信：“朱妈妈，你给我寄来的东西我收到了，我亲身体会到有妈就有爱，有妈就有温暖，有妈就有家。请妈放心，儿子一定好好干，把全部精力献给国防事业。”退役后的张晓峰，回到了重庆老家。朱呈镕为了这个兵儿子操了很多心。她和老伴几乎每年都要去重庆看望张晓峰，并出资在重庆为张晓峰买了房子，让其顺利娶妻生子。2009 年 10 月 24 日，边防战士徐嘉嘉的父母遭遇车祸，父亡母伤，并欠下 20 多万元的债务。回家奔丧的徐嘉嘉决意要退伍，回家照顾妈妈。这时朱呈镕走进了这个家庭，在她的帮助下，徐嘉嘉的母亲重新挑起了家庭的重担，还完了债务，鼓励徐嘉嘉守好国门。在部队的徐嘉嘉训练劲头十足，被中央军委表彰为“全军百名好班长”，荣立一等功，被保送入军校并提干。2016 年，朱呈镕再到他所在的哨所慰问时，哨所的领导感慨地说：“朱妈妈，你是帮了一个困难兵，稳了一条边防线啊！”朱呈镕不仅关爱在部队服役的“兵儿子”，对于已经退伍的“兵儿子”也一样关注。她曾经安置 36 名退伍军人在自己的公司就业。为了帮助更多的退伍军人，朱呈镕专门成立了退伍军人创业联盟，引导他们自谋职业，自主创业。在这个过程中，朱呈镕经常出钱出力，以期每一位退伍军人都有一个美好的未来。

沂蒙红嫂是革命战争年代涌现出来的女性英雄群体，朱呈镕从内心对她们充满了敬意。创业初期的朱呈镕，经历了各种艰难和挫折，红嫂的故事深深感染着她，红嫂精神时刻激励着她战胜困难，发展壮大。对尚健在的沂蒙红嫂，她时时怀着感恩之心、敬爱之情，把她们当自己的母亲一样孝敬。1997 年以来，她坚持每年看望用乳汁救伤员的沂蒙红嫂明德英及其子女；2001 年，她为沂蒙母亲王换于纪念馆捐款 1 万元；经常将健在的沂蒙六姐妹接到自己的家里，给她们买衣服、洗澡、剪指甲，带她们健康查体；她先后 32 次看望“谁第一个报名参军我就嫁给谁”的山东红嫂梁怀玉，并每月为她提供 100 元生活费，直至老人去世。2016 年 6 月 21 日，91 岁的著名支前模范、最后一位“沂蒙六姐妹”伊淑英因病去世。在她弥留之际，朱呈镕一直陪在老人的身边。每当想起老人让她把红嫂精神好好传承下去的嘱托，朱呈镕都会热泪盈眶，更加坚定了她的意志和决心。

2011年6月6日，作为沂蒙新红嫂的朱呈镕与“沂蒙六姐妹”代表伊淑英、张玉梅等9人向武警北京总队十四支队国旗护卫队的官兵们赠送由她们新老红嫂一针一线亲手绣制的90平方米的巨幅党旗和绣有“永远跟党走”五个大字的横幅，党旗长12米，宽7.5米，共90平方米，寓意是党的90岁生日。十四支队政委王建华代表支队党委和官兵向红嫂们表达了节日的祝福和感激之情：“赠旗活动既是红嫂对我们这支部队的厚爱和肯定，也是对我们的鼓励和鞭策。”官兵们纷纷表示：“我们一定要认真学习和传承红嫂们的崇高品质，把各位红嫂对我们的无限真情转化为强大的工作动力，锐意进取、开拓创新，努力把部队建设成为听党指挥、服务人民、英勇善战的忠诚之师、文明之师、威武之师，为首都的繁荣稳定做出新的更大的贡献。”

2014年4月，朱呈镕从海南省文昌市清澜港乘坐补给船前往340千米外的三沙市永兴岛。经过15个多小时的海上颠簸，克服了晕船带来的呕吐、腹泻等诸多身体不适，她把沂蒙精神送进驻守在祖国最南端的南海航空兵某场站。一位名叫王东的战士听了朱呈镕给战士们做的红嫂事迹报告后说：“朱妈妈，我从军十多年了，感觉当兵很枯燥，本来打算今年申请退役回家。听了您的报告后，我坚定了从军报效祖国的信心，决心继续坚守岗位，为国家和人民守好南疆，争取做出更大的成绩。”该站副政委矫慧告诉记者：“红嫂进军营活动对官兵们的触动很大，特别是报告会现场中很多官兵都流下了感动的眼泪。我们场站党委商讨决定聘请朱呈镕同志为我们部队的名誉政委，长期在部队开展弘扬沂蒙精神的教育。”

朱呈镕始终认为拥军最重要的是为官兵送精神、送文化。“我生长在沂蒙老区，从小听的就是沂蒙精神和红嫂精神的故事，现如今，我要把我了解、知道的这些感人的事迹和优秀的精神，传递到广大官兵的心中，让他们知道，我们的老一辈们是用多少血和泪才换来如今的幸福生活。”通过朱呈镕在部队所做的近百场报告，不知道有多少战士知道了沂蒙精神和红嫂精神，知道了沂蒙母亲王换于、用乳汁救活伤员的红嫂明德英、用人体架起火线桥的李桂芳的感人事迹。

一人拥军红一点，人人拥军红一片。为动员社会各方更多的力量加入拥军队伍，2009 年 11 月，朱呈镕筹集资金 28 万余元，首批由 43 家企业负责人参加的临沂市拥军优属协会正式成立，她被选为协会常务副主席。这也是山东省成立的第一家拥军优属协会。全国“爱国拥军模范”贾美荣、“沂蒙新红嫂”戚洪桂、“感动雪域边关好妈妈”胡艳红等一大批“红嫂”也都加盟到拥军优属协会的行列。朱呈镕发动大家送科技、送法律、送文化到军营，开展“一帮一”“多帮一”活动，帮助军烈属脱贫致富。如今，参加拥军优属协会的已 200 多人。看到这么多热心人关心支持拥军工作，朱呈镕深深感到，只要人人都献出一点爱，全社会拥军的氛围就会越来越浓厚。

在做好“兵妈妈”的同时，朱呈镕特别关心下一代的成长。在一次采访中，她告诉记者她很想组织沂蒙红嫂为青少年学生做事迹报告，让红嫂精神激励他们健康成长。朱呈镕还曾经到山东大学、临沂大学等高校做过创业事迹报告，她希望现在的大学生就业时，首先要把自己的起点降低，再就是鼓励大学生自主创业，把自己在大学里学到的东西用到创业方面。她还想把自己的企业再做大做强，以更好地回报社会。2017 年，朱呈镕投资修建的红嫂文化博物馆建成开馆。博物馆中藏有革命文物近百件，其他文物 200 多件，珍贵图片 300 多幅，自开馆以来已经接待了许多单位、学校以及社会人士的参观。虽然博物馆投资巨大，但是朱呈镕认为这有利于更好地发扬红嫂精神，尤其对于年轻一代更好地认识和理解沂蒙革命历史和沂蒙精神有很大作用，所以付出都是值得的。

她还想拍一部电视连续剧，初步命名为“沂蒙母亲”，就是想通过这样一部电视连续剧把沂蒙红嫂精神更好地传承并发扬。作为沂蒙母亲、沂蒙新红嫂的朱呈镕，她说她最欣赏老红嫂王换于，欣赏她在革命战争年代为人民无私奉献的一切。朱呈镕说，在革命战争年代，沂蒙妇女在党的领导下，母送子，妻送郎，姐姐妹妹送兄弟，在相继把 20 余万名青壮年送给了人民军队，把 120 余万名民工送往了前线之后，勇敢地挑起了生产、支前的重担。

她们做军鞋、缝军衣、烙煎饼、护干部、救伤员，用汗水、用乳汁、用鲜血浇铸了无私奉献的历史丰碑。沂蒙红嫂精神实际上是沂蒙女性群体伟大母爱的体现。

朱呈镕常说自己只是做了一点点力所能及的事情，却得到了各级领导和社会各界的交口称赞。在她个人成长及企业发展中，各级党委、政府，老区促进会及其妇工委等有关单位都给予了倾力的关心和支持，给予她许许多多的荣誉称号。她先后被授予“全国创先争优优秀共产党员”“全国老区妇女创业创新标兵”“全国巾帼创业带头人”“全国下岗职工自主创业先进个人”“全国助西爱心大使”“山东省爱国拥军模范”“山东省优秀共产党员”“山东省优秀女民营企业家”“山东省三八红旗手”“山东省富民兴鲁劳动奖章 ”“山东省建设者奖章”“山东省十佳女职工再就业标兵”“山东省十佳兵妈妈”“齐鲁巾帼十杰”“临沂市劳动模范”“临沂市优秀共产党员”“临沂市双拥工作先进个人”“临沂市抗非典优秀共产党员”“沂蒙新红嫂”等荣誉称号，家庭被评为“全国五好文明家庭”。她曾当选为中国妇女第十一次全国代表大会代表、临沂市第十二次党代会代表、临沂市第十八届人大代表等。

朱呈镕还多次被党和国家领导人亲切接见。2012 年 6 月，她被授予“全国创先争优优秀共产党员”称号时，受到胡锦涛总书记的亲切接见。胡锦涛同志握着她的手，亲切地说：“拥军模范拥军好，希望你一定要发扬老区精神，把拥军工作做好，争取更大的光荣。” 2013 年 11 月，习近平总书记来临沂视察工作时接见了“精神拥军”的朱呈镕，十分关切地询问企业生产经营和拥军工作开展情况，连声称赞：“很好，很了不起。”原中央军委副主席迟浩田三次为她亲笔题词：“学红嫂无私奉献、为人民鞠躬尽瘁”“弘扬沂蒙精神、传承红嫂业绩”“爱国拥军、无上光荣”。

朱呈镕从一个下岗职工到创办自己的公司，让一大批下岗职工重新捧上了饭碗。她无私奉献社会而又不求回报，一个热心人温暖了千千万万的人。从她身上我们看到了当年“沂蒙六姐妹”的影子，她是新时期的沂蒙红嫂，更是伟大的沂蒙母亲，她用沂蒙女性伟大的母爱，默默地无私奉献着，她拥军爱民，艰苦创业，展现了新时期沂蒙红嫂崭新的英姿与风采。

朱呈镕慰问济南军区

作为红嫂精神的传承者，朱呈镕坚定了一个信念：拥军永远无止境，拥军永远不下岗，生命不息，拥军不止。朱呈镕用爱党爱国爱军的实际行动，表达自己对伟大祖国和人民军队矢志不渝的赤诚热爱；又用一颗赤子之心和实业报国之志不断把企业做强做大。用她自己的话说就是："我希望红嫂精神从我们这一代，代代传承下去，每个人都接好这个接力棒。我更加有信心把我的企业做大做强，更好地回报社会。"

主要资料来源：徐东升，汲广运.沂蒙精神研究［M］.济南：山东人民出版社，2017；中国新闻网. http://www.chinanews.com/df/2011/05-19/3053679.shtml；大众网新闻. http://www.dzwww.com/jingjidaobao/tbch/200401090590.htm.

于爱梅：无私奉献家风传

"作为教师，她传播理想、信念、知识，无愧于人类灵魂工程师的称号；作为'沂蒙母亲'王换于的孙女，她学习、传承、践行沂蒙精神，无愧于'沂蒙新红嫂'的光荣称号。"这是人们对于爱梅精彩人生的精准概括。于爱梅，女，汉族，1952年11月出生，山东省沂南县第四中学退休教师，现任沂蒙精神传承促进会会长，沂蒙红嫂纪念馆义务讲解员。曾获得"沂蒙新红嫂"、山东省双拥工作先进个人、全国文明家庭等荣誉。作为沂蒙精神传承者和全国文明家庭代表，先后两次受到习近平总书记的亲切接见。在十几年的拥军岁月中，于爱梅向官兵赠送鞋垫和生活用品，省吃俭用拿退休金拥军，发动企业开展联合拥军，为老"红嫂"及后代争取基金补助……作为"沂蒙母亲"王换于的孙女，"百岁红嫂"张淑贞女儿的于爱梅以先辈为榜样，继承爱党拥军的良好家风，无私奉献，用实际行动谱写出了一曲曲拥军爱民的新篇章，被誉为当代新红嫂。

于爱梅，一直和母亲生活在一起，从小听着奶奶和母亲讲述"创办战时托儿所、救护伤员"的故事长大，铭记她们"没有那些革命烈士就没有咱们今天的好日子"的教诲。

2004年离岗后，于爱梅带着20双鞋垫、几箱方便面和毛巾，跟随"全国拥军模范"李秀莲第一次去当地部队拥军，从此她便从母亲张淑贞那里接过了"红嫂针"，把大部分精力投入到拥军优属事业，走上了自己出钱积极拥军的道路。十多年来，她和沂蒙红嫂协会的姐妹们先后到沂南县人武部、武警中队，临沂军分区、临沂武警中队，济南军区、北京阅兵村、兰州军区打井队、国旗护卫队等慰问，每年定期看望老英模、老党员、老红嫂和困难群众，缝制拥军鞋垫5000多双，协调拥军物品价值100多万元。2018年，寿光洪灾，于爱梅和几位临沂老乡从沂南县驱车二百余公里赶往寿光上口镇和营里镇，为消防官兵和救灾群众送去了手工煎饼。于爱梅说，当年支前吃的就是这个，消防官兵和村民们干活累了可以吃一点儿，临时充充饥。“个人的力量是薄弱的，但1个人可以影响10个人，10个人可以影响100个人，这种影响力又是无穷大的。”于爱梅说。

最令于爱梅难忘的是到阅兵村的那次拥军。2009年十一国庆阅兵前夕，于爱梅和李秀莲赶往北京，向在北京参加国庆阅兵训练的济南军区某部官兵赠送鞋垫280双。“当时有二十几个人离要求的标准身高差1厘米，部队首长正在为此着急时，我们赶了去。”二十几位官兵垫上鞋垫后，那1厘米的身高差距消失了，部队首长激动地握着于爱梅和李秀莲的手说：“两位大姐啊，你们及时送来的这些鞋垫，简直是雪中送炭。”听着“雪中送炭”这个词从部队首长口里说出，于爱梅和李秀莲激动得不知说啥好，心里那叫一个高兴。

在拥军的过程中，于爱梅从不计较个人得失，甚至不惜花费自己的退休金，每年她用于拥军的花费都在1万元以上。据统计，近些年来，她个人用于购买拥军慰问品的资金达5万余元，仅向部队官兵赠送的鞋垫就有1000余双，对此她毫无怨言。

是什么让于爱梅年复一年无私拥军？“是信念。”于爱梅说。那么又是什么来支撑她这种不灭的信念？“是一种继承，更是一种感恩。”她如是说。

小时候，于爱梅在奶奶和母亲身边长大，每逢下雨天不能干农活时，于爱梅都会听奶奶讲故事，讲历史，讲那些发生在先辈身上的鲜活故事。渐渐地，在耳濡目染的教育过程中，于爱梅终于理解了奶奶和母亲的这种大公无私的觉悟从何而来，这是一种对党和人民的信任和热爱，是一种信念。

沂南是山东抗日根据地的中心，当年为党和军队做奉献的百姓群众可以说是不计其数，如今，他们当中的有些人年事已高，体弱多病，生活困难。

于爱梅看在眼里，急在心里，一直想为他们做实事、做好事。2006年，她到北京与“中国和平基金会”进行了沟通，向该基金会申请了10个补助名额，由基金会每年向县内的张红英、王桂花、范桂君等10位“红嫂”式英模人物每人提供1200元生活补助。后来，在她的协调下，又陆续增添了“沂蒙红嫂”明德英的儿子李常俊等人。

每一年，基金会都会把补助金打到于爱梅的账户上，第二天一大早，她便开着车挨家挨户将补助金送到“红嫂”手上。2007年，她第一次开车送补助金，因为修路，她要转好多路。早上，她从界湖出发，到横河将补助金交到明德英后代的手上，然后返回界湖，来回要60多公里，然后经孙祖、岱庄、岸堤到东辛庄，往返要80多公里。中午，于爱梅回家吃了饭，下午继续奔波，从界湖出发到大庄，往返要40多公里，再由界湖到苏村，往返50多公里，从界湖再到铜井珠宝村，往返又是40公里。还有其他几位“红嫂”在县城，于爱梅也一一给送过去。整整两天，300多公里路，于爱梅一分钟都不敢耽搁，她把补助金一一交到“红嫂”及其后代的手上。

“做这一切，不为别的，我只想让这些红嫂及后代们感到温暖，让他们知道党和人民没有忘记她们，时刻在想着她们，让她们安度晚年。看到她们拿到补助金微笑的样子，300多公里的奔波我一点儿没觉得累。”于爱梅说。个人的热情再高涨，力量也是薄弱的。2008年，于爱梅琢磨着怎么才能壮大拥军的力量。她找到沂南县妇联主席王秀芳，将她想发动企业加入拥军行列的想法一说，王秀芳拍手称赞。就这样，于爱梅开车带着李秀莲又开始了奔波，可这次的奔波显然不如送补助金那么顺利。“领导现在很忙。”“都在开会呢。”“领导都出差了。”……做完自我介绍，说明来意后，她们常常听到这些托词。做了一辈子教师的于爱梅第一次感受到吃闭门羹的滋味，心里也觉得特别别扭。

每当感觉脸上挂不住，快要放弃的时候，于爱梅就想起母亲在抗日战争年代为了发展一名党员，不知要徒步跑多少趟，还要冒着生命危险，大字不识一个的母亲能有这番勇气和坚持，能有如此高的觉悟，她现在的这点儿困难算什么，为什么不能坚持呢？于爱梅想着想着，就又有了力量和勇气。

手里拿着企业名单，于爱梅一出去就是一整天，有时候到了下午一点，连午饭也吃不上。她们连续跑了整整四天，走了近 20 家企业，最终有 9 家企业愿意加入拥军行列。“其中有一家大型企业的老总对我们的行动很赞赏，欣然答应加入拥军行列。”于爱梅说起当时的情景，心里仍然很激动。有了企业的加入，拥军力量壮大了，在她的组织发动下，沂南民间拥军的队伍越来越壮大，沂南县“红嫂拥军协会”也应运而生。2009 年春节前，于爱梅联合县内 9 位热心女个体企业家，又到临沂军分区进行拥军，向军分区官兵赠送食品、日用品 80 余箱，受到部队官兵热烈欢迎。

虽然有了企业的加入，但于爱梅还是每年都拿出 1 万多元钱来拥军，最多的一年是 2009 年，她花了 1.5 万元。每月只有 2000 元退休金的于爱梅着实感觉到了经济上的紧张。于爱梅的丈夫也有工资收入，她们一家就靠着两人的工资度日。2010 年，于爱梅的二女儿上了大学，这使得于爱梅一下子感觉手头紧了起来。鞋垫、煎饼、毛巾等生活用品样样都需要钱，要拥军就要花钱，于爱梅不得不为钱的事开始苦苦思索。

于爱梅当了一辈子教师，如何赚钱，她还真不知道，于是她找到朋友商议。朋友给她出了一个主意——卖酒。于爱梅跟记者聊起这些时，她自己都笑了，可能作为一名知识分子，她从没有接触过做生意这事，也从没想过会在退休后做生意，而且她对卖酒这事也是一头雾水。就这样，在朋友的介绍下，她准备代理回归赖酒。“酒的质量必须有保障，不然绝对不做。”于爱梅首先向朋友讲了她的立场。回归赖酒的山东总代理在聊城，于爱梅驱车来到聊城，首先考察了酒的质量等相关信息。第二次驱车到聊城时，她便和对方签订了合同。就这样，2010 年 8 月，于爱梅作为回归赖酒临沂的代理商，开始了她的生意生涯。尽管设立了几个销售网点，但是在竞争激烈的市场条件下，利润并不可观。

赚钱拥军这条路走不通，于爱梅又找到了一条新的路子。2011 年 1 月，山东省党员领导干部党性教育基地沂南教学点成立，于爱梅主动提出做义务讲解员，在红嫂纪念馆为全省乃至全国党员干部群众做义务报告 3000 多场，在沂南党性教育基地展馆内为大、中、小学生讲述革命故事无数次。

她的《沂蒙母亲和她的儿女们》事迹报告，成为沂南党性教育基地的突出亮点。许多党员、干部、学生，被老一辈的革命事迹感动得泪流满面，他们直观感受到了革命战争年代沂蒙山区密切的党群关系以及军民鱼水深情，坚定了跟着共产党走的信念。

2013 年以来，于爱梅每年接到的外出宣讲邀请都有五六十次，曾先后到过井冈山、北海舰队、北京国旗护卫队、上海海军、上海武警、福州海军、全国妇联、国家民政部、省妇联、省武警、省海关、省财政厅、山东钢铁公司等。前阵子，接到“南京路上好八连”的宣讲邀请，当时她正腿疼住院，只好打上封闭针，坚持赶往上海，完成宣讲任务。

有一次，60 多岁的她发着高烧，仍顶着烈日坚持做报告，40 分钟，汗水湿透了脊背，模糊了眼睛，但她的报告流畅感人，没有说错一个字。只是当掌声响起时，她的双腿再也没有一点儿力气，险些瘫倒在地。于爱梅说：“我奶奶和我母亲都不识字，她们能够在那么艰苦的条件下为党和国家付出那么多，而我读了这么多年的书，绝对不能拖她们的后腿。”2018 年 9 月，于爱梅应邀在临沂大学音乐学院给新生做宣讲，一句句真情的话语，一个个真实的故事，让沂蒙精神走进了学子的心田。

作为沂蒙精神传承者和全国文明家庭代表，于爱梅先后两次受到习近平总书记的亲切接见。2013 年 11 月 25 日，作为沂蒙精神新时期的传承者，于爱梅在华东革命烈士陵园沂蒙精神展馆，第一次受到了习近平总书记的亲切接见。“在参观快要结束时，我们远远地看到总书记朝我们走来，他看起来比电视上瘦一些，面带微笑，十分平易近人。”当年的情景，于爱梅至今仍历历在目。当握住总书记宽厚的手掌，于爱梅一直紧张的心情才稍稍平复下来。“你叫王换于什么呀？”“你母亲当时是不是也在战时托儿所？”“你现在做什么工作呢？”……听到总书记拉家常似的话语，于爱梅一一回答。而当总书记参观结束，于爱梅目送着人群远去，仍不敢相信自己真的见到了总书记，而且是如此近的距离。2016 年 12 月 12 日，第一届全国文明家庭表彰大会在北京举行，张淑贞一家因为“爱党拥军、永远跟党走”的红嫂家风，被评为全国文明家庭。于爱梅作为“红嫂家庭”

于爱梅光荣当选“最美拥军人物”

张淑贞的女儿代表一家到北京接受了表彰，又一次受到了习近平总书记的接见。

为扩大沂蒙精神的影响，于爱梅在发起成立沂蒙红嫂拥军协会之后，又于2016年组织成立了“沂蒙精神传承促进会”，使沂蒙精神的总结、研究、传承、弘扬走上了有组织、有领导、有章程、有计划的正规发展道路，把更多的先模人物、社会精英集合到沂蒙精神的传承、弘扬上来。促进会自成立以来积极开展沂蒙精神宣传宣讲及拥军优属和走访慰问老党员、老八路、老红嫂活动，吸纳不同行业的优秀代表、沂蒙精神的践行者加入到促进会，编写沂蒙精神读本，依托临沂大学等高校资源进一步挖掘与弘扬沂蒙精神等，得到了很多人的关注和支持。

2017年5月29日，沂蒙精神传承促进会又在上海成立了分会。上海分会成立半年多，前去参观学习接受沂蒙精神再教育的有300多批次，约1万人，反响很好。2018年，将在全国再成立十个沂蒙精神传承促进会分会，把沂蒙精神弘扬到全国各地，目前，北京、广州、南京、深圳、天津、济南、青岛等地的分会正在筹划中。“沂蒙精神随时代一起脉动，不断汇入新的时代内涵，具有强大生命力，不仅是千万临沂人民共有的精神财富，更是全国人民的精神财富。”于爱梅说，作为沂蒙精神的发源地，要切实发挥临沂市沂蒙精神传承促进会的作用，让更多的人成为沂蒙精神的传承者、弘扬者和践行者，让沂蒙精神在全国遍地开花结果。

2017年7月，为纪念中国人民解放军建军90周年，中央宣传部、民政部发布第二届 10 名“最美拥军人物”，于爱梅光荣当选。多年来，于爱梅先后获得“沂蒙新红嫂”、山东省双拥工作先进个人、全国文明家庭等荣誉称号。

革命年代，伟大的沂蒙红嫂群体谱写出一曲曲血乳交融的军民鱼水情，如今在红嫂故里，作为新一代的红嫂传承人，花甲之年的退休教师于爱梅正沿着英雄祖母王换于的足迹，让红嫂精神代代相传！

主要资料来源：崔洪英，薛杰.当代“红嫂”于爱梅：拥军是继承更是感恩［N］.齐鲁晚报，2011-7；徐东升,汲广运.沂蒙精神研究［M］.济南：山东人民出版社，2017；大众网.https://w.dzwww.com/p/1353859.html.

拥军七姐妹：致富拥军好榜样

在有着拥军支前传统的沂蒙老区蒙阴县，曾涌现出“沂蒙六姐妹”这样一支家喻户晓的拥军群体。近年来又涌现出了一支巾帼拥军小群体。她们就是被称为“拥军七姐妹”的公茂霞、吴楠、胡怀英、张立美、宋增梅、张楠、苑成芳等7名民营企业女老板。“拥军七姐妹”平均年龄在50岁左右，她们在蒙阴这片红色热土上打拼多年，把企业经营得风生水起。10多年前，吴楠召集姐妹们发出铿锵誓言：“致富不能忘记咱们老区的拥军传统。”自此，“拥军七姐妹”把致富不忘拥军作为各自的人生信条，在爱国拥军的道路上，她们甘当“沂蒙六姐妹”的接班人，她们承诺：从现在的拥军大妈做起，直到成为白发苍苍的拥军奶奶……

“拥军七姐妹”都有属于自己的拥军故事，在蒙阴这片热土上都创办了自己的企业。其中吴楠是杰出的代表。1993年秋天的一天，对于吴楠来说是个特殊的日子，这一天她下岗了，由原来一名城关供销社的职工成了一名失业者。面对随之而来的生活压力，她苦闷过、痛苦过：“我该怎么办？谁能帮帮我啊！”困难对于坚强者来说，永远是一块磨刀石，只会让她显出强者的本色。

手里拿着家里仅有的3000元钱，吴楠准备到商海里闯一闯。于是她四处找亲朋好友借钱，曾经跑了近千里路到威海的朋友那里去筹款，至今她还记得那年自己怀揣着借来的2000元，带着一身疲惫回到家的情景。

她终于筹到了8000元钱，在县城开了一家小店，开始了商海生涯。

为了省下一两块钱的车费，吴楠曾清晨4点就坐上拉菜车的车斗去进货，为了多卖一点儿货，她经常熬到半夜才关店。面对每一位顾客，就是再累，她脸上总是充满笑容；面对生活，就是再难，她心里总是充满乐观。热情周到的服务，诚实守信的经营，小店的生意越来越好，吴楠的商海生涯迈出了成功的第一步。

机遇偏爱有心人。一次一位顾客在她那里买东西唠叨着："咱这煎饼城里的亲戚都稀罕，可是每次出门都带着散装的，又不方便又不好看，要是有个厂子能生产统一包装的煎饼多好啊。"言者无心，听者有意，吴楠想：自己为啥不开个煎饼厂呢？

1998年，中秋节刚过，吴楠就和丈夫一起在县城租了3间房子，买了3盘鏊子，办起了蒙阴县也是全国第一家煎饼厂。尽管这是3间简单的瓦房，尽管这里只有三盘鏊子和3个工人，尽管当时还没有一个客户，但就是从这里，一个山东省著名商标产品，一个成功的企业，一段精彩的创业路开始了。

1999年春节前夕，初尝成功喜悦的吴楠，来到了全国爱国拥军模范"沂蒙六姐妹"的家中，5位还健在的"沂蒙六姐妹"听了这位陌生客人的经历和想法，都爽快答应：用"沂蒙六姐妹"的称号作为沂蒙老区第一个煎饼产品的商标。

"孩子，好好干，干出个样来，可别给俺这六姐妹丢脸啊！"带着几位老妈妈的嘱托，吴楠开始了又一次创业历程。自从用了"沂蒙六姐妹"这个商标，吴楠知道，自己不再是一个普通的企业经营者了，在她身上承担着继承和发扬"沂蒙六姐妹"精神的责任，企业可以搞不好，但"沂蒙六姐妹"的名声不能丢。她把全部的精力放到煎饼加工生产上，她要用自己质量过硬的产品，让"沂蒙六姐妹"的名字走得更远更广。

在吴楠的带动下，蒙阴县的煎饼产业不断扩大，孟良崮煎饼、红嫂煎饼也发展壮大，沂蒙老区的红色革命历史、"沂蒙六姐妹"的精神也伴随着一张张煎饼传遍神州大地。

随着企业经济效益的不断增长，吴楠回报社会、爱党拥军的想法也越来越强烈。从1998年开始，吴楠已先后拿出15万元捐献给抗击"非典"一

拥军七姐妹看望兵妈妈刘安英

线的子弟兵、5.12 四川汶川抗震救灾官兵、西部“爱心工程”……为此，她被社会群众誉为新时代的沂蒙六姐妹。

在成绩和荣誉面前，吴楠不无感慨地说：“俺要和当年的‘沂蒙六姐妹’一样，积极加入到爱国拥军行列，走进绿色的军营，把拳拳爱心献给最可爱的人民子弟兵。”吴楠一以贯之践行着自己许下的铿锵诺言——每年的八一建军节和春节，她都要带着自己生产的煎饼去军营慰问官兵。到目前为止，吴楠共为子弟兵赠送煎饼达 5000 公斤。

就这样，吴楠和“沂蒙六姐妹”结下了深厚的情谊，也接过了“沂蒙六姐妹”的拥军接力棒。2016 年 7 月 31 日，在泉城济南召开的山东省双拥模范县命名暨双拥先进单位和个人表彰会上，临沂市蒙阴县沂蒙六姐妹食品有限公司总经理吴楠被表彰为全省双拥工作先进个人。

“沂蒙六姐妹”爱党拥军的事迹可谓家喻户晓。2017 年 6 月 21 日，“沂蒙六姐妹”最后一位伊淑英老人也离开人间。前来吊唁的吴楠噙着泪水说：“‘沂蒙六姐妹’一直是我们姐妹学习的榜样，老人家走了，她们爱党拥军的精神俺几位姐妹要传承下去。”

2017 年 7 月 29 日，蒙阴县再次荣获全国双拥模范县的喜讯从首都北京传来，“拥军七姐妹”闻讯后，个个振奋不已，不约而同地走进蒙阴县妇女联合会，想赶在八一前夕，把爱心献给兵妈妈。几经酝酿，“拥军七姐妹”的车队载着她们的一片爱心，缓缓驶进了兵妈妈们的家。在兵妈妈刘安英家中，听着身患重病的刘安英断断续续的讲述，七姐妹才惊讶地认出了墙上相框里一身戎装的小伙子正是全军首届大学生士兵标兵公举东，她们的仰慕之情油然而生："多好的兵妈妈，身患重病毅然全身心支持军营中的儿子安心服役，建功立业！""拥军七姐妹"围拢在兵妈妈包丕英身边，听她讲述儿子参军的往事。"他爹去年患病住进了县医院重症监护室，孩子闻讯回家只待了30分钟便含泪返回部队……"包丕英的话触动了"拥军七姐妹"的心，返回的路上，她们暗自下定决心要照顾好这些兵妈妈。

2016年进入汛期以来，我国南北双线出现了罕见的洪涝灾害，人民子弟兵身着迷彩的身影，感动着全国人民的同时，也让"拥军七姐妹"念念不忘。"哪里有困难，哪里就有人民子弟兵，哪里有危险，哪里就有人民解放军！"宋增梅不止一次这样说。她们一再表示，"拥军七姐妹"要从现在的大妈到白发苍苍的老奶奶，在爱党拥军的道路上，永不停歇！

"向军人致敬，向军人学习！""拥军七姐妹"在武警某部观看了军事队列动作表演后，张立美、苑成芳和张楠都发自内心地表白。究其缘由，靠百元起家做大做强来料加工的张楠深情地告诉笔者："走进军营的同时，我们也是在学习，学习军人的作风，学习军人的精神，这对于做好下一步的企业发展更有好处。"

在"拥军七姐妹"的企业里，她们都有一个不成文的规定：对军属高看一眼，厚爱一层。她们在各自的行业中，都发挥自身优势，对军属优先照顾。吴楠就是一个典范。刚刚从济南捧回"全省双拥工作先进个人"奖牌的她，没有沾沾自喜，而是满怀信心地在拥军的道路上继续着拥军光荣的梦想。近日，她又把一批煎饼加工订单放到了辖区军属的手中。

谈起今后的打算，"拥军七姐妹"朴实而坚定地说："只有国防固若金汤，百姓才能幸福安康。立身沂蒙大地，无论时光如何变迁，爱党拥军的情谊永远不变，愿从现在的大妈坚持到白发苍苍的老奶奶……"

人民不会忘记，祖国不会忘记，共产党更不会忘记！因为在祖国的八一军旗上镌刻着"拥军七姐妹"的浓情大爱！

主要资料来源：中国文明网. http://ly.wenming.cn/xywm/mengyin/201608/t20160804_2743003.html.

高弘：拥军爱兵显真情

她从沂蒙山区的一个偏僻乡村走来，骨子里带有老区人民特有的纯净朴实，她用炽热的爱党爱军情怀滋润着官兵心田，她在拥军为兵中收获了串串荣誉……她，就是被战士们亲切地称为“知心姐姐”“军营百灵”的临沂名扬艺术学校校长、青年歌唱家高弘。

2006年，高弘为市拥军协会做了一次公益演出的艺术指导，从此便加入拥军协会，踏上了拥军之路，用歌声赞美人民子弟兵，这一走便是12年，成了名副其实的“沂蒙新红嫂”。10多年里，她行程10余万千米，足迹遍及黑龙江、内蒙古、西藏等地的上百个边防哨所。在每一个连队、执勤点和哨卡，她深情为战士们歌唱，动情宣讲沂蒙精神，热情教唱军营歌曲，受到官兵热烈欢迎。2015年7月，高弘登上中国保利剧院的舞台，举办以拥军为主题的大型公益独唱音乐会，纪念抗日战争胜利70周年，唱响《我的祖国》，传承和弘扬沂蒙精神，取得了圆满成功。军事博物馆原馆长孔令义将军观后说，是高弘把沂蒙精神带到了北京，传向了全国。

2017年，高弘在参加中央电视台综艺频道《我爱唱军歌》的录制现场时，主持人问起她拥军的初衷，高弘响亮地回答说：“在党的领导下，沂蒙老区有着光荣的拥军传统，‘最后一粒米做军粮，最后一块布做军装，最后一件棉袄盖在担架上，最后一个亲人还要送战场’‘村村有红嫂，乡乡有烈士’，这是战争年代沂蒙人民爱党爱军的真实写照。‘沂蒙母亲’王换于，在物资供应极度匮乏的情况下开办托儿所，抚养革命后代几十人，自己的几个孩子却因营养不良先后夭折；用乳汁救活伤员的‘沂蒙红嫂’明德英，不顾封建礼仪的束缚毅然解开胸襟给受伤的抗日战士喂奶……整个抗战期间，沂蒙老区 15.5 万余名妇女先后以不同方式掩护了 9.4 万余名革命军人和抗日志士，4.2 万余名妇女参加了救护 1.9 万余名八路军伤病员的工作。高弘坚定地表示，军民水乳交融、生死与共是沂蒙精神的真实写照，沂蒙人民与子弟兵结下了深厚的鱼水情谊，红色基因已经融入血液里，对于伟大的沂蒙精神和拥军的光荣传统，我一定要在新形势下发扬光大，坚定不移地继续传承下去。”

故事还要从 2011 年那个春寒料峭的 2 月说起……当时，革命圣地沂蒙山遭遇了百年不遇的大旱，乡亲们吃水困难。北京军区某给水工程团得知灾情后，立即派出官兵赶赴沂蒙山，为乡亲们打了 100 多口井，解决了乡亲们的吃水困难。沂蒙山人纷纷走向井台，向满身尘土、泥水的战士们表达感恩之情。临沂市拥军模范、拥军歌唱家、“沂蒙女儿”高弘，一次次穿行于各个井台，用她悦耳的歌声歌唱党，歌唱祖国，歌唱家乡沂蒙山，歌唱绿色军营钢铁战士的无私大爱。

在热情如火的井台旁，驻守边疆 30 多年的《解放军报》特约记者魏士江循着清亮悦耳的歌声找到了高弘。他惊讶于老区沂蒙山竟然有如此美妙的金嗓子，更惊讶于高弘作为一位歌唱家、一位艺术学校校长，漫漫十年拥军路上对绿色军营的鱼水情深！魏士江的儿子也是一位边防战士，因为驻守边疆，婚期一拖再拖。魏士江诚恳地对高弘说，等他的儿子结婚的时候，要邀请“沂蒙女儿”在婚礼上高歌一曲。高弘不假思索地答应了。

谁曾想，这个承诺的兑现，竟等了六年。

一天，正在给孩子们上课的高弘接到了一个来自内蒙古的电话。电话那头，魏士江兴奋地邀请高弘去参加他的儿子迟到六年的婚礼。高弘一边忙不迭地祝福，一边在心中感慨万分：在保家卫国和个人的婚姻大事面前，边防战士毫不犹豫地选择前者！她对边防战士的敬意油然而生。

在魏士江儿子的婚礼上，高弘见到了很多常年驻守边关的老兵，听到了许许多多关于边防哨所的感人故事。北疆边防，严冬时节零下四五十度的极寒天气里，一眼望不到尽头的草原上，是战士们顶风冒雪巡逻、执勤的身影。而无数个团圆佳节，千家万户举杯同欢的温馨时刻里，属于边防战士和他们的亲人的，是共同守望的那天边的同一轮明月，以及默默承担的天各一方的离别之苦。边防老兵们对高弘说："带着你的歌声去看看边防线上的子弟兵吧，他们是最可爱的人，也是最需要温暖的人！"

边防战士们的故事，感动和震撼着在拥军路上已经跋涉了十个年头的高弘。她暗下决心，一定要走遍8000里边防路，把歌声和温暖洒满边疆。战争年代的沂蒙红嫂用乳汁为战士疗伤，新时代的沂蒙红嫂要用歌声慰藉战士的心灵！

2017年1月初，正是内蒙古草原最冷的季节。越是天气恶劣，战士们越是需要心灵的温暖。1月4日，高弘辗转搭乘汽车、高铁、飞机，终于踏上了内蒙古锡林浩特的土地，踏上了慰问在高寒地区执勤站岗的边防子弟兵的征程！

"十五的月亮照在家乡照在边关……"

"咱当兵的人，就是不一样——"

"你是谁，为了谁，我的战友你何时回……"

在她走过的每一个连队、每一个执勤点、每一个哨卡，她都宣讲着沂蒙山精神，宣讲着沂蒙老区人民对边防战士的感恩与感谢，并郑重承诺将会把边防精神带回到老区，照耀和温暖老区人民的心灵。在战士们热情地要求下，高弘一首接一首地高歌着，歌唱祖国，歌唱军营，歌唱边防，歌唱家乡。战士们和高弘一起打着拍子，一起齐声应和，他们的眼睛里闪烁着泪花，那被风霜吹打过的年轻脸庞上洋溢着欢乐。高弘把临沂市拥军优属协会委托带去的慰问品和自己的个人演唱会专辑，郑重地赠送给每一个她走过的基层连队和哨所，留下沉甸甸的精神力量。

冒着零下30多摄氏度的严寒，高弘跟随战士们一起去边境线上巡逻。厚厚的积雪堆积着的道路，是那么艰涩难行，高弘就在巡逻车上开起了现场演唱会。战士们笑着说，听着高弘老师的歌声，不冷了，也不累了！在路上，看到战士们手握钢枪，英姿威武，警惕的目光注视前方，守卫着祖国的神圣领土，寒风吹得战士们脸蛋通红。高弘走上前去，轻轻地为战士松开的领口系上纽扣，并叮嘱他们一定要注意保暖。

“我们就喜欢这样的拥军，轻车简从，接地气，重实效。”部队首长说。离开时，战士们整齐地向她举手敬礼，并高声呼喊：“高老师，您什么时候再来啊？”“我这是刚刚开始，我将坚持下去，经常来边疆看望战士们，慰问子弟兵。”高弘已经走得很远了，战士们还站在那里整齐地敬礼，如雕塑一般。那一刻，坐在车上的高弘泪流满面。

在走访慰问途中，高弘因为不胜严寒，发起烧来，上吐下泻，彻夜难眠。但是，对边防战士们的一片火热的真情支撑着她一路颠簸，马不停蹄地从一个连队赶赴另一个连队，军民鱼水情从哨所唱到执勤点，从营区唱到巡逻线，她带病坚持连续做了 7 场报告。那些天里，她跟战士一起在边境巡逻，给他们蒸馒头、包饺子、拆衣洗被，“沂蒙新红嫂”的力量温暖着边疆。

随着高弘在市拥军优属协会影响的不断扩大，一些官兵主动联系她解决家中难题的事情也逐渐增多。一次，莒南籍边防战士李洪斌给她打电话，述说家中遇到困难，父母年纪大了，自己是独生子，又在执行紧急任务，不能请假回家照顾。了解这一情况后，高弘感到这是战士对她亲人般的信任，于是她一边安慰李洪斌在部队安心工作，一边协调发动相关部门和人员加紧办理。经过几天的不停奔波，这名战士家中的困难得到了很好解决。当大家得知她和李洪斌非亲非故，却倾心为子弟兵排忧解难时，都非常感动，主动申请加入拥军队伍。还有一位临沂籍士官，有着 16 年的军龄，多次赴国外执行维和任务并荣立二等功，妻子得了重病没有足够的经费医治。有位企业家听说后，当即为这位军嫂捐助了 1.8 万元。从不商演的高弘，在这名企业家的公司开业之际，她专门到场用歌声表达谢意。

高弘深知，选择了军人这个职业，就意味着与孤苦奉献为伴，也随时准备会有流血牺牲。作为沂蒙老区的拥军模范和爱心形象大使，她始终怀揣一颗真诚之心做好拥军工作，并通过政协委员这个平台积极建言献策，为国防和军队建设尽一份绵薄之力。如何从制度机制层面维护军人军属的合法权益，成为她经常关注思考的一个问题。在近两年的市区政协会议上，高弘提交的《关于提升军地共建平台助力转业退伍人员就业》的提案被市政协采纳，《关于新时期拥军优属的十点建议》《齐心协力促军人安置》的提案被市政协转报省政协有关部门办理。

高弘和战士们在一起

高弘在 2012 年西藏拥军活动归来后，在临沂市广播电视台举办的一次活动中，登台献唱。台下一位市领导就告诉她，以后可以带着学校的孩子们一起去拥军，让这种精神从小就植根于我们的下一代。此后受到启发的高弘，每年都要带着孩子们去临沂的军区、武警部队，去做拥军活动。令高弘欣喜的是，战士们看到这些可爱的“新面孔”后都非常喜欢，而孩子们也通过这样的活动，更加了解解放军战士，也更加崇拜军人了。近年来，每逢八一建军节前夕，高弘都要组织学生编排精彩节目，走进驻军部队进行慰问演出，而且每场第一个节目都是《致敬解放军叔叔的一封信》。她这样做的目的，就是让同学们知道，之所以能够坐在宽敞明亮的教室里学习，之所以拥有幸福快乐的美好生活，就是因为有解放军官兵的无私奉献，岁月安好是因为有中国军人枕戈待旦的坚守，以此使青少年在潜移默化中受到教育，弘扬爱党爱军及无私奉献精神，树立勤奋学习立志报国的远大志向。

沂蒙女儿热爱党，一颗红心向北京。习近平总书记“新形势下双拥工作只能加强、不能削弱”的重要指示，字字千钧。“爱我人民爱我军”的双拥情怀，重重叩击着高弘的心弦，更加坚定了她拥军爱兵的信心。这些年来，高弘收到了很多来信来电，对她情注军营、爱洒官兵的举动给予高度赞誉。有位部队领导评价说：“传承红色基因，弘扬沂蒙精神；奉献无私大爱，彰显巾帼风采……”

今后的路还很长，高弘这位新时期的沂蒙女儿，正牢记领袖嘱托，不忘初心，牢记使命，在拥军的道路上步伐坚定，勇往直前。

主要资料来源：搜狐网 . http://www.sohu.com/a/162212044_669643.

张凤英：歌声唱响沂蒙颂

她，出生在莒南县一个丘陵所隔的闭塞山村里，从小便憧憬着演员梦，孩提时便崭露歌唱天赋；她，历经曲折求学，名师眷顾，歌唱事业腾飞，在全国大赛勇夺金奖，一鸣惊人，事业黄金年华时却选择回到家乡；她，在重大演出活动中把《沂蒙山小调》《谁不说俺家乡好》《沂蒙颂》等经典歌曲演绎得荡气回肠。她就是中国民主同盟盟员、“新沂蒙 新红嫂”、国家艺术基金资助歌唱家、有突出贡献的中青年专家张凤英。她还是中国音乐文学学会会员、中国音乐著作权协会会员、中国职工音乐家协会理事、山东音乐家协会会员、《中国大众音乐拔尖人才》《中国乐坛》杂志编委成员、临沂市政协委员、临沂市青联委员、临沂市消防形象大使。

作为“新沂蒙 新红嫂”——沂蒙民歌领军人的张凤英，生在沂蒙长在沂蒙，在追求艺术的人生道路上踏过坎坷蹚过泥泞，是家庭、单位、社会的关爱成就了她今天的事业。张凤英深知成绩荣誉的来之不易，因此，感恩报答成为她人生的一桩心事。于是，凡是公益演出她都会爽快答应，并精心准备，把每一场义演都当作一次考试和历练，努力将歌曲演绎得让人身临其境、回味悠长。多年来，张凤英积极参与大型公益活动和慈善义演活动，代表市委市政府出访多个国家与地区，积极开展文化交流，走访敬老院，为敬老院老人唱歌、洗脚，去监狱为犯人唱歌，关注留守儿童，多次到部队慰问官兵，对宣传沂蒙及沂蒙精神做出了巨大贡献，受到市委市政府及中央领导的高度赞扬。

张凤英在敬老院为老人演唱歌曲

熟悉张凤英的人都知道，她为人淳朴低调，做事认真高调，所以她收获了“沂蒙女儿”的美誉。一个人的名字有时候不容易被人记住，但是有关他（她）的事迹却容易被广泛传播，张凤英就是这样的人。正是因为她有情有义，应邀参加各类公益活动可谓数不胜数，她的每一次倾情演绎都会让活动再掀高潮，令人久久难忘，也使得自己与“公益”结下了不了情。

尽管参加公益活动最基本的是要有爱心或正能量，但是参加公益活动也是需要有能力和作为的。张凤英对此更是深信不疑。她虽然没有过多的物质资源可以奉献，但是她坚持把人做好，把歌唱好，为大家奉献精神文化。多年来，她取得了丰硕的成果。张凤英自从事文化工作至今，始终以弘扬主旋律、弘扬正能量、传播优秀传统文化为主题，为文化事业的发展，特别是为沂蒙传统文化的传承和弘扬做出了突出贡献，共获得大小奖项 50 余项，个人原创歌曲作品 20 余首，原创首唱歌曲 400 余首，歌曲由中国文联音像出版公司、山东教育出版社、山东电子音像出版社等公开发行出版。论文、歌词多次在国家级、省级刊物发表。2014 年，她被评为第十届中国艺术节临沂先进工作者、“新沂蒙　新红嫂”、优秀女文化工作者等荣誉称号。

主要资料来源：https://www.meipian.cn/rrhzfrz；沂蒙慈善网. http://www.ymcs.com.cn/html/cskx/2010/0225/924.html.

李秀敏：妙手仁心好医生

李秀敏，女，硕士研究生学位，中共党员，1991年7月毕业于潍坊医学院临床医疗系，同年被分配到临沂市肿瘤医院，一直从事妇瘤科工作，现任临沂市肿瘤医院副院长。

作为一名医务工作者，过硬的医术是首要的必备条件。李秀敏从踏上工作岗位那天起，就注重刻苦钻研业务技术，在宫颈癌、宫体癌、卵巢癌、外阴癌等妇科恶性肿瘤的综合、规范治疗方面和子宫肌瘤、卵巢肿瘤等良性肿瘤的微创治疗方面都取得了较好的成绩。为提高治疗水平，掌握国际、国内最新发展技术，李秀敏自1999年先后前往上海复旦大学附属肿瘤医院、附属妇产科医院及上海妇科内窥镜治疗中心、广东省佛山市人民医院、南京市妇幼保健医院，师从蔡树模、张志毅等国内知名教授，刻苦学习妇科肿瘤的放疗、化疗、规范手术及微创手术等综合治疗手段，多次外出参加国际、国内重要学术会议，并将所学知识应用于临床工作中。

在刻苦钻研业务的同时，李秀敏富有开拓创新精神。2000年，她率先在临沂市开展妇科腹腔镜手术；2001年，她又率先在临沂市开展了各种非脱垂子宫阴式手术；2010年，她又带领科室同志率先在临沂市开展了宫颈癌的调强放疗，协同普外科、泌尿外科一起开展了晚期局限性宫颈癌、阴道癌侵犯膀胱、直肠后的全盆、前盆、后盆脏器切除术；2013年始，她又带领科室同志开展了腹腔镜下早期宫颈癌、子宫内膜癌的广泛性子宫切除加盆腔淋巴清扫术，腹腔镜下早期卵巢癌的分期手术等在国内也处于领先地位的妇瘤治疗技术。通过开展以上工作，经她诊治的良性肿瘤患者手术微创化，恶性肿瘤患者的生存期和生活质量大大提高，已被判除“死刑”的患者又获得了希望。目前她所领导的妇瘤科已成为鲁中南地区宫颈癌治疗中心，在良性肿瘤的微创治疗与恶性肿瘤的规范治疗方面均成为临沂市的亮点。

工作之余，她不忘学习及科研的重要性，近几年来，她参与并主持科研课题9项，其中1项获山东省科技进步三等奖（第4位），3项获临沂市科技进步二等奖（均为第1位），4项获临沂市科技进步二等奖（均为第2位）；2项发明获国家实用新型专利证书；发表中华级学术论文4篇（第1位），省部级学术论文16篇（第1位）；撰写医学专著3部。2012年6月28日至7月1日与山东省肿瘤医院成功合办“全国妇科肿瘤学术会”，到会者400余人，来自全国各地的专家一致给予高度好评。2014年12月6日、2015年12月19日、2016年12月17日分别举办三次省级继续医学教育项目：宫颈癌的综合规范诊治学术会及卵巢肿瘤诊疗新技术学术会，与会者均达200人，参会者一致认为学术内容丰富、实用性强，对大家的临床工作起到很好的指导作用。她经常参加国家级及省级学术会议，并做大会发言，每次都受到好评。

工作的同时，她想到了一些贫困、交通困难的百姓。在紧张繁重的工作之余，她无偿前往莒南、沂南、沂水、平邑、蒙阴、费县、临沭、兰陵、郯城、河东、临港、罗庄等县区及基层乡镇、农村宣讲妇科肿瘤的预防及诊治，带教、培训妇科医师285人，为农村育龄妇女免费查体5850余人次。通过以上活动，既方便了广大人民群众的诊治，同时也极大改善了医患关系，得到了广大医务工作者及广大人民群众的一致好评。

成绩的取得离不开个人的奋斗和奉献。李秀敏把时间和精力都投入到工作中，奉献给一个个被病痛折磨的患者。她带领的科室在不断进步，一个个康复的患者重新找回了人生的幸福，但是她却有愧于家人。家人经常问她，你这样干到底为了什么？不顾家庭，不顾孩子，父母过问了多少？肿瘤医院给了你什么好处？房子没有，奖金不高，丈夫生气的时候时常会说她就是傻瓜一个。在李秀敏的心中却只有一个信念："只要能让科室发展、医院发展，只要能让更多患者摆脱痛苦，再苦再累也值了。"

真情的付出赢得了患者的信任，辛勤的劳动取得了丰厚的回报。二十多年来，由于她工作勤勉努力，从不计较个人得失，也得到了各级党委政府以及各社会团体的肯定，获得了多项荣誉。2006 年，她被临沂市卫生局评为"优秀共产党员"，所带领的青年团队被团市委授予"青年文明岗"称号；2009 年，她被山东省总工会授予"山东省女职工建功立业标兵称号"；2010 年，她被市卫生局授予"巾帼卫生标兵"称号，并被市妇女联合会授予"三八红旗手"称号；2011 年被市人社局、卫生局授予"全市妇幼卫生工作先进个人"；2012 年 3 月，她又被临沂市委宣传部、临沂市妇联、临沂市卫生局联合授予"新沂蒙　新红嫂"十佳女义务工作者荣誉称号；2013 年，她又被山东省卫生厅授予"三好一满意"活动示范标兵；2016 年 3 月，她被中共临沂市委宣传部、临沂市妇女联合会评为十佳"沂蒙新红嫂"，同时被授予市三八红旗手标兵荣誉称号。

主要资料来源：齐鲁网 . http://www.iqilu.com/html/linyi/zt/xinhognsao/.

王红伟：纺织女工新标兵

纺织女工，这是一个有着时代意义的词语。几十年前，几乎人人都会因为成为一名纺织女工而骄傲，而现在，愿做纺织工作的年轻人却寥寥无几。在沂蒙大地上，一位普通的纺织女工却展现了不一样的人生风采。

王红伟是一名普通的纺织女工，凭借极强的责任心和爱岗敬业的精神，在平凡的工作岗位上做出了不平凡的成绩。一台经编机，不到两平方米的工作区域，每天巡车十二个小时，至少30公里的路程，这就是新光毛毯有限公司经编车间穿纱工王红伟的日常工作。一根断纱决定一件毛毯的命运，机器是否连续运转，查找断头原因，这都需要王红伟在最短时间里做出准确判断，并及时处理。

从2010年进厂成为一名纺织女工，短短几年时间，王红伟成长为一名技术过硬的熟练工人。近年来，她的生产产量、质量、操作技能始终保持车间第一名，每年为公司增加经济效益60余万元。她技术精湛，可同时操作两台经编机，同时能穿纱十六组盘头，每天她纤巧的手指灵活地穿梭于五万根纱线之间。娴熟的技术、高超的本领并不是一下子就拥有的。为了更好地掌握操作要领，一向不服输的王红伟付出了比常人更多的努力。下班后，姐妹们外出逛街，她却在车间练习基本功，节日放假，别人回家了，她却放弃与家人团聚的机会。别人练一个小时，她就练两个小时或者三个小时，一定要超越别人，比他们快，比他们更熟练。正是这份信念，王红伟只用了两个月时间，就从一名学徒工成长为合格的穿纱工。在工作实践中，王红伟不仅有不服输的精神，还善于总结经验，提升工作效率。她提出了“s型穿纱路线”操作规程，至少减少了女工25%的工作量，提高产量40%以上。

工作在岗位上的王红伟

自己成长了，王红伟不忘带新人。正因为深知从一无所知到成熟这个过程的痛苦，在带新人的时候，王红伟总是主动靠上去，不厌其烦地教。每次新学员考试，只要是她带的新学员，考试的时候都是百分百通过。

工作时间长，劳动强度大，简单重复动作带来的枯燥，让很多年轻人对纺织工作望而却步，王红伟身边不少姐妹也曾劝过她放弃这个工作。但是王红伟认为，自己的工作虽然是一份简单的工作，但要把简单的工作做好并不容易，自己就是要把这件简单的事做好。也正是靠着这样的信念，她在“第九届格兰德杯操作运动会”比赛获一等奖，多次被评为“金牌工人”“巾帼建功标兵”“女职工建功立业标兵”，2015年荣获“新沂蒙 新红嫂”十佳企业女职工荣誉称号。2016年，王红伟被授予十佳“沂蒙新红嫂”称号。

主要资料来源：齐鲁网. http://www.iqilu.com/html/linyi/zt/xinhognsao/; http://news.ilinyi.net/2016/0506/84122.shtml.

郑亚琴：科研立教多担当

郑亚琴，临沂大学生命科学院教授。作为一名高校教师，郑亚琴不仅担负起教书育人的神圣职责，还立足岗位在科学研究方面攻坚克难，并在推广科研成果的过程中服务社会，是新时代沂蒙妇女干事创业的典范。

师者，传道、授业、解惑。在学校里，郑亚琴一直承担着食品科学与工程专业的本科教学任务。作为山东省行业重点实验室食品营养与检测方向带头人、山东省教学指导委员会（食品科学与工程）委员、食品科学与工程特色专业的负责人，无论什么时候，她都严格要求自己，精心设计教案，注重把自己的科研成果及时运用到教学实践中。她讲授的《园艺产品贮藏加工学》为校级精品课程，带领的团队为校级优秀教学团队。她主讲的《花卉艺术学》《茶艺》等校级公共选修课，每个班次都人数爆满，受到各专业学生的青睐。她还利用自己的工作室、科研项目积极为学生提供实践平台，提供更多实习、就业机会，为企业输送优秀人才。她还积极指导大学生创新创业计划项目，指导的学生入选国家级大学生创新创业项目计划。

科研是教学的基础与保证。作为一名地方高校教师，郑亚琴深知必须随时了解掌握相关领域最前沿的知识、动态和成果，积极开展立足科技创新、面向生产实际的科研工作，这样才能做到心中有数，前进有目标。为此，在承担日常教学工作的同时，她千方百计挤时间到中国农业大学、浙江大学等高校进修访学，并多次到美国、日本、加拿大、台湾等国家和地区进行学术考察和交流。她担任了山东省现代农业产业体系水果创新团队综合试验站站长、临沂大学农产品开发产学研创新团队带头人。几年来，郑亚琴带领团队勤奋敬业、开拓创新、扎实苦干，取得了可喜的成绩。先后在中文核心期刊发表研究论文 40 余篇，主持和参与国家星火计划项目 2 项、国家自然基金项目 1 项、山东省星火计划项目 3 项、临沂市重大科技项目和科技攻关项目多项。申请国家发明专利 9 项，获得国家科学技术金桥奖（集体奖）1 项，山东省科技进步二等奖 1 项，省厅科技进步一等奖 1 项、三等奖 1 项，市科技进步二等奖 4 项，市自然科学一等奖 3 项、二等奖 2 项。

科研最终要服务于生产，服务于社会。用己之长，积极推进产学研结合，不断提高服务社会的能力，是郑亚琴多年来不懈的追求。2011 年，在学校领导的支持下，成立了临沂大学—东都绿色食品研究所，旨在为沂蒙山的优质农产品进一步优化升级提供智力和技术支持，为百姓餐桌提供安全、营养、健康的食品。2012 年，成立了郑亚琴教授工作室，致力于为社会提供农产品贮藏保鲜、加工工艺、食品感官分析、食品质量安全检测以及功能性食品、天然食品添加剂等方面的技术服务。郑亚琴积极推广引进农产品贮藏加工新技术，带领团队成员经常顶酷暑冒严寒，克服种种困难，深入田间地头、种植户、加工车间，调查研究，采集信息，再回到实验室，经过多次反复试验，解决了一些果蔬品种的贮藏保鲜及加工工艺上的难题，并把自己的研究成果进行了转化。她起草和参与起草并发布了临沂市农业地方标准 10 个，两项建议被评为临沂市十佳优秀决策咨询建议。针对临沂蓝莓种植规模较大但后续加工跟不上的问题，郑亚琴进行了《蓝莓标准化栽培及加工关键技术研究与示范》项目的研究与探讨，与企业联合，共同探索，走出了一条蓝莓种植加工产学研相结合的路子，真正实现了实验室里的成果为民所用，打开了双赢的新窗口。作为国家万名骨干农技推广人才，郑亚琴深感责任重大、使命光荣。坚持立足岗位服务社会，郑亚琴取得了国家绿色食品监督监管员、国家二级创业咨询师任职资格，担任市质量工作考核专家、食品安全专家库成员等社会工作。近几年来，郑亚琴作为农业专家，多次参加省市级科研项目评审、新型职业农民培训等工作。

付出总会有回报，郑亚琴先后荣获山东省技术市场科技金桥奖先进个

工作中的郑亚琴

人、临沂大学优秀共产党员、临沂市“十佳女科技工作者”“三八红旗手”等荣誉称号。面对荣誉，郑亚琴做了这样的表达：“作为一名高校教师，我只是做了些应该做的工作，为建设大美新临沂、服务沂蒙尽了点儿微薄之力，组织却给予我很多的荣誉。在今后的工作中，我要继续用沂蒙红嫂精神激励自己，和姐妹们一起，在各自领域，为大美新临沂的建设贡献力量。”

主要资料来源：http://linyi.iqilu.com/lyminsheng/2016/0308/2711655.shtml；孙海英，陈永莲.沂蒙精神与临沂革命老区跨越式发展研究［M］.济南：山东人民出版社，2017.

刘文玲：一心为民干劲强

刘文玲，是沂水县沂城街道西朱家庄社区党支部书记、村委会主任，是一个有着20多年党龄、20年支部书记经历的农家妇女。多年来，刘文玲和全村老少爷们一道苦干实干，把名不见经传的穷村发展成为远近闻名的富裕村。

1985年刘文玲嫁到西朱家庄，那时“小草房、黄土墙”是外人对西朱家庄的印象，“一欠两难三多”是西朱家庄人生活的写照。当时村集体欠外债近二十万元，群众致富难，集体增收难，村里酗酒骂街打架的多，游手好闲赌博的多，三堆满街发牢骚的多。1998年，刘文玲被推选为村党支部书记，很多村民不买账，他们不信一个女人能把大老爷们都干不好的事干好。面对眼前的烂摊子和村民的种种质疑，刘文玲顶住压力，她带领“两委”成员挨家挨户征求意见，确定了“改村貌、树新风、搭平台”的发展思路。

为了改村貌，改变“晴天一身土，雨天两脚泥”的现实情况，刘文玲带头当小工抡大锤，搬石头铺路基。一年的时间里，拆迁平房23户，硬化道路1万平方米，在村里修成了“两横六纵”大通道。树新风，制定《村规民约》，明确了对赌博、酗酒、骂街等歪风邪气的处理规定，开展“五好文明家庭”“好婆婆、好媳妇”评选活动，形成尊老爱幼、崇尚文明的良好风尚。搭平台，利用养殖长毛兔的传统，建40亩獭兔和长毛兔养殖区，养、供、防、销一条龙，为居民致富掘到“第一桶金”。刘文玲真心的付出转变了村民的老传统、老看法，原来说怪话的村民也纷纷对她竖起了大拇指。

沂蒙山区的妇女都有着坚韧大气的品质，刘文玲也不例外。多年来，她一直秉行“多律己，不责人；多沟通，不猜疑；多谦让，不争功”的处事原则，打造了一支能干事、肯干事、干成事的干部队伍。

2002 年，县里城区北部路网改造，刘文玲敏锐地认识到，目前单一的种养模式已经不能满足群众致富和村庄发展的需要了，关键是要靠招商引资，要招来能带动社区经济发展的大项目、好项目。为此，她顶着压力挨家挨户做工作。搬迁第一天，天不亮她就带领“两委”成员亲自动手挖、用锄刨，有的村干部眼含热泪亲自挖出入土仅两年的父亲的灵柩。村民看在眼里，记在心里，争相搬迁，配合工作，仅 6 天时间，519 个坟头、705 个墓穴全部移至新公墓。在此基础上，建成现代工业园区，先后引进隆科特、广成塑业等 22 个项目，其中过亿项目 3 个，每年集体增收 90 多万元。2008 年，刘文玲又瞅准沂水大集搬迁的契机，筹措资金，争取政策，建成沂水大集市场和文诚农贸市场，每年为集体创收 300 余万元，成为社区的经济支柱产业。多年的苦干实干，西朱家庄社区终于实现了生活上、经济上、民风上的华丽转身，成了远近闻名的富裕村。

“人心换人心，黄土变成金。”十几年来，刘文玲始终把群众当亲人，时刻关心着群众的冷暖，在基层工作岗位上绽放出了不一样的巾帼风采。暴风雨之夜，街上没电也没人，她担心村里情况，就蹚着没膝的雨水查看水情，挨家挨户嘱咐安全事项，淋了雨受了凉，顶着高烧坚持工作，下了班才去社区门诊挂点滴。村民听说她病了，纷纷带着礼物看望她，她黑着脸闭门不见。对自己狠心，却总对他人热心，村里谁家生活有了困难，谁家夫妻、婆媳、邻里有了矛盾，她都带头伸出援手，能第一时间解决的立即解决，解决不了的赶紧想办法解决。这些年，刘文玲捐出的财物有二三十万元，但镇里表彰她，她总是推辞。她总说：“金杯银杯不如老百姓的口碑，这都是该做的，不需要表彰。”

在刘文玲的带领下，西朱家庄社区“三多两富一好”。“三多”是致富项目多、住宅楼房多、好人好事多，村里有工厂有市场，不出家门就能务工经商，90% 以上的年轻人住上了小康楼、安居楼，村里尊老爱幼、拾金不昧、和睦友善蔚然成风。“两富”是集体富、村民富，每年集体收入 450 多万元，2015 年农民人均纯收入达到 17500 元。“一好”是村民保障好，每名村民每年补贴 400 元，定期发放生活物资，居民两保全部由社区承担。社区先后被授予全国妇联基层组织建设示范村、全国美德在农家活动示范点、全国计划生育协会先进单位等 40 多项国家、省、市、县荣誉称号。

“春蚕到死丝方尽，蜡炬成灰泪始干”，刘文玲常笑言自己只是个基层工作者，但在她身上展现出的，是作为一名共产党员对生命价值的不懈追求，是在平凡的工作岗位上为群众甘洒汗水的崇高精神！她荣获省优秀共产党员、省优秀女村官、省三八红旗手、省科技致富女能手、市妇女儿童工作先进个人、第六届“临沂十大杰出女性”提名奖、十佳“沂蒙新红嫂”等荣誉称号。

主要资料来源：苑朋欣.沂蒙精神溯源研究［M］.济南：山东人民出版社，2017；沂水县妇联，http://www.lywomen.org.cn/info/1035/6753.htm.

高娟：物流女杰创新篇

高娟，临沂财源物流有限公司董事长，临沂商城物流协会会长，临沂女商联合会会长。她曾把婚房抵押贷款开创事业，她曾头脑一热包下老乡的山，却因没有经验致70多万的树苗全部死掉。她创新物流发展，开荒绿化，投身公益，安置就业。她的血与汗，都洒在了沂蒙大地上；她的坚持与担当，演绎着沂蒙新红嫂精神。

1994年，高娟用婚房抵押的贷款35000元，创建了临沂财源物流有限公司。经过二十多年的打拼，财源物流已发展成为拥有60个分公司、1000余名员工、10万平方米市场与物流经营为一体的分拨中心。在物流产业的发展中，高娟始终坚持走创新之路。1998年，高娟与全国知名的软件公司合作开发出临沂首套物流软件，代替原始手工开单。2004年，与临商银行合作开发的物流贷收款交易模式，实现了物流资金全国通存通兑。2011年，创新推出条形码货物适时跟踪，用快递模式管理普通物流，有效解决了最令人头疼的货物清点问题。2014年，首批推出自助开票机，为临沂物流发展开创了信息化、自动化的先河。2015年，首次提出并实行物流实名制，为执法部门监管防爆武器运输提供了有力数据。物流业做得如火如荼的同时，高娟先后成立了临沂申发运输公司、山东金兰影视文化发展有限公司、翠微园林合作社，形成了物流、运输、文化产业、旅游开发、宾馆餐饮多元化发展的行业集群，实现了企业的多元化发展。

2008年，一个偶然的机会，高娟来到地处苏鲁交界的夹谷山，突然看见一位老乡正在砍伐足有半抱粗的老梨树，当她得知是因为梨树品种老化而伐掉种粮时，非常心疼。当时她头脑一热说："你们别伐了，这些树我要了。"于是，高娟将身上仅有的2000余元全部掏给了老乡。

高娟回家与家人商量，要承包夹谷山，投资绿化荒山，家人一致反对。但她决心已定，第二天就带上铺盖来到山上，签完承包合同后，半年时间就修了路，架上了电，盖起了办公室。为了还原以前的茂密树林，急于求成的高娟，投资70万元，买了一批大树来栽，由于没有经验，大树多数死掉了，70万打了水漂。看着一棵棵死掉的大树，高娟第一次流下了眼泪。有了第一年的教训，高娟聘请了林业专家，改种小苗，慢慢地，黑松、杜仲、五角枫、樱花、桂花等大批树木在山上焕发了生机，一片片裸露的山体又重新披上绿油油的新装。几年时间，她先后投资1600余万元，栽了200多万棵树，现在的夹谷山山清水秀，四季有花，三季有果。2014年，山东省荒山改造现场会在夹谷山成功召开，这里被称为苏鲁的北方小江南，高娟也荣获山东省第一届国土绿化奖。

山绿了，水清了，来夹谷山游玩的人多了。但很多人却不了解这座山曾经的历史。过去的夹谷山曾是革命根据地，一一五师参谋长符竹庭将军曾经在这里战斗过。大家都觉得在夹谷山开发现代旅游项目肯定可以赚大钱，可只有高娟自己知道承包这座山的初衷，就是把这座山打造成为红色旅游胜地。于是，高娟投资一个多亿，对3.5公里长的弃用军事山洞进行全面改造，打造了军事科普长廊、忆苦思甜、打仗归来、坐车打鬼子等项目，知青园、八路军实战园正在建设中，每年暑假都会对学生免费开放，《血鹰》《浴血1937》等多部红色影片在这里拍摄。2013年，军委原副主席迟浩田亲笔写下了"红色革命教育基地"几个大字。

在企业发展过程中，高娟不忘回报社会，关爱他人。高娟优先安置大学生300多名，下岗职工480多名。为了让员工也能自己当老板，高娟成立了申发运输公司，筹集资金1500余万元，购置300多辆货车，与司机签订零首付合作合同，三年后车辆无偿送给司机。2008年以来，她出资40余万元为家乡70岁以上的老人发福利、修道路，出资20余万元为留守儿童

临沂财源物流有限公司董事长高娟

捐建爱心家园。近几年，高娟积极参加市妇联组织的沂蒙红嫂拥军边疆行活动，先后赴西藏、青海、内蒙古、东北三省等祖国边疆慰问部队官兵，走边关，去哨所，进军营，为部队官兵送去沂蒙妇女的深情厚谊。二十多年来，高娟在社会公益活动中，捐款捐物达到 360 万元。“是改革开放给财源物流带来了发展机遇，是党的富民政策、政府关怀给我一个展示自己的平台，要致富思源，富而思进。”这是高娟的心声。

高娟说，她最大的梦想，就是让临沂物流的红旗插遍全国，让沂蒙红嫂精神一代一代传承下去，为了实现梦想，她要勇当物流的思考者，红色文化的传播者。近年来，她当选为临沂市工商联常务委员、临沂市商城总商会副会长、临沂批发市场分局消费者协会副会长、临沂市场发展战略研究所研究员、山东省女企业家协会理事等，她先后获得了全国巾帼模范、省三八红旗手标兵、省三八红旗手、省巾帼建功标兵、省国土绿化贡献奖、市十大杰出女性、影响临沂发展的创业典范、临沂商城十大杰出创业人物等荣誉称号。

主要资料来源：孙海英，陈永莲。沂蒙精神与临沂革命老区跨越式发展研究［M］.济南：山东人民出版社，2017；齐鲁网. http://linyi.iqilu.com/lyminsheng/2016/0308/2711656.shtml.

刘桂红：弘扬传统谱新声

刘桂红，中共党员，山东郯城人，1962 年生。1981 年 1 月至 1982 年 12 月，任临沂市柳琴剧团演员。1982 年 12 月至 1986 年 12 月，担任临沂艺术学校教师。1986 年 12 月至今，任临沂市柳琴剧团副团长、国家一级演员。迷人的拉魂腔，在这座城市已经传唱了数百年。通俗易懂的唱词，加上优美、婉转的唱腔，再配上古老的柳琴伴奏，她将《沂蒙情》这一名剧唱段演绎得淋漓尽致。在农村上小学的时候，恰逢文化宣传队下乡招考，刘桂红就报名了，后来考入了临沂艺术学校的歌唱专业，在学习的过程中偶然接触到柳琴戏，觉得用土腔土调唱起来挺好玩，开始慢慢了解和学习，在学习的过程中，她逐渐喜欢上了这个很贴近临沂群众生活的地方戏种，也从此，开始了自己的“柳琴生涯”。

在过去五十多年的演艺生涯中，刘桂红成功塑造了沂蒙母亲等众多深入人心的英雄形象，作为革命老区的戏曲演员，她肩负着很重要的责任与使命。她回忆道：“我经常被戏曲中所演绎的妇女形象所感动，也能体会到角色带给人们的教育和正能量。老一辈革命者保家卫国的光荣事迹，让我的心灵得到了净化。”“人们都该学习红嫂的精神，将其发扬到现实生活中去，贡献出哪怕是点点滴滴的力量，而柳琴戏正是宣传红色正能量的重要载体。”每每演到《沂蒙情》中“送子参军”的片段时，她总会抑制不住内心的激动，热泪盈眶。她将革命精神融入戏曲创作中，再通过细腻的表演传递给观众，引起共鸣。

刘桂红与孩子们在一起

刘桂红是临沂市柳琴戏传承保护中心副主任。她从事柳琴戏艺术40多年来，塑造了众多沂蒙母亲和红嫂形象，先后获得了山东省“齐鲁金盾艺术奖”一等奖、“中国戏曲名家名段演唱大赛”二等奖、“首届中国柳琴戏艺术节”优秀表演奖、第四届“中国戏剧奖·小戏小品奖”最佳演员奖。主演《蒙山沂水》获第七届中国舞蹈荷花奖特别奖、省精品工程奖和首届泰山文艺奖一等奖；主演《沂蒙情》获文化部第十届中国艺术节“文华奖”优秀剧目奖、山东省“精品工程奖”。被临沂市政府评为先进个人，授予“新沂蒙　新红嫂”十佳女文化工作者、“三八红旗手”等荣誉称号。2016年，被评为十佳“沂蒙新红嫂”。

主要资料来源：中国教育品牌网 . http://www.zgddmx.com/news/show.asp?id=57186；齐鲁网 .http://www.iqilu.com/html/linyi/zt/xinhognsao/.

宋炎炎：司法战线建新功

她没有俏丽的容颜，但在当事人的心中却是最美丽的天使；她没有宽厚的臂膀，却肩负着来自社会、工作以及家庭的重担；在与犯罪分子的博弈中，她展示出检察官的机敏与睿智；在未成年人刑事检察工作中，她是涉案未成年人心目中的检察官妈妈；在扎根基层的奉献中，她体现出检察官的执着和敬业。她置“严”于胸，落“实”于行，严于修身，扎实工作，为检察事业奉献出自己的热血和青春……她就是宋炎炎，中共党员，兰陵县人民检察院未检科科长。

宋炎炎从事检察工作 11 年以来，先后在侦查监督科、公诉科、未检科从事检察工作，她秉公执法、勇担要案，无论卷宗是厚是薄，无论案件是大是小，她都坚持以事实为依据，以法律为准绳，认真审核卷宗证据材料，不放过任何一个细小情节。她所承办、批办的案件均取得良好的法律效果、社会效果、政治效果，办案准确率 100%，从未出现一起错案或者涉检上访事件。

宋炎炎自2014年6月担任未检科科长以来，带领全科不断探索、深化“未成年人司法保护的兰陵模式”，团结带领全院女干警组建的“检察官春蕾团队”开展一系列关爱未成年人的活动，开展了全国“留守女童家长法制夜校”“司法保护留守儿童官方微博”等“关爱留守女童”系列活动，得到了上级院的认可。2014年，“春蕾团队关爱农村留守儿童”被高检院评为未成年人司法保护典型事例；未检科及春蕾团队先后荣获“山东省维护儿童权益先进集体”等八项荣誉。

2016年上半年，兰陵县院未检科受理一起公安机关移送审查批准逮捕的未成年人故意伤害案。小悔是一名在职业中专就读的刚满17周岁的男孩，因故意伤害在看守所羁押。作为未检检察官，宋炎炎的职责就是教育、感化、挽救涉罪的未成年人，就是给予情节轻微、能改过自新的问题少年们一个机会。她带领着承办人开展对小悔的社会调查。在家长那里她了解到，小悔是一个十分孝顺的孩子，总是帮父母干一些力所能及的农活、家务；在老师那里宋炎炎了解到，小悔在校表现一直非常好，学习刻苦、认真，他的机床实践成绩在班里总是名列前茅。更重要的是，宋炎炎和承办人了解到在她们找老师谈话的第二天，正是中专升大专考试报名的最后一天，这是小悔升学的最后一次机会，但前提是羁押在看守所的小悔能够顺利报名，能够走出羁押场所准备复习，能够走进考场参加考试。时间非常紧急，宋炎炎一边联络老师，让老师帮助提供报名可供选择的学校、报名需要填报的材料，一边与看守所联系沟通协调，最终在看守所的帮助下让小悔选择学校、进行高考报名。事后，结合案情、小悔的悔罪态度、对小悔的社会调查结果，兰陵县院依法做出情节轻微不批准逮捕的决定，由公安机关依法对其采取取保候审的强制措施。后来，小悔金榜题名，圆了大学梦。近年来，宋炎炎带领全科人员一直按照“捕、诉、监、防、助”五位一体的工作思路，构建并深化“司法保护、抚慰救助、合力帮教、有效防范”的四个体系工作机制发展，帮助涉罪未成年人重返正途，得到最高检、省检察院的高度肯定，被称为“未成年人刑事检察的兰陵模式”。2016年3月，兰陵县院被评为全省未检示范基层院。

“要么不干，要干就干好。”这是宋炎炎的口头禅。在工作中，她不仅高质量地完成案件办理工作，还积极参与各种竞赛活动，争先创优，一马当先。2013 年 1 月，她参加山东省第五届公诉人业务竞赛，获得山东省十佳公诉人称号。2015 年 9 月，她参加山东省首届未检业务竞赛，获得山东省未检业务标兵称号。2015 年 12 月，她代表山东省检察院，参加全国首届未检业务竞赛，以第 4 名的成绩荣获全国首届未成年人检察业务标兵称号。

宋炎炎以她骄人的业绩，获得领导和同志们的认可，她先后被授予全省人民满意政法干警、山东省优秀检察官、临沂市十佳政法干警、临沂市优秀共产党员。她先后荣立三等功三次、二等功一次。2015 年 2 月，她被中共山东省委、省政府荣记个人一等功。2016 年，她被授予十佳“沂蒙新红嫂”荣誉称号。

宋炎炎用热血的青春，用自己的一言一行、无私的奉献，生动诠释了一名党员、一名检察干警对党、对人民、对检察事业的无限忠诚与热爱。

主要资料来源：齐鲁网.http://linyi.iqilu.com/lyminsheng/2016/0316/2721758.shtml.

张富荣：教书育人立师德

张富荣，中共党员，蒙阴县第二实验小学教导处副主任。从教22年来，她爱岗敬业，用先进的教育思想和教育理念指导教学实践。

1996年，20岁的张富荣中专毕业后分配到桃墟镇中心小学，成为一名光荣的人民教师。作为一名教师，张富荣把整个身心都献给了她的学生，要求学生做到的她总是最先做到，她用一件一件的小事，一点一滴的行动，去履行一名教师的责任，去引领她的学生与她一起成长。1998年8月，桃墟镇中心小学要从205国道边上的老校区搬往新建好的新校园，可是有个班级不能搬入新校，谁留下来带这个班的孩子呢？张富荣主动请求留下来，一人带着78个孩子在老校区度过了一段艰苦而又难忘的日子。每天，她既要做孩子的文化老师，又要做孩子的生活老师，课上传授知识，课下批改作业、辅导孩子功课，闲暇时还要为孩子们烧水喝。因为老校门口对着205国道，为了保证孩子们的安全，她每天早上顾不上吃早饭就在路口等着孩子，直到把他们一个个安全带进校园；放学后她依然在门口把每一个孩子安全地送过马路，有时遇到恶劣天气，她就挨个把没有人接的孩子送回家。在孩子心中，张富荣不仅是老师，更是一个妈妈。她把爱无私地献给了孩子。

张富荣在学校是好老师，在家里也是一位好妻子、好儿媳。她为身患严重肾病的丈夫捐献了一个肾脏，精心照顾年老生病的奶奶和身患癌症的公公。面对家庭的不幸，张富荣没有退缩，她勇敢地挑起家庭的重担，尽了一个妻子、一个晚辈应尽的义务。与此同时，她没有因为家庭的原因而放松教学任务，她甚至很少因家事请假。在桃墟镇中心小学时，张富荣任教导处副主任，分管全镇 17 处教学点、120 多名教师、70 多个班级的教学教研工作，负责全校文档管理、实验教学、青年教师培养工作，还主动带着一个班的数学课。调入二小后，张富荣兼任教导处副主任，分管学校的教学教研、教师培养、教科研等工作，担任班主任，还带着两个班的数学课。工作量非常大，她总是坚持早起晚睡，早到晚走，勤奋工作，本着“干一行，爱一行，专一行”的原则，认真负责，高效自主地开展教学管理工作，赢得了上级领导和社会各界的一致好评。

“不搞教研的教学，是没有生命的教学。”兼任教研员的张富荣深信这一点，一直以来她都在研教材、研课标、研教法、研学生，脚踏实地地将各项工作落到实处，主动深入基层虚心学习，认真指导每一个教学过程，亲自说课，上公开课、示范课，努力帮助教师提高教学水平，鼓励教师参与课改及科研课题立项及论文撰写工作。七年来，指导县级以上优质课 70 多节，优秀论文 80 多篇，科研立项 60 多项，许多青年教师在她的指导下成长为业务骨干，共培养出市县级教学能手、新秀 40 多名。同时，张富荣自己也取得了丰硕的成果：6 次参加市县级优质课评比，均取得一等奖；7 次获市县级优秀教学奖；课题结题 4 项；40 多篇论文获省市县级奖；3 次荣获省优秀教科研成果一等奖。

张富荣先后荣获省小数学会先进工作者、市劳动模范、市十佳师德标兵、市教学能手、市十佳班主任、市十佳女教育工作者、市三八红旗手、市科研型骨干教师、“沂蒙新红嫂”等称号。张富荣用自己的实际行动诠释了一名教师、一位妻子、一位新时期女性的自立自强精神，她就是我们身边的新红嫂，是我们每位女性学习的楷模。

资料来源：中国文明网. http://sd.wenming.cn/sd_ddmf/201207/t20120724_771836.shtml.

冯俊梅：立足岗位争优先

冯俊梅，中共党员，临沂地税局罗庄分局纳税服务中心主任。她从事税收工作二十多年，她负责的各项业务考核指标一直排在全市前列。2009 年 11 月，罗庄作为全省首批试点率先成立纳税服务中心，她克服重重困难，率先在全省地税系统推行“一窗式”税收一体化管理模式，获得圆满成功。她所在的大厅先后荣获国家级“巾帼文明岗”、省级“青年文明号”、“征纳共赢”先进单位、“城乡妇女岗位建功先进集体”等荣誉称号。个人先后获得山东省“为民服务创先争优服务标兵”、临沂市“振兴沂蒙劳动奖章、知识型职工标兵”、罗庄区“振兴罗庄劳动奖章”等荣誉，并多次受到省、市地税局的嘉奖。

主要资料来源：孙海英，陈永莲．沂蒙精神与临沂革命老区跨越式发展研究［M］．济南：山东人民出版社，2017；齐鲁网 .http://www.iqilu.com/html/linyi/zt/xinhognsao/.

杨建宏：创业之星巾帼强

杨建宏，本科学历，临沂园源食品有限公司总经理兼法定代表人。她大学毕业后进入外贸公司工作，经过几年磨炼，逐渐成长为科室带头人。2000年7月成立了临沂园源食品有限公司，公司拥有总资产达6520万元，员工550余名，年销售收入6830余万元，利税690余万元。建立了3500余亩大蒜、辣根等优质原料生产基地十余个，带动周边4600余户农民实现了订单式农业生产；产品通过了出入境检验检疫局机构的检验和注册，并通过美国FDA及OU认证、ISO9001认证、HACCP认证。她先后被评为“市直外贸系统优秀共产党员”“临沂市优秀共产党员”“临沂市三八红旗手”“沂蒙十佳新型女农民”“临沂市巾帼创业之星”“沂蒙新红嫂”等称号。

主要资料来源：齐鲁网.http://www.iqilu.com/html/linyi/zt/xinhognsao/.

牛庆花：创新立业领头羊

“俺打小听着‘沂蒙六姐妹’的故事长大，印象最深的一句话就是‘听党的话跟党走’。党中央提出2020年要全面脱贫的目标时，俺就想着绝对不能扯国家后腿，不光自己要脱贫，有能力了也要帮助其他人脱贫。”沂蒙扶贫“六姐妹”之一、蒙阴县孟良晏园农副产品有限公司经理牛庆花说。

牛庆花曾是蒙阴县野店镇北晏子村的一名普通“留守妇女”，丈夫张立功外出打工，她独自在家照顾老人孩子，养着100多头猪、40多只羊、200多只鸡，还管理着20亩果园，这些活四个青年壮劳力都干不完。每当累得直不起腰时，她就躲起来偷偷哭，心想：什么时候才能过上好日子？

2012年党中央提出了“到2020年全面建成小康社会”的奋斗目标，吹响了我国反贫困斗争最后决战的冲锋号。当时端坐在电视机前的牛庆花看着自家贫穷落后的光景，暗自发誓再也不能这样穷下去了，不仅自己脸上无光，还会扯了国家的后腿。

自那时起，牛庆花一边卖力地干着农活，一边寻找其他“出路”脱贫。2015年，驻村第一书记请来老师，在北晏子村办了个学习班，培训村里青年人的电子商务知识。牛庆花认为这可能是一个机会，于是积极报了名。“俺刚开始学时，连鼠标是啥都不知道。但俺会拼命记老师说过的话，不会的当场就问。”牛庆花告诉大众网记者，之后县里举办的农民电子商务培训她也参加了，就想多学点儿东西为以后创业做准备。

学到本领后，牛庆花开了一家名叫“孟良崮果园”的淘宝网店。当时街头苹果的收购价每斤不到2元，她不知道在网上卖多少钱一斤合适，狠狠心标出了每斤5.6元的高价，寄出的苹果都是她精心挑选的，个大、果型正、颜色好。令她没有想到的是，不到一个月，1万多斤苹果全卖光了。网上的订单仍源源不断，她自己家果园里的苹果不够卖了，于是就收亲戚家的苹果。在2015年五一前，她又卖掉了从七大姑八大姨家收来的4万多斤苹果。卖出去的5万多斤苹果,除去挑剩下的残次品、各种费用,平均一斤让她多挣了一元钱。春夏之交，没啥可以到网上卖的果品了，想到家里还有20来斤花生，她便炒了放在网上卖。让她没想到的是竟然也有人买，而且吃过的客户又下了更大的订单。

苹果、花生销量好，牛庆花就开始琢磨本地还有什么好产品可以走向全国。“俺们村每家每户都有种蒙阴蜜桃，个大味香、果肉甘甜。俺就想着把村里的蜜桃卖出去，让更多的外地人认识蒙阴蜜桃，喜欢蒙阴蜜桃。”2016年桃花刚开，牛庆花就选了周边的3个村作为试点，和桃农签订了收购合同。她向桃农们保证：收购的每一斤桃都比市场收购价高5毛钱，但必须听她的，要少施化肥，多用有机肥，多施豆饼。“刚开始有些村不太信任俺，怀疑一个小丫头片子能不能卖出这么多桃，收购价格还这么高。”牛庆花说她当时压力很大，桃花刚谢便在网上进行预售，每天一睁眼就抱着手机处理订单、联系物流，上个厕所的空档也要回复客服信息，半夜12点后睡觉是常有的事，在外打工的张立功知道后赶回来帮忙。功夫不负有心人，淘宝上的新老客户对蒙阴蜜桃产生了极大兴趣，纷纷下单。订单接多了，张立功担心起来，他对牛庆花说：“多挣10万元的日子和现在没什么不同，但如果发出去的桃人家不满意，俺们赔上10万元，日子就没法过了。要不你把钱退给人家吧。”

牛庆花相信蒙阴蜜桃的魅力，也相信乡亲们能种出让客户满意的桃。6月份桃子成熟，发出第一批货后，张立功的心放下了。一天1000多单，打包发走1万多斤鲜桃，牛庆花一家和帮忙的村里人累得胳膊都抬不起来。就这样，牛庆花的“孟良崮果园”淘宝网店越来越红火，目前已累计销售农产品600多万元。

牛庆花不仅自己致富，还带动同村其他贫困户全部脱贫。她主动向乡镇政府要到贫困户名单，利用电商和果品资源优势，对贫困户采取按协议价收购、电商就业、创业培训、免费代卖农产品等方式，在电商各个环节进行帮扶，和 16 户贫困户签订了收购协议；吸纳 20 余名贫困户及其子女在电商就业；帮助贫困户开设网店，对 16 户贫困户提供免费代卖果品服务，每年帮助贫困户增收 3000~8000 元。

牛庆花带领乡亲们脱贫致富

2016 年 7 月份，在政府帮助下，牛庆花将家里所有的积蓄全部拿了出来，一股脑地投入到电商大棚的建造中，在村里建起了属于自己的商品选择、包装、储存、运输的车间。她开始在村里招工，优先招收有劳动能力的贫困户。张继菊，是第一批进入电商大棚的人，老伴因病无劳动能力，而且因看病还欠下一大笔外债，两个儿子结婚时老人没能拿出一分钱。说起曾经的不容易，张继菊眼里闪烁着泪花。“俺在小牛的店里干得挺好的，活不累，时间又很灵活，一天多时挣个 80 块钱，还能照顾老伴，欠亲戚朋友的钱都快还清了。”张继菊说，多年不见的笑容又重新回到了她的脸上。

“俺自个儿脱贫了，也不能让同村其他人落下。当时村里桃子的收购价是每斤 3.5 元，俺就给贫困户 4 元。开网店能多挣一点儿，就跟他们多分一点儿。网店需要人帮忙了，俺也会首先找贫困户。”牛庆花说。在经营好自己的淘宝生意的同时，牛庆花还利用自己的经验组织电商培训。目前，牛庆花已多次举办免费电子商务培训班，培训困难人员 60 余人，帮助了来自烟庄村、新盛村、大山村等地有发展电商意愿的 18 户贫困户开设网店。

主要资料来源：齐鲁网.http://sd.sdnews.com.cn/sdgd/201803/t20180305_2357357.htm.

刘加芹：身残志坚创业强

刘加芹，武台镇咸家巷村人，一名普通的农村妇女。2000年儿子的出生诱发了刘加芹的先天性心脏病，依靠心脏起搏器生活的她，并没有向命运屈服，身残志坚，硬是凭着一股干劲走上了带领群众发家致富的路子。她踏上了艰苦创业的道路，学技术、办工厂、献爱心，在她的帮扶下，多名贫困群众走上脱贫致富的道路。

由于身体不好，刘加芹换上了心脏起搏器。在创业路上，她遇到了很多常人难以想象的困难，要比他人付出更多的汗水和努力。伴随良好的信誉和过硬的质量而来的是越来越多的订单，她的生意逐渐做大，采用扶助性就业方式，随来随走比较方便。

“我自身作为一个残疾人，特别敏感，非常在意别人的言辞和行为。”刘加芹说。在招收工人时，她有一个不成文的规定，只要是残疾人就优先录用。残疾人上班能来服装厂的就来服装厂，不能来的就把机器送到家里，定时上门送料取货。在刘加芹的农家扶贫小院，记者们详细了解了凯凯服饰有限公司带动建档立卡贫困户情况。据悉，目前刘加芹的服装厂，已拥有40多名职工，其中残疾人23名，共带动建档立卡贫困户12户，日加工服装500余件，年利润20余万元。

据了解，该村32岁的建档立卡贫困户赵治美，2014年因病截肢，现在只能靠假肢行走。其丈夫也是常年患病，一直靠药物维持，二人有两个正在上学的孩子，生活十分困难。听说了赵治美的情况，刘加芹不仅教会她裁剪、缝制衣服，而且直接在她家里安放了一台缝纫机，每月按时按件给她发放800到1200元不等的工资。除此之外，每月还补贴生活费100元。“她对我们挺好的，任何时候都没有缺过我的工资。年前孩子感冒发烧，为了给孩子看病，我还在她那里预支了一个多月的工资。”赵志美曾经这样告诉前来采访的记者，感激之情溢于言表。

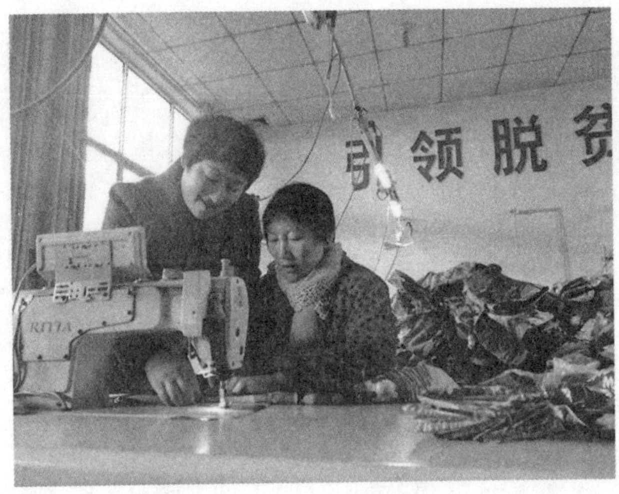

刘加芹引领乡亲们脱贫致富

2014年，刘加芹的凯凯服装制衣有限公司被县残联评为“平邑县残疾人就业扶贫基地”，并且县镇都给予了一定的扶持政策。刘加芹表示下一步将继续扩大规模，把残疾人和贫困户带动起来，让更多的残疾人和贫困户脱贫，发家致富，一个也不让他们掉队。

主要资料来源：https://baijiahao.baidu.com/s?id=1594159879395819133&wfr=spider&for=pc；https://baijiahao.baidu.com/s?id=1594221496948500768&wfr=spider&for=pc.

曹淑云：责任担当助脱贫

艰苦奋斗 15 年，白手起家的她成为先富起来的一批人；加入新时期扶贫攻坚战，饮水思源的她成为带着贫困户一起奋斗奔向好日子的人，她就是被称为“新时期扶贫路上沂蒙六姐妹”之一的曹淑云。

曹淑云，1965 年 2 月出生，大专学历，山东省临沂市沂水县人，现任沂水慧阳制衣有限公司总经理。曹淑云既具备当代企业家的优秀特质，又具有深厚的社会责任感。自公司成立之初，就确定了“诚信、品质、创新、合作”的企业理念和“品质化、精细化、标准化”的产品理念，先后从日本等国家和地区引进具有国际先进水平的现代化服装生产线。在完善硬件设施的同时，更注重人才的引进和培养，打破传统的用人机制，采取不避亲疏、量才而用的原则，不拘一格选拔和培养人才。在管理方面，敢于打破旧的管理模式，采取“走出去，请进来”的方式，取众家之长、补自己之短，结合自身实际，将先进的管理经验消化、吸收，运用到企业管理中去，使企业得到飞速的发展。从十几人的服装加工作坊扩展到员工 300 余名的大企业。在企业快速发展的同时，坚持饮水思源，回馈社会。

沂水慧阳制衣有限公司总经理曹淑云说：“首先要把企业做好，企业做好了才有能力帮助贫困的家庭。我只要是看到他们每个人都高高兴兴地说，我们在这边，每个月能领到几千块钱的工资，我们能把家庭困难都解决了，我的孩子能正常上学，我的老公能正常治病，我就觉得心里特别踏实。”

把工作岗位送到贫困户的家门口，让他们有稳定的收入，是曹淑云建扶贫车间的初衷。服装厂办得红红火火的曹淑云，响应党中央脱贫攻坚号召，将目光转向了沂水县山沟里的贫困群众。在直接资助失学儿童、孤寡老人等特殊困难群体的同时，她租房建厂、购买机器、培训工人、联系物流……一年多时间，就在偏远的夏蔚镇、诸葛镇开办了3个扶贫车间，帮助一百多名贫困群众实现在家门口打工。沂水县夏蔚镇云头峪村村民王同芸说："上有老的下有小的出不去。不出村就在家门口，有钱赚有活干不挺好的嘛。俺这里边四个空调，冬天暖和夏天凉快。"曹淑云说："如果说给你一个渔网，你通过自己的劳动，我只是给你提供一个平台，一个机会，你每天都能捕鱼，你就源源不断地有鱼吃。这也是我们社会的一个主旋律，劳动致富。"扶贫车间的员工越来越多，为了保证安全和产品质量，操作流程和规章制度都非常完善。不过，对于一些有特殊情况的员工，曹淑云想得比谁都周到。"有孩子的，确实是没有时间没有人帮着照顾孩子的，可以带到车间里来，但是要保证安全。"沂水县夏蔚镇云头峪村村民王霞珠说："一个月两千来块钱，就够基本的生活了，越干越带劲，觉着怪有干头。"

创业15年，把只有几个人的小作坊发展为如今拥有几百名员工的服装厂，敢打敢拼的曹淑云深信，有党的好政策，只要肯奋斗，就没有走不顺的致富路。而她能做的，就是好好发展企业，创造就业机会，让更多乡亲和她一样，摆脱贫困，过上好日子。

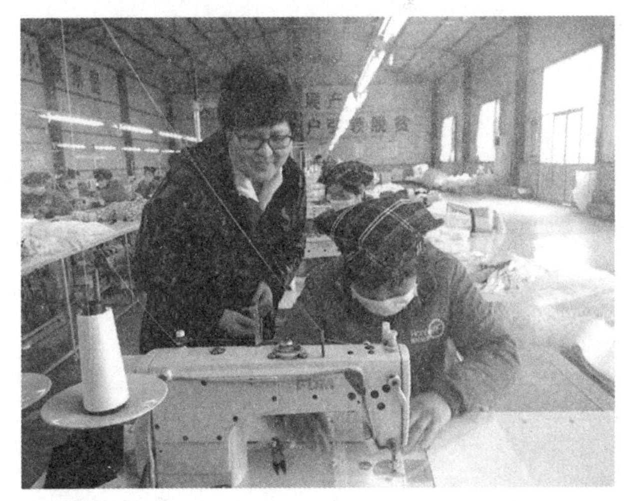

曹淑云在车间

目前，已经建成的三个扶贫车间里，乡亲们的月平均收入都超过了2000元，多的每月能拿近4000元。在曹淑云的规划里，公司的扶贫车间还会继续增加，她要把扶贫车间开到最需要的地方，让扶贫车间成为乡亲们小康路上的致富车间。曹淑云说：“我们有责任和义务来帮助他们，这也是我们新时代女性应该做的一件事情。如果大家都能这样去做的话，我们的困难家庭会越来越少，用不了多长时间，我们全民奔小康这个目标一定会实现的。”

“人的价值有多大，就是要看有多少人需要她。帮助这些贫困户，也是在实现我自己的价值，我希望通过我的微薄力量，改善甚至改变他们的生活。”曹淑云说。新时代，曹淑云被誉为“沂蒙扶贫六姐妹”之一。在扶贫的路上，她扛起时代的大旗，带领贫困群众用一针一线编织了一条脱贫致富之路。

主要资料来源：中国崮文化网.http://www.chinagu.org/html/show12892p1.htm；https://baijiahao.baidu.com/s?id=1594878308694185313&wfr=spider&for=pc.

于学艳：扶贫帮困本领强

于学艳，临港产业园莫家龙头村一位泼辣能干的普通农家妇女，却干出了一番不普通的事业。泼辣能干的于学艳，凭着一股韧劲白手起家，从一贫如洗到拥有国内最大的西瓜塑料网袋生产企业，她用一个个小小的西瓜网兜编出自己的幸福生活，也兜起身边脱贫路上的穷乡亲。

2003年，在一家柳编厂打工的于学艳偶然发现了编西瓜网兜的商机，敢想敢做的她立马借钱开始创业。经过几年的发展，加工项目慢慢壮大了，2009年8月31日注册了临沂丰乐塑料制品有限公司，发展成一家集自主研发、生产、销售西瓜网袋网兜于一体的企业。2015年，于学艳又开始张罗扩大规模，通过土地流转占地20多亩，投资数百万建成原料加工、成品包装等3个车间，年产自主研发的可塑原料数千吨，食用级网袋网兜5000余吨。目前，其拥有固定资产500余万元，实现产值数百万，上缴税金100万元左右，安置当地群众就业近3000人。生产的西瓜网袋、西瓜网兜，主要销往日本、欧美、韩国、台湾等国家和地区，产品质量攻克了世界级严格的环保、绿色、无污染、自动降解等技术难题，是我国限塑的理想换代产品，在国内外市场广受客户青睐，成为目前国内最大的塑料西瓜网袋生产加工企业。

于学艳的创业路历经坎坷，可她从不向困难低头。2010年，一直做外销的他们，响应国家号召，开始转用可降解的环保材料制作网兜，可就在那一年，公司最大的韩国客户却突然大规模退单，看着无法长时间储存的一堆堆网兜，穷怕了的于学艳打起精神杀回国内找市场。于学艳说：“我不能再次返贫啊，我好不容易吃上饭了，还能再回到起点吗，所以我就拼了命似的，我的女儿不到一岁的时候我就抱着她全国各地跑，去推销。人不能因为一点点困难就趴下了，趴下就永远起不来了。”性格泼辣，敢闯敢拼的于学艳有股子不服输的劲儿，她说，作为农家妇女，她文化水平不高，可她知道就是这股劲儿让她摆脱了贫困，发家致富。她相信，不管什么时候，只要肯付出，爱劳动，就不愁没有好日子，她要继续编织自己的“致富网”，带动更多乡亲脱贫增收。

从 2008 年，刚有点盈余的于学艳没来得及注册公司时，就开始带动周边的贫困村民一起赚钱。作为国内规模最大的西瓜塑料网袋生产企业，于学艳一年会接到几十个集装箱的订单，想赶在西瓜上市之前备好库存，工人的效率很重要，但是在她的工厂和加工点上，对老人和残疾人等干活慢的新员工，她从不拒绝。于学艳说：“一般的贫困户都是年龄比较大，失去劳动能力，工厂都不要，他们想打工也没有地方打，想赚钱也没地方赚。我觉得最好的帮扶就是让他们有一个工作，就是有一份稳定的收入。”

对困难群体敞开大门，是因为曾经一贫如洗的于学艳深知贫困户的无奈。刚嫁到莫家龙头村那年，她不仅没有新房住，而且连买双鞋的钱都拿不出来。为了早日脱贫，酒厂、棉纺厂……只要能打工赚钱的地方，于学艳都试了个遍。于学艳说：“那时候一无所有，按我们农村的话来说，家雀还有个屋苫头，我连个房子都没有。因为我知道那种贫穷的感觉，并不是说渴望今天政府给我一袋子米，明天政府给我一袋子面，我渴望工作，渴望有一个可以长久赚钱的地方。”正是

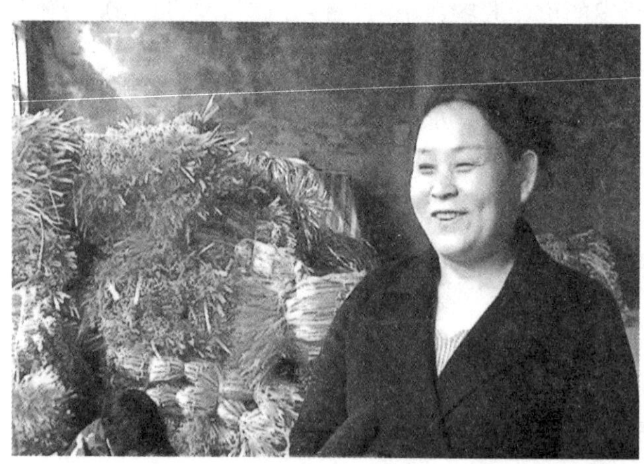

于学艳接受记者采访

这些经历和体会，让于学艳走上了扶贫之路。

于学艳说："虽然我没有拿出资金给他们买米买面，但我会拿出资金给他们培训，拿出资金让他们学到一技之长。人们都说嘛，一个勤快人带动十个懒汉。有一个在干，他们周边的人都在干，那要是都在玩，他们都在晒太阳。真正的脱贫要靠一种精神，一种不服输、奋发向上的精神。"可以说，于学艳感悟到了扶贫帮困的真谛。

主要资料来源：搜狐网.http://www.sohu.com/a/225309591_99967754；http://www.ilinyi.net/news/2018/0308/104577.shtml；苑朋欣.沂蒙精神溯源研究［M］.济南：山东人民出版社，2017.

王洋：致富路上献青春

“90后”的王洋是“新时期扶贫路上沂蒙六姐妹”中年龄最小的，她是农产品展销会上连守九天的“最美村官”；她是网上平台推销优质农产品的“鸭蛋村官”；她也是站在路边摆摊帮村民卖芹菜的“芹菜西施”。作为一名最基层的扶贫干部，她在新时期扶贫路上绽放出不一样的青春风采。

2016年，从曲阜师范大学研究生毕业后，王洋来到临沭县曹庄镇朱村担任大学生村官。她自小在城里长大，参加工作时有多种选择，却最终放弃了可以在城里就业的机会，响应国家号召来到了条件艰苦的农村。由于常年在农村扶贫一线奔劳，王洋的皮肤被晒得黝黑，根本看不出是个“90后”。

从到朱村的第一天起，王洋便走街串巷，了解每一户村民的情况。朱村贫困户张田英今年35岁，双腿残疾，一个人带着儿子艰难度日。王洋了解到这个情况后，不但到有关部门为张田英的儿子申请了助学金，还帮她找了一份柳编工作。如今，张田英每天能收入40元，在今年与其他6户贫困户一起实现了稳定脱贫。此外，根据朱村传统手工制品柳编和农副特色产品的现状，王洋打造“朱村味道”农产品品牌，为朱村优质农产品代言，参加临沂首届年货节及农产品展销会，并通过微信平台、淘宝店铺等多种渠道推广销售“朱村味道”系列产品。

同时，王洋结合自身专业优势，发展朱村电商业务，通过积极协调联系，与圆通快递联合建起了设施齐全的电商培训教室和“快递+电商”村级服务站。目前，已经举办了3次电商知识宣讲会、2期电商培训班，帮助

13位学员开起了自己的淘宝网店，结合微信平台、助农平台等线上销售方式，出售蜂蜜、核桃、花生等农特产品获得增收。

2017年5月，临沭县朱村部分农户为增加收入，搞起了大棚种植，种植的西洋芹喜获丰收却滞销，优质有机绿色芹菜在市场上卖不出价钱。农户辛苦种植的芹菜卖不出去，愁坏了村里的种植户，王洋更是看在眼里，急在心里。

为减少村里种植户的损失，尽快把菜农大棚里的西洋芹卖出去，王洋多方联系市场、学校食堂、超市等销售场所，向他们推销有机芹菜，经常早出晚归，人也日渐消瘦。此外，她还与爱心志愿者协会一同发起西洋芹义购活动，在朋友圈不断刷屏，宣传推广村里种植的优质芹菜。母亲节当天，她还和母亲一起在大街上卖芹菜。“有机西洋芹营养价值高、富含粗纤维、筋少嘎嘣脆，这么好的菜卖不出去太可惜了，当时想着帮村里人能多卖一点儿是一点儿。”在村官群体、爱心企业和临沭第一书记大组的帮助下，两周内销售芹菜3万斤，解决了大棚种植户的燃眉之急，王洋被村民亲切地称为“芹菜西施”。

“作为村官，我从点滴做起，尽自己的努力，能帮他们一点儿是一点儿，让他们真正走出贫困，让老区人民过上幸福的生活。”王洋就这样一直努力着，带领着村民们走上了脱贫致富路。王洋说，作为一名年轻的大学生村官，她很开心能够见证村里的每一点变化。在她担任村官的两年，朱村建起了三处扶贫加工车间，搞起

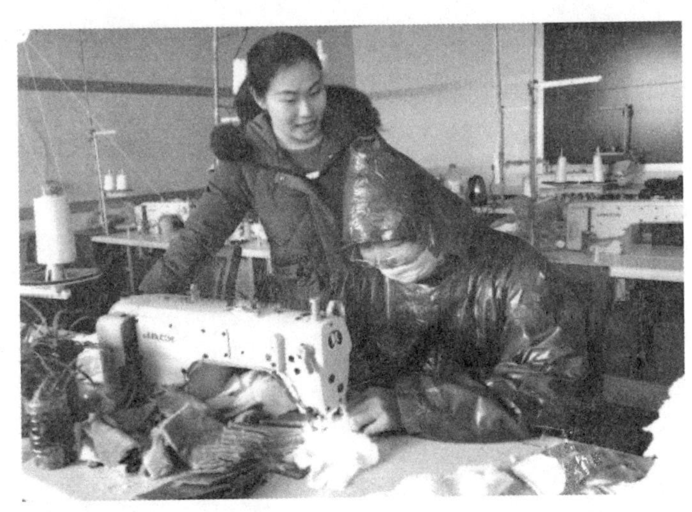
大学生村官王洋

了电商，安上了光伏，修好了路，34 户贫困户全部实现了稳定脱贫。

“战争年代的‘沂蒙六姐妹’不怕死不怕累，为部队筹集草料、做军鞋、送弹药、救伤员，对革命胜利做出了巨大奉献。和平建设时期，特别是在全面建设小康社会的新形势下，我们能做的就是寻找一些脱贫致富的好路子，帮助困难群体早日脱贫。”作为新时期最基层的扶贫干部，她越来越喜欢新农村这个舞台，她会和乡亲们一起努力，让这里的生活越来越舒坦。

主要资料来源：爱临沂网.http://www.ilinyi.net/news/2018/0309/104578.shtml.

林西臻：爱心扶贫多奉献

林西臻，一名活跃的青年志愿者，多年来一直热心于帮助孤寡老人、贫困家庭儿童和大学生。林西臻先后加入临沂兰心公益协会、坪上镇青年志愿者协会，多次参加看望老八路、捐资助学、帮扶孤寡老人等公益活动。

林西臻的童年是在沂南老家农村度过，虽然不富裕，但一家人和和气气，日子过得也算幸福。天有不测风云，在林西臻高考那年，父母突然遭遇车祸，父亲抢救无效死亡，母亲受伤严重卧床不起。“家里的顶梁柱倒了，母亲留下残疾，那时候感觉天塌了，生活也陷入了深深的困境。”林西臻说。

那年，林西臻带着父亲的心愿，参加了高考。高考结束后，成绩还不错的她选择了学费相对较低的师范学校。尽管师范生有国家助学补贴，但几千块钱的学费依旧像一座大山压在林西臻这个不幸的家庭上，她拿不出这个费用。就在她对未来迷惘的时候，一位好心人向她伸出了援助之手。大学报到的那一天，手里攥着这位好心人和亲戚们给的 3600 块钱，林西臻饱含热泪，她看到了生活的希望。“那 3600 元钱让我感受到了社会的温暖，我当时就想，我一定要好好学习，将来我一定要用自己的力量帮助更多需要的人。”林西臻说。

在大学里，林西臻一边努力学习，一边勤工助学，她送报纸、送牛奶、当临时促销员、做家教，努力做到自给自足，并多次获得“优秀学生奖学金”“困难学生奖学金”“优秀团员”等荣誉。她所有的努力，不仅仅是为了帮助家里减轻负担，还因为那颗爱的种子已经在林西臻的心里生根、发芽。

2004 年，林西臻毕业后来到了男朋友的老家莒南县坪上镇，并在那里找到了一份幼教的工作。虽然只是一个村幼儿园，一个月也只有 200 块钱的收入，但也就是这段经历，让她找到了努力的方向。

2005 年林西臻结婚，婚后的几年时间里，她卖过豆浆、给人照过大头贴、在绣花厂当过小工，生活紧张而忙碌，但是她始终没有放弃做一名幼儿园教师的梦想。2008 年暑假，林西臻和老公惊喜地发现他们已经有了 9000 多块钱的存款。对林西臻来说，有了这笔钱，她就有了事业启动资金。

找房子、买东西、招老师……林西臻开始忙得不着家，怀揣着让所有孩子像天使一样无忧无虑、健康成长的想法，她给自己的幼儿园取名“安琪儿”。但是开学第一天只有 6 个孩子来上学，这给林西臻泼了一盆冷水。“既然是梦想那就要坚持，把每一个入园的孩子都当作自己的孩子去照顾，时间长了家长就一定会认可。”林西臻说。

所以即便是学生很少，林西臻仍不降低教学质量，用爱关心每一位学生。到 2008 年年底，幼儿园里的学生就超过了 60 个；到 2009 年，学生超过了 120 个。“坚持爱心育人，全心全意为孩子服务，这是我作为一名幼教肩上的责任。”到了 2011 年，安琪儿幼儿园已有 200 多名学生。园里的学生多了，日子也渐渐忙碌起来了，但是致富不忘乡亲，生活好了，林西臻也开始关注起了身边的贫困家庭。

王涵曾是林西臻的学生，也是她的帮扶对象。2014 年 4 月，王涵的爸爸在工地上摔伤，失去劳动能力，妈妈抛下王涵和爸爸，一走了之。“当时就很明显感觉出来她性格变了，原来很活泼的一个孩子不喜欢说话了。”林西臻说。当林西臻得知王涵的情况后，一有时间便去和她谈心，送去生活费、学习用品和米、面等生活用品。“除了在物质上帮她，我想她更需要心理上的安慰。”林西臻说。“年前你要的小仓鼠没有时间去买，但是我一定会给你买。”林西臻在看望王涵时说。在林西臻的关心下，王涵的脸上渐渐也有了笑容。“林老师是一个善良有爱心的人，不光是我们爷俩，很多贫困村民都得到了她的帮助。”王涵的爸爸说。

2014 年起，林西臻在事业渐渐有起色后，开始参与到志愿服务活动中

林西臻参加志愿服务活动

去，主要针对困难学生进行帮扶。去偏远乡村看望困难儿童，给他们买学习用品；参加罗庄、付庄小学的资助活动，带去学习用品和生活费；资助临港朱芦贫困大学生3000元学费……

2015年，国家开展扶贫工作。爱心扶贫是全面打赢脱贫攻坚战、唱响社会主义核心价值观的重要内容。为此，林西臻又把目光投向社会上的弱势群体，把关爱孤寡老人作为自己义不容辞的责任。2015至2017年，林西臻多次参加义工社团爱老助老的活动，先后捐助资金2000元、棉衣棉裤36套；多次组织幼儿系统青年志愿者共同参加镇团委组织的“节日送温暖”活动，在雷锋日、端午节、中秋节、重阳节、元旦、春节等传统节日里，到贫困户家里送饺子、送粽子、送月饼以及米、面、油、牛奶等生活物品，价值万余元。

林西臻用自己的实际行动，吸引了身边越来越多的人加入到扶贫义工队伍中来。以林西臻所在的临港区坪上镇为例，近年来义工队伍从无到有，目前已发展到70多人。林西臻的家人也在网上实名注册了义工，年仅11岁的儿子已经是参加过多次志愿活动的“老人”了。

“一个人的力量再大，也是微不足道的。如果身边每个人都能参与进来，这种力量才能真正强大起来，这种爱心才能持久传递下去。”林西臻说，她将继续尽自己的努力帮扶更多的困难群体，也希望能有更多的企业及个人参与到爱心帮扶的队伍中，为全面脱贫目标的实现贡献自己的一份力量。

扶贫的路上，林西臻用爱心温暖每位贫困者的心，用自己的力量照亮他们脱贫的路；扶贫的路上，她不仅仅是在贡献自己的一份钱一份力，更是在传递社会大爱，让爱照亮扶贫路，把爱传给她所关心帮助过的每一个人。

主要资料来源：爱临沂网 . http://www.ilinyi.net/news/2018/0309/104575.shtml；https://baijiahao.baidu.com/s?id=1594325879140074431&wfr=spider.

参考文献

1. 杨桂柱 .100 位为新中国成立作出突出贡献的英雄模范人物——明德英［M］. 长春：吉林文史出版社，2011.

2. 杨桂柱 . 沂蒙母亲王换于［M］. 香港：中国诗书画出版社，2012.

3. 中共临沂市委宣传部，临沂市社会科学界联合会 . 图说沂蒙红色文化［C］. 济南：山东省内部资料性出版物，2013.

4. 临沂地区妇联 . 沂蒙红嫂［M］. 济南：黄河出版社，1990.

5. 中共临沂市委 . 沂蒙红嫂颂［M］. 北京：中央文献出版社，2002.

6. 靳星五 . 沂蒙巾帼英模传记［M］. 济南：山东人民出版社，1997.

7. 张一涵 . 琅琊名士多——红嫂卷［M］. 北京：新华出版社，2015.

8. 中共临沂市委《沂蒙颂歌》编委会 . 沂蒙将军颂——沂蒙红嫂颂［M］. 北京：军事谊文出版社，2005.

9. 朱兆彬，刘兆东 . 沂蒙旌旗［M］. 济南：黄河出版社，1996.

10. 郭伍士 . 忆沂蒙：上［M］. 济南：山东人民出版社，1983.

11. 沂水县政协 ."红嫂"祖秀莲［J］. 春秋，2011（4）.

12. 朱兆彬，王纯忠 . 沂蒙烽火［M］. 济南：黄河出版社，1995.

13. 黄忠，韩忠勤 . 沂蒙大观［M］. 济南：山东大学出版社，2007.

14. 申照亮 . 红嫂：百位沂蒙妇女支前模范影像报告［M］. 济南：山东画报出版社，2008.

15. 徐东升 . 基于沂蒙精神育人的社会主义核心价值观教育研究［M］. 济南：山东人民出版社，2015.

16. 徐东升，汲广运 . 沂蒙精神研究［M］. 济南：山东人民出版社，2017.

17. 孙海英，陈永莲 . 沂蒙精神与临沂革命老区跨越式发展研究［M］. 济南：山东人民出版社，2017.

18. 苑朋欣 . 沂蒙精神溯源研究［M］. 济南：山东人民出版社，2017.

19. 汲广运，王厚香 . 沂蒙精神的地域文化渊源研究［M］. 济南：山东人民出版社，2017.

20. 大众网 .http://blog.sina.com.cn/s/blog_4c407ea501008791.html.

21. 山东文明办 .http://archive.wenming.cn/zt/2008-11/03/content_14817177.htm.

22. 沂南县妇联 .http://www.lywomen.org.cn/info/1035/5827.htm.

23. 临沂年鉴，1996.

24. 刘涛，高云野 .http://wemedia.ifeng.com/43922874/wemedia.shtml.

25. 平邑都市网 .http://www.ai0539.com/forum/thread-6581128-1-1.html.

26 . 大众网 .http://www.dzwww.com/2012/sdhrmzzx/17/jyfx/201307/t20130719_8665412.htm.

27. 中国新闻网 .http://www.chinanews.com/df/2011/05-19/3053679.shtml.

28. 大众网 .https://w.dzwww.com/p/1353859.html.

29. 中国文明网 .http://ly.wenming.cn/xywm/mengyin/201608/t20160804_2743003.htm.

30. 搜狐网 .http://www.sohu.com/a/162212044_669643.

31. 沂蒙慈善网 .http://www.ymcs.com.cn/html/cskx/2010/0225/924.html.

后 记

尽管笔者长期从事沂蒙精神的研究和教学工作，对红嫂的故事了解比较多，但是在本书的编写过程中还是常常被一个个红嫂的故事感动得落泪，感慨于新老红嫂们的故事中所体现出的深厚的家国情怀。在搜集资料和编写过程中，笔者深感对沂蒙红嫂的研究还有待加强，尤其对红嫂精神的内涵和时代价值的研究有待进一步深入挖掘。结合时代背景的变化，实现红嫂精神的时代性转化和创新性发展，这对于加强新时代妇女工作和激励新时代女性更好地干事创业具有重要意义。

在本书编写过程中，我们有幸结识了朱呈镕、于爱梅、高弘等新红嫂。在采访朱呈镕大姐的时候，聆听大姐讲述自己的拥军故事，分享大姐与老一辈红嫂间的深情厚谊，感慨于大姐在新时代背景下艰苦创业、爱党爱军、扶贫助困、弘扬红嫂精神的无私奉献精神。于爱梅大姐不厌其烦地回答我们的问题，临沂肿瘤医院李秀敏院长、临沂名扬艺术学校校长高弘热情地提供相关资料。在此我们表达最真诚的敬意和感谢。临沂大学马克思主义学院徐东升书记、孙海英教授、朱洪涛博士给予了极大的鼓励和支持，临沂市妇联郭晓璇女士给予了诚恳的建议和丰富的资料，我们非常感谢他们的支持和厚爱。

我们参考和借鉴了大量的文献和新闻报道，在文中尽量表明了出处，但难免有所疏漏，还请各位作者海涵。

2018 年 10 月

编 者